童话镇

唤醒

（美）爱德华·凯特西斯 / 亚当·霍洛维茨 编 剧

奥黛特·比奈 著

王虹 译

漓江出版社

桂 林

著作权合同登记号桂图登字:20-2015-220 号

图书在版编目(CIP)数据

童话镇:唤醒/(美)爱德华·凯特西斯,亚当·霍洛维茨编剧;奥黛特·比奈著;王虹 译. —桂林:漓江出版社,2015.12

书名原文:Reawakened:A Once Upon a Time Tale

ISBN 978-7-5407-7199-7

Ⅰ.①童… Ⅱ.①凯… ②霍… ③比… ④王… Ⅲ.①长篇小说-美国-现代 Ⅳ.①I712.45

中国版本图书馆 CIP 数据核字(2015)第 246921 号

策　　划:叶　子
责任编辑:叶　子
装帧设计:居　居
内文排版:姜政宏

漓江出版社出版发行

广西桂林市南环路 22 号　邮政编码:541002

网址:http://www.lijiangbook.com

全国新华书店经销

销售热线:021-55087201-833

山东临沂新华印刷物流集团印刷

(山东临沂高新技术产业开发区新华路　邮政编码:276017)

开本:960mm×690mm　1/16

印张:21.25　字数:220 千字

2015 年 12 月第 1 版　2015 年 12 月第 1 次印刷

定价:37.80 元

如发现印装质量问题,影响阅读,请与承印单位联系调换。

(电话:0539-2925888)

致 辞

谨以此书献给非凡的粉丝们
——你们是最美丽的

REAWAKENED is based on the following:

WELCOME TO STORYBROOKE (Pilot)
Written by Edward Kitsis & Adam Horowitz

THE THING YOU LOVE MOST
Written by Edward Kitsis & Adam Horowitz

SNOW FALLS
Written by Liz Tigelaar

THE PRICE OF GOLD
Written by David H. Goodman

THAT STILL SMALL VOICE
Written by Jane Espenson

A CHARMED LIFE
Written by Andrew Chambliss & Ian Goldberg

THE HEART IS A LONELY HUNTER
Written by Edward Kitsis & Adam Horowitz

DESPERATE SOULS
Written by Jane Espenson

TRUE NORTH
Written by David H. Goodman & Liz Tigelaar

7:15 AM
Teleplay by Daniel T. Thomsen
Story by Edward Kitsis & Adam Horowitz

FRUIT OF THE POISONOUS TREE
Written by Ian Goldberg & Andrew Chambliss

SKIN DEEP
Written by Jane Espenson

WHAT HAPPENED TO FREDERICK
Written by David H. Goodman

DREAMY
Written by Edward Kitsis & Adam Horowitz

RED-HANDED
Written by Jane Espenson

HEART OF DARKNESS
Written by Andrew Chambliss & Ian Goldberg

HAT TRICK
Written by Vladimir Cvetko & David H. Goodman

THE STABLE BOY
Written by Edward Kitsis & Adam Horowitz

THE RETURN
Written by Jane Espenson

THE STRANGER
Written by Ian Goldberg & Andrew Chambliss

AN APPLE RED AS BLOOD
Written by Jane Espenson & David H. Goodman

A LAND WITHOUT MAGIC
Written by Edward Kitsis & Adam Horowitz

$\mathcal{C}$ontents 目 录

Contents

Part 1

漂 泊 的 心

Chapter 1

欢 迎 来 到 童 话 镇

自从瑞安·马洛清空他家银行账户，顶着挪用公款的罪名逃离纽约，艾玛找他快三个礼拜了。天晓得他为什么要停在波士顿，来一段网上约会。艾玛是追踪逃匿的取保候审人的，她可不管这些人的所作所为是为什么。她的工作是找着他们，逮着他们，将他们绳之以法，而不是搞清楚他们有什么故事。

她站在那儿看着他，脚上的高跟鞋挺不舒服的。

马洛还没瞧见她，艾玛端详了他一会儿。挺帅，跟照片上一样，但也有点儿虚情假意的样子。当然，这也跟她预想的一样，傲气和放纵似乎是这些银行从业者的标准模式。他在那儿等着，显得冷静自信，让艾玛气不打一处来。

艾玛朝他走过去。

"哈，你就是艾玛吧。"她走近那张桌子的时候，他边说边站起来。艾玛露出"初次见面"的最佳笑容，伸出了手。看见自己的指甲，她皱了皱眉头：忘记涂指甲油了。

他露齿而笑，色迷迷的，像头狼。两人握手，他目不转睛地盯着她。

"是瑞安吗？"她问。

艾玛坐下的时候，看到他的眼神，于是笑着说："嗯，你看上去松了一口气呢。"

"不好意思。"他有些紧张地轻声笑了，"在网上认识的人，你根本不知道会长什么样儿——我是说真人。"他走到座位前，坐下说，"你嘛，嘿，可真够火儿的。网上网下都挺惹火的。"

她并没有害羞脸红。她低下头，假装听着恭维话挺受用的样子。他网上简介怎么说来着？离异、无子、喜欢瑜伽和街头篮球？不错。艾玛知道他真实的"现实生活"的故事。在纽约，他有三个不到十岁的孩子，太太靠打零工独自艰难度日。就在这会儿，他太太正忙着申请救济，不知所措，心灰意冷，还要给孩子们解释爸爸上哪儿去了。这就是现实。眼前的瑞安·马洛，把别人害成那样，还有心情出来约会。

"来吧。"瑞安说，"给我说说你自己吧，艾玛。"

艾玛亮出她最性感的微笑。

"怎么说呢，"她说，"首先，我特别会看人。"

瑞安·马洛有些吃惊。

艾玛会很开心把这家伙拿下。

★ ★ ★

另一个世界，另一个时空，她被真爱唤醒才几个星期。白雪公主与白马王子手牵着手，站在皇家城堡的宴会厅里。

他们周围是整个王国的臣民。主教问白雪，愿不愿意终身与王子在一起，他们两人看着对方的眼睛。

没有任何犹豫，她说：愿意。主教宣布他们是夫妻了，两人充满爱意，又有点儿紧张地相视而笑。宫廷乐师开始演奏，王子和白雪相互靠近，准备再次接吻。

上回他们接吻的时候，可以算是发生了一个奇迹：王子的亲吻唤醒了遭巫后诅咒后沉睡不醒的白雪。后来发生的事情表明，他们依然没能摆脱这个巫后。

这回，在他们双唇相触之际，音乐声被震耳的雷声所淹没，人们惊叫起来。聚集在大厅里的所有宾客随即朝宴会厅大门看去，雷声就是从那儿传来的，只见大门轰然洞开，撞在入口两边的墙上。

门口站着一个全身黑色装束的人。

是巫后。

又是她。

这下可好，白雪想。这事儿还没完。

白雪与王子紧紧相拥着站在大厅中间，巫后大步朝他们走去。卫兵冲向巫后，可是巫后手腕一挥，五六个卫兵就腾空四散——毫无疑问，她的魔法依然强大。

巫后靠近的时候，白雪将王子推向身后，一把抓住他佩剑的剑柄，王子还没来得及阻止，双目冒火的白雪公主已经拔剑出鞘，剑锋直指巫后。

"这儿不欢迎你。"白雪说道，坚毅的声音在巨大的宴会厅中回响。"走，马上走！"

巫后笑容依旧，停住脚步。

"你好，我们又见面了，白雪公主。"巫后说。

王子握着白雪的手，慢慢将剑按下，直到剑锋碰到石头铺就的地面。

"她的魔法不灵了。"他平静地对白雪说，"我们已经取得胜利。"

白雪知道，他说得对。王子将她从沉睡中唤醒之后，他们俩团结整个王国与巫后对抗，最终将她赶下台。爱情重新主宰大地。

"走开吧。"王子对巫后说，"你已经输了，我不会让你毁了这一天。这样的事儿不会再发生。让我们得到幸福吧，你已经被打败了。"

"我来这儿不是想毁掉什么。"巫后说，"恰恰相反，我给你们送礼来了。"

"我们不要你的礼物。"白雪赶紧说。管它是什么礼物呢。

"不管怎么说，我还是要给你们的。"巫后扬起一道眉毛说，"你不觉得我这样很大方吗？"巫后既美丽又让人害怕。她披着漆黑的头发，神色严峻，冰冷的双目锐利无比。也许，很久以前，她也曾经是天真无邪的少女；但是现在，所有人都看得出来，积怨与仇恨已经将她脸上的柔情一扫而光。白雪很久以前就认识她，每见到她一回，都觉得她愈加愤世嫉俗。她不明白一个人心里怎么能装得下如此的深仇大恨。

巫后说话的时候，更多卫兵涌入大厅包围了她，但是她盯着他们的眼神纹丝不动。

"我送给你们的礼物就是幸福。"她冷酷地说，"眼下的幸福，就在今天。"

"你什么意思？"王子谨慎地问道。

"我的意思是，从明天开始，好心的王子，"巫后说，"我就要开始我的生命之作：毁掉你们的幸福，让你们永无翻身之日。"

听到这话，王子感到受够了，他闪电般挥手将剑掷出。利剑朝巫后飞去，剑锋直指她的心脏。

就在利剑将要刺到她的那一瞬间，巫后消失在一团泛紫的黑烟之中。

剑也消失了。

白雪公主抓着新婚丈夫的手臂，眼看着那团烟雾盘旋着，渐渐散去。

★ ★ ★

筋疲力尽的艾玛，左手提着她的红色高跟鞋，右手提着一袋食品，走在通往自己公寓的过道上。拿下瑞安·马洛并不像她原来希望的那样大快人心，这会儿，她感到头疼。

手也疼。

他想逃跑。当然了，这些男人全都想逃。他已经跑到他的车那儿了，可是发现车轮被锁住了。下这么个套儿对艾玛来说并不难。艾玛就是在那儿，使劲把他的头猛撞在车上的。

这些事儿——搜寻、追击——都变得有些老套了。然而，她还会干什么？还能上哪儿去？心情有点欠佳，但是她没让自己多想。喝点儿小酒，睡一会儿，没什么过不去的。

进了公寓，艾玛把食品扔在厨房吧台上，放上音乐，把给自己买的纸杯生日蛋糕拿出来。然后掏出一包买回来的蜡烛，取出一根，插在蛋糕上，点燃蜡烛。这算不得什么聚会，真不算，但也是个仪式吧。

她看着蜡烛燃烧了一会儿。又是一年，形单影只的一年。

她闭上眼睛。

拜托了，她想，别让我在孤独中过生日。

这个愿望在脑子里转着，听起来真郁闷，可她不得不承认，这就是她的愿望。

她可不是一个喜欢自怨自艾的人。很多人的过去比她还糟糕。她很坚强，能够克制自己的空白历史所带来的痛苦，但这不等于她不会感到孤单，只不过，她能够把握自己的孤独。不过，有时候她也有必要希望不再孤独。

就在她吹灭蜡烛的时候，门铃响了。艾玛皱着眉头，看着大门，心里数着这些年她曾经追寻拿下的各种逃犯，想想有没有谁最近刚刚释放出狱。很有可能，她心想。不知道哪天，她打开家门，就会有一把大锤子砸向她的脑袋。

她走过去，从门上的猫眼看出去，心想：真是见鬼了。

她打开门，一个不认识的小男孩站在那儿看着她。孩子一头散乱的棕色头发，背着个装得满满的、沉甸甸的背包。他的眼睛睁得大大的，仰头盯着她看。

"你好？"艾玛犹豫着说。

"你好，"男孩说，"你是艾玛·斯旺吗？"

"我……是啊。"艾玛说，"有什么事儿吗？"

孩子笑了，伸出手来："我是亨利·米尔斯。我是你儿子。"

艾玛目瞪口呆。她没有去握他的手。

"我没有儿子。"她断然说道。

男孩好像没听见似的。他没搭理艾玛，而是从她身边挤过去，看着厨房。

艾玛惊讶之余，顾不上阻止他。"十年前，"他四处张望着，漫不经心地说，"你是不是放弃了一个婴儿，让别人收养了？"

艾玛依然没说话，然而，她脸色有些发白；她看看镜子，留意到自己脸色的变化。

"我就是他。那个孩子。你打算吃那个蛋糕吗？"

"我——"

有可能是他。艾玛觉得他没有撒谎，她能看出他的眼睛跟自己长得很像。可是，如果这就是她这么多年来一直试图埋藏在心底、试图忘掉的儿子，看见他在这儿，如此漫不经心地要吃蛋糕，艾玛一下子进入了"战或逃"的应激模式。她觉得眩晕，觉得——

她不知道自己的感觉是什么。

（她从来就不清楚自己的感觉。）

她关上门，转过身，绞尽脑汁想说点儿什么。

"你可以吃，"她心不在焉地说，"全都吃了吧。"

听到这话，他似乎挺开心。艾玛把蛋糕放在一个盘子上，拿掉蜡烛，让他坐在凳子上，就走开了。

在洗手间，她手扶着盥洗池的边缘，让自己站稳了，然后盯着镜子看。十年前，她看上去是多么不一样，她只有18岁，孤苦伶仃一个人。她记得生孩子的前几天，她也是这样看着镜子，当时她被关在满是灰尘的监狱里，等待着，无人相助。孤独。她记得当时倍感孤独，而且她知道，如果留下那个即将被弃的婴儿，就意味着孤独的终结。可是她没有把他留下。

艾玛深深地吸了几口气。

"控制住情绪，斯旺。"她出声对自己说。

听见自己的声音，她激活了心中更加理性、更具疑心也更加坚强的那部分。原来的艾玛，顽强坚韧的艾玛，追寻逃亡的取保候审人的艾玛。真正的问题是：这孩子到底是谁？肯定不是她儿子。她在这里烦恼生气，可是天晓得那孩子是不是正在另一个房间翻她的东西，或者，他是给什么骗局打前站的，在她开始敞开心扉的时候，会有几个大汉闯进她家……

是骗局，肯定的。有人知道她的过去，知道如何打动她。她匆匆回到厨房，随时准备大声喊叫。

男孩正坐在桌前吃蛋糕。他抬眼看着艾玛，那双眼睛让艾玛一下子没了脾气。

"哎，"他说，"洗手间怎么样啊？"

"嗯。"她回应着，再次皱起眉头。她走到他跟前，把手放在桌上，又拿开。这个小家伙让她不知如何是好。

"好吧。我想问你几个问题。"艾玛终于说道。

"好啊，"他说，"问吧。"

"你……怎么找到我的？"

"我足智多谋啊。"他说，似乎觉得这个问题挺没意思，他对自己的感受不感兴趣，更感兴趣的是艾玛的反应，"这可跟我原来想象的不一样。"

"什么不一样？我们的对话？"

"是啊。"

"你以为会是怎样的？"

"更像电视上奥普拉的节目。你知道吧？痛哭流涕，相互拥抱什么的。"

"孩子，我可不是爱哭的人。"

"看出来了。"他同意道。

如果不是已经对他有一点了解，艾玛会以为他在取笑她呢。或者，至少是责备她。

"我们该走了。"他又说道。

艾玛有些疑惑地笑了，低下头。不管他是谁，她喜欢他这大胆冒失的样子。"对不起，我并不知道我们还要一起上哪儿去呢。"她说，"你该走了，我该上床睡觉了。然后，我们再也不会见面了。"

"我们要去一个地方，"他点点头说，"你必须跟我回家。你总得开车送我回家吧。"

"你家在哪儿？"

"童话镇。"

艾玛看着他，又看看他刚才从背包里拿出来的书。嗨，我明白了，她想，这孩子心理不正常，正犯病呢。

"童话镇？"艾玛半晌才开口，"你开玩笑吧？"

"没有啊，怎么啦？"他满脸无辜地问道，"那地方就是这么叫的。"

"好了，孩子。"她说，"挺好玩儿的。但是，第一，我没有儿子。第二，我现在要叫警察了。我没时间跟你瞎闹，你明摆着是离家出走的孩子。你父母知道你在哪儿吗？我要报警了。"

"你不会的。"

她手里拿着电话，抬起眼看着他："我不会吗？"

"不会的。"他说着，又吃了一口蛋糕，"因为，如果你报警，我会跟他们说，你绑架了我。"

艾玛考虑了一下，心中又产生了疑虑。如果他真是她的孩子，这招还真灵。警察会怀疑她有夺回亲生儿子的动机，最起码的，要在繁琐的公文程序上纠缠好几个钟头，说不定是好几天。即便她没做错什么，报警会带来一大堆麻烦，不值。

然而，整件事还是有些不对头。他不可能真是她的儿子，他是吗？

"听我说，孩子，"她说，"我觉得我有一种超凡的能力。一件我能做的事。你知道是什么吗？如果有人撒谎，我总是看得出来，一定的。而你，孩子，你在撒谎。"

她也不能确定自己是否相信孩子在撒谎，但是她要让孩子明白她的意思。她确实善于发现别人的谎言，可真实情况是，孩子看起来没撒谎。也就是说，她也不知道该怎么想了。

他咽下最后一口蛋糕。"如果有人撒谎，我也很会看呢。"

"真的？说说看。"

他缓缓地点了点头。艾玛看出来，他的信心开始动摇了，看上去心里有点乱。他就是个小家伙嘛，艾玛想。

于是，那个心软的艾玛又出现了，她想：不对，艾玛，他是你的孩子。

从一些微小的细节可以看出来。他的耳朵跟他父亲长得一样。眼睛的形状——她能从中看到自己的眼睛，有那么一点儿一闪而过的感觉，看着他好像在照镜子。艾玛甚至从他声调高低里听出了什么。当然，如果能把孩子的耳朵、眼睛和声音，跟她自己的父亲和母亲作比较，那就好了。不过，那完全是另一回事儿。她从来不知道自己的父母是谁。

这不是个骗局，艾玛想，你知道的。

"请你不要报警，"他说，"好吗？跟我回家吧。"

艾玛深吸一口气。

"去童话镇。"她说，她还能怎么办？"你想搭便车去童话镇，这就是你的请求？就这么简单，是吗？"

"嗯。"

艾玛叹了一口气。真没法儿跟这孩子争。

"那好吧。去童话镇吧。"

她简直不敢相信这孩子会笑得那么开心。

★ ★ ★

白雪公主挺着孕育着新生命的肚子，带着充满期望的焦虑，快步跟着狱卒走过黑暗的走廊。她和白马王子要去见一个人，整个王国里只有他能够回答他们的问题。自从王后（*即前文提到的巫后——编注*）发出威胁之后，白雪公主一直无法安下心来，她必须知道真相。

狱卒是个体态臃肿、心态阴郁的人，他根本就不看好这件事。

"别把名字告诉他。来吧，穿上斗篷，"他很有经验地说，一边把两件厚厚的带帽子的斗篷递给他们俩，"你们最好的防线就是匿名。"

王子拿过斗篷，自己披上一件，又递了一件给妻子。"我怎么会听你的，跑到这里来呢？"他对白雪说。

白雪跟上他的脚步，把自己的斗篷也穿上了。"这是唯一的办法，"她说，"你知道我总是对的。"

　　"夫人，他这样谨慎是对的。"狱卒带着不祥的预感说，"要说后悔，谁都比不上跟侏儒怪说过话的人。"

　　王子和白雪相互看了一眼：听狱卒这么说，他们都有点儿担心了。

　　"我来跟他说。"王子干脆地说。

　　沿着又黑又长的走廊走了很久，三人来到最后一间牢房。里面没有光亮，只有借助他们的火把，才能看见牢房粗糙的铁栅栏。

　　狱卒说："朗普斯金！我要问你一个问题。"

　　"不是你要问，"从黑暗中传来一个略带沉思的声音，"是他们。白马王子和白雪公主想知道，是不是该把王后的话当真。我说对了吧？"

　　"你怎么知道？"狱卒责问道，"是谁到这里来跟你说了？"

　　"谁也没有，我的大好人！"朗普斯金的声音传出来。白雪看不见他，但他好像是迅速地站了起来。她知道，朗普斯金愿意的话，能像猫一样敏捷。王子将手放在佩剑上。

　　"咱们别兜圈子了。"白雪揭开斗篷上的兜帽，走上前说，"把你知道的都告诉我们。"

　　"我会的，"朗普斯金靠近铁栅栏说，"如果你能给我一样东西作为回报的话，可爱的白雪公主。"

　　王子也跨步向前，将自己置身于妻子与铁栅栏之间，"你出不去，根本没机会，所以你想都别想。"

　　"不，不是现在，"朗普斯金说，"当然不会。我以后会出去，等到我们都不在这儿了。我要的是一些担保，为了那个时候，为了今后。怎么样？"

"你什么意思？"王子说，"会发生——"

"你就告诉我们想要什么吧。"白雪说，"我们没时间绕圈子。"

"你们尚未出生的孩子的名字……这就很好了。"

"没门儿！"王子喊道。

"成交。"白雪公主全然不顾丈夫的反对，"告诉我们吧。王后有什么针对我们的计划？她会如何夺走我们的幸福？我知道，她已经胸有成竹了。"

朗普斯金这时已经来到牢房铁栅栏跟前，他们能看见他带鳞片的绿脸，他扭曲的鼻子上长着痦子，牙齿像黄色的尖刺。他是中了邪恶的魔咒才变成这样的。白雪公主不知道这到底是怎么回事儿，也不想知道。

朗普斯金笑了，古怪的舌头在嘴边晃荡着。"巫后弄出了非常强大的魔咒，"他飞快地说道，"或者，至少是得到了这么个魔咒，而且马上就要应验了。不光会影响这片国土，所有地方都要遭殃……很快你们就要在一个监狱里，就像我一样，只是比这儿还糟糕。你们的监狱——我们所有人的监狱——将会是**时间**。"

"真是一派胡言。"王子说，"你算了吧。"

朗普斯金没理会王子，他的声音变得严肃起来，"时间会停滞。我们都会被困在里面，永无出头之日。王后将称王称霸，奴役我们。我们将会迷失，不知所措。希望不复存在，再也没有美好的结局。"他停顿了一会儿，让他们充分领悟他的话，"我们谁都无法阻止这一切。"

白雪神色凝重地看着他。朗普斯金诡计多端，但是他从来不撒谎。这让她相信他的话，相信就像王后说过的那样，他们将面临极大的危险。她问道："那么有谁可以呢？"

"这个孩子。"朗普斯金看着白雪的肚子说，"这个孩子可以阻止她。"

　　"你们必须把她送到安全的地方，"他最后说道，"离开这里。等到她28岁的时候，一切就会开始。她会拯救我们，我们所有人。"最后一句话，他说得理所当然，就像事情本该如此。

　　"她？"王子转向白雪。狱卒正打手势让他们走。"可是，是个男孩呀。"

　　"是吗？"朗普斯金说，"我觉得不是，王子先生。"这最后一句简直是唱出来的。

　　"我们要做好准备。"白雪对王子说，"走吧，我的爱人。他的预言是正确的。我知道。"

　　"等等！"朗普斯金喊道，"孩子的名字！我要这个名字！咱们有言在先！"

　　白雪公主转过身来，看着这个怪物一样的人。

　　"艾玛，"她说，"她的名字将会是艾玛。"

★ ★ ★

　　一路上非常安静，空寂无人，很快他们就出了波士顿。

　　艾玛转眼看了一下男孩，他膝盖上放着那本书。从打开那页的插图上看，孩子正在看白雪公主的故事，或者是一个很像白雪公主的、喜欢与蓝鸟在一起玩儿的人物。不过他在看的那部分是艾玛不知道的——白雪公主在某个地牢里跟一个妖精说话。艾玛回头看着前面的路，试图回想白雪公主的故事。不是有一群小矮人吗？唱着歌？这些童话在她脑子里都混成一团了。曾经有一对养父母，老是给她看迪士尼电影。她喜欢看。不过在她看来，这些电影都是串在一起的一个长长的童话故事。

"你喜欢这本书，对吧？"艾玛问道。

亨利没有回答，艾玛转过头看看，以为他沉浸在故事里面出不来了。可是，他抬起头，睁大眼睛，笑了。"我们到了。"他说。

艾玛顺着孩子的目光看去，见到指示牌了：**欢迎来到童话镇**。

其实，这一路开得并不太远，但是也足够让艾玛想十几个来回了：这是真的吗？亨利是她儿子吗？钟摆般的念头停在怀疑上的时候，她既感到轻松，又有点失望；当念头摆回来，艾玛认为他就是自己儿子的时候，她一点儿没有失望的感觉，反而有另一种截然不同的轻松感。

"好啊，"她说，"欢迎来到童话镇。我们到了。太好了。给个地址吧？"

"这其实是个很小的小镇，"他说，"真的很简单。"

"我也相信这很简单。"艾玛嘟囔着，减慢了车速，他们开始经过镇子头几家住房和其他建筑。这个镇子与美国其他地方的镇子没什么两样，真的——商店，住房，有明亮的新房子，也有破败不堪、灰头土脑的房子。如果透过表面看进去，很可能更加复杂，也没那么可爱。她从来没听说过童话镇，但是，就跟其他镇子一样，她对此并不感到陌生。

"说真的，"她说，"你住哪儿？"

"我不说。"

艾玛翻了个白眼，把车停住。这些孩子。真是滑稽。在她公寓时的感受已经没那么强烈了，这会儿，她只是感到疲惫困惑。她不想在这时把这件事弄清楚。她要做的就是把他送回家，别让警察给抓了。斯旺，这就是你的目标，她对自己说，别弄得那么复杂。

附近哪儿都没有停泊的车辆，这么晚了，商店也都关门了。这地方看起来像荒废了似的。附近有个好像是图书馆的建筑，她看了一眼嵌在上面的钟。"已经八点十五分了，"她说，"咱们别闹着玩了。"

"那个钟永远是八点十五分。"亨利说。

"什么？"

"是巫后干的。"亨利说，"让时间静止。她把所有人从那儿弄到这儿来，从魔法森林。所以每个人都困在这儿了，也被时间困住了。他们自己还不知道呢。"

"那么，大家为什么不干脆离开这里，到时间正常运转的地方呢？"艾玛问道。

"谁要是想离开，就会遇到倒霉事。"

"哦，是吗？"艾玛斜眼看着男孩，"什么样的倒霉事呢？"

他还没回答，有人轻轻敲了敲乘客位的车窗，把艾玛吓了一跳。一个瘦瘦的、看来没有恶意的男子站在车旁，扶正眼镜，朝下看着她的小乘客。尽管天没下雨，男子手里却拿着雨伞。

"是你吗，亨利？"男子说。

亨利转过身，看着那个男子，然后把车窗摇下来。"嗨，阿奇。"亨利说。

阿奇又扶了一下眼镜，朝艾玛看去。艾玛微笑着。

"这是谁啊？"他问道。友善，但是心存怀疑，艾玛想。换了我，也会起疑心的。

"她是我妈。"亨利说。

"我不——"艾玛开口说。

"我亲妈。"亨利补充道。

阿奇看了亨利好一会儿，然后看着艾玛："我明白了。"

"我只是想把他送回家。"艾玛说，眼神明摆着自己是无辜的，"你能给我指路吗？他跑到我在波士顿的家里。我不知道他住哪儿，他也不告诉我。"

"没问题。"阿奇显然松了口气，"他当然是住在镇长家。瑞金娜·米尔斯。就是米福林街上那座大宅子。"

艾玛扬起眉毛，瞄了一眼亨利，孩子满不在乎地耸耸肩。"镇长？"她说，"真的啊？你就是这镇上的王子啰？"

"你今天没来诊所见我，有什么理由吗，亨利？"

"我不在镇上，"亨利说，"放假了。"

阿奇友善而充分表示理解地看了他一眼。"好吧。有关撒谎，我是怎么跟你说的，亨利？"

"你说，受伤害的只是撒谎的那个人，最终。"

阿奇点点头。

"我会把他送回家的，大夫。"艾玛说，"谢谢你。"

艾玛一边开走，一边在后视镜里看着这个奇怪的男子。"那就是你的心理医生吧。"这些人总是古里古怪的。

"算是吧。"亨利说，"但他也是蟋蟀吉明尼。"

"你说什么呀？"

"这里每一个人，"亨利坚持说，"我告诉过你，这里每一个人都是童话故事里的人物。你刚才没听我说吗？这本书里的人物。"

他指着那本书。

"这本书里的所有故事都是真的。"

艾玛又看了那个男子一眼，他在后视镜里变得越来越小。她侧了侧头，这人走路的样子确实有点怪。

"行啊，孩子，"她说，"你说什么都行。"

★ ★ ★

他们一路无话，艾玛在留意找镇长的房子。因为想着怎么带亨利回家，她没让自己去多想亨利跟她说的话。她只记得那个他们让她抱了一会儿的婴儿——温暖柔软，哭叫着的小东西，放在监狱牢房硬板床上，看着她的那双眼睛还懵懵懂懂的。那之后，只剩下极度的悲痛。很多个月，很多年的悲痛。那么一个小东西，居然长成能说会走的小家伙，真有意思。这几乎是最不可思议的魔幻故事。

护士把婴儿从她怀里抱走的那一刻，是艾玛一生中最痛苦的一刻。当时她筋疲力尽，连喊叫的力气都没有。她还记得婴儿娇嫩的脸，现在，她尽量不转眼去看亨利，以免把他跟记忆中的婴儿作比较。

她看见米福林街，拐进去。路的尽头，镇长的大宅子跃然眼前。

"家，甜蜜的家？"艾玛边停车边说，"我敢保证，你的归来会让你父母很开心。"

"家里只有我妈。"亨利低头看着双手说，"她是邪恶的化身。"

"我知道，人有时候是会这么想的。"

亨利看过来。"不，"他轻声说，"你不明白。她的确是邪恶的。这是真的。恶魔。所有那些坏家伙都是撒旦。"

她不想让自己的声音失去控制，也不知道对他说什么好。她应该安慰他吗？怎么去……

"我不认为——"她开始说。

"亨利！亨利！"

艾玛顺着声音看过去。一个女人——黑发、美丽、着装精致——从房子里冲出来，朝他们的车跑来。她眼睛盯着亨利："你没受伤吧？你上哪儿去啦？"

"我没事儿，我没事儿。"亨利抱怨地说，"我找着我妈妈了。"

听到这话，女人一下愣住了，这才看了艾玛一眼。艾玛觉得心里一阵冰凉。

"你……是他亲生母亲？"她终于说道。

艾玛点点头，尽量显得出乎意料，毫不知情。"应该是吧，"她说，"幸会。"

那女人又看了看艾玛，艾玛不知道她的眼神是什么意思。良久，女人说："好吧，我明白了。你愿意进屋喝点苹果酒吗？"

亨利充满希望地看着艾玛。

艾玛说："有更烈性点的酒吗？"

★ ★ ★

见过朗普斯金之后，对魔咒的知晓就像抑郁的冷雾笼罩着城堡。白雪公主催促大家行动起来。童话王国的领导者们开过多次会议之后，作出决定，必须采取措施保卫家园。

蓝仙女非常明确地说出她的想法：假如巫后真的很快就要施行魔法，用魔咒困住他们所有人，而白雪公主尚未出生的女儿是唯一能够解救他们的人，那就必须保护这个女孩。

蓝仙女的计划很简单。用魔法森林里最后一棵能用的树，让木偶匠葛派特打造一个衣柜，用以保护白雪公主不受魔咒的影响，然后把她和孩子送到一个安全之地。白雪公主将在那里把孩子养大，在孩子28岁之前，做好她的监护人。等孩子到了那个年龄，她就会履行命中注定的角色，拯救他们。

葛派特的衣柜快完成了，白雪公主分娩的日子也越来越近。她与王子知道将要分离，尽量做好心理准备。他们告诉对方，分离只是暂时的。小艾玛会长大，把他们所有人都救出来。总会有办法的。

如果真是这么简单就好了。

一天晚上，地平线上出现了一缕绿色的雾。雾越聚越浓，升腾着从树丛间倾泻而出，仿佛从火山口喷出来一样。

魔咒，这就是魔咒应验了。

小矮人"不高兴"尖叫起来。

"时间到了，"王子对妻子说，"做好准备吧。"

但是，躺在床上的白雪公主说不出话来。早些时候，她感到一阵宫缩，她没说什么，希望阵痛会过去。而现在，一阵更加剧烈的阵痛让她全身紧缩，她闭上眼睛，深呼吸着。

"宝宝要出生了。"她说。

她睁开眼睛，忍不住泪流满面。王子在房间的另一头，惊讶地看着她。

"亲爱的，宝宝马上要出生了。"

★ ★ ★

艾玛坐在镇长书房里，拿着一杯苹果酒，有些不自在地弓着背，盯着一幅苹果树的画在看。

"我有一棵苹果树，种在那儿很长时间了。"瑞金娜看到艾玛仔细端详那幅画，说道，"就在镇子里的中心大街旁边。"她已经恢复平静，翘着二郎腿坐在艾玛对面，双腿完美无缺。"我觉得，长期稳定的培养应该有一定的价值。你觉得呢？"

艾玛能想出很多话来回答她，但她只是点点头，转向瑞金娜说："你的树长得很好看。"

"他把你从自己的生活里拉扯出来，我深感抱歉。"瑞金娜说，"我真不知道他这是怎么搞的。"

"看起来他过得挺不顺心。"艾玛抿了一口酒，说道，"我猜吧。不过，我又知道什么呢？"

"自从我当了镇长，在生活中找到平衡就变得很难了。你一定能理解。我想你有工作吧？"

　　"有。"艾玛说，没理会瑞金娜傲慢的态度。

　　"嗯，如果你是个单身母亲，那就像有两份全职工作。所以，不错，我强调事事有序，对他很严格。但那是为他好。我想他成功，而不想让他觉得，什么事情都为他准备好了。可是，我不认为这样做就让我成为邪恶的人了。难道我疯了吗？"

　　"是因为那些童话故事，他才这么说的。"

　　"什么童话故事？"

　　"你知道的，他那本书。他以为每个人都是书中的漫画人物什么的。我是说，小家伙认为他的心理医生是蟋蟀吉明尼。就这么回事儿。"

　　艾玛一直看着手上拿的酒，这会儿抬起头来看着瑞金娜，她惊讶地发现瑞金娜有点儿慌了神。

　　"很抱歉，"瑞金娜说，"我真不知道你在说什么。"

　　天哪，她不知道那本书，艾玛想。她这下可是越界了，越了很多界限。她必须离开这里，不然，说不定怎么着就把这个镇子给掀翻了。

　　"你知道，"艾玛说，"我想，我要回波士顿了。我在这儿挺不方便的。我很高兴他现在平安无事了。"

　　艾玛站起来，瑞金娜也站起来。"我也很高兴，"她说着，伸出手来与艾玛握手，"感谢你做的一切，真的。我很高兴他平安回到家。谢谢你。"

　　艾玛不忍心跟亨利道别，于是直接走到她的车旁，打开车门。可是，就在坐进车里的那一刻，她还是忍不住回头朝卧室窗户看去。

　　她看见亨利站在窗前，就那么一小会儿，接着，窗里的灯就灭了。

她将再次离开他。

你会挺过去的,她对自己说。她把车开到镇子尽头,朝着回波士顿的方向驶去。这些情绪会过去的。更何况,现在她知道他在哪儿,知道他是安全的。这已经不错了。镇长肯定会让她不时来探望亨利吧?她刚才真应该留下她的联络方式,她应该——

艾玛看见旁边座位上有什么东西。她眯了一下眼,打开车内照明灯。是他的书。这个狡猾的小坏蛋,她想着,忍不住笑起来。她现在至少有借口再来一趟。

她依然笑着,心里还想着那本书,差点儿没看见站在路当中的狼。

艾玛倒吸一口冷气,同时踩刹车,扭转方向盘。最后留在她视线的是那只狼,一动不动,漫不经心地看着她的车打滑失控,亮闪闪的红眼睛都没眨巴一下。

★ ★ ★

恐怖的浓雾像翻滚的云一样在大地上扩散,笼罩住城堡。在他们的房间里,小矮人万事通当着助产士,白雪公主在分娩的痛苦中喊叫着。

王子匆匆赶到她身边,握着她的手。在她分娩的初期,王子试图说服她进那个衣柜,但是她拒绝了,接着他也觉得,已经来不及了。她只在乎这个婴儿的安全,可是,通往安全的路不会总是那么简单。走一步算一步吧。现在,原来的计划行不通,他们不得不随机应变了。

"宝宝马上要出来了!"万事通喊道,"再使把劲儿!"

然后,王子听到了哭声,看见宝宝躺在万事通的臂弯里。

白雪抬起眼，朝丈夫笑了。

"现在，"她说，"把她带走吧。"

王子皱起眉头："你这是什么意思？"

"带她走，"白雪公主说，"把她带走，放进衣柜。这是唯一的办法。"

她看见心爱的丈夫明白了她的意思。"不行！"他喊道，"我们一定要在一——"

"这是唯一的办法。"白雪坚持说，她将艾玛推向王子。他接过婴儿，他们看着她娇嫩美丽的小脸。

"好好看护她，"王子站起来，对万事通说，"我马上回来。"他怀抱着婴儿，冲出房间。

★ ★ ★

艾玛醒过来，看着面前的水泥墙壁发了一会儿呆，纳闷为什么不在自己的公寓，为什么穿着整齐，为什么外面快天亮了，纳闷到底出了什么事。她想起做过的梦——梦见儿子，梦见那个镇子……

她左右摇晃一下脑袋，看见了铁栅栏。

哦。

她在监狱。

在缅因州的童话镇。

一个瘦瘦的男子，显然是警长，站在办公桌前，低头看着一些文件。他发现艾玛醒了，朝她点点头。"早上好，"他说，"我是格林厄姆警长。你被捕了。"

"我为什么会在监狱？"艾玛想不出别的话了。

"昨天夜里，你似乎喝多了。"他做了个往嘴里倒酒的手势。

"我出车祸是因为那头狼。是事故。"

"狼？"格林厄姆看上去真觉得这挺逗的，"接着编。我听过不少编得挺好的故事，你这个能得头奖。"

　　他正想继续责备她，瑞金娜·米尔斯闯进警署，眼睛睁得大大的。她直接走向格林厄姆。

　　艾玛有点晕乎乎的，一下子坐了起来。

　　"亨利又离家出走了，"瑞金娜说，"我们必须——"

　　她看见在牢房里的艾玛："她在这儿干吗？"

　　没等格林厄姆回答，瑞金娜大步走向牢房。"我明白了。这不是巧合，是吗？你知道他在哪儿吗？"她质问道。

　　"夫人，我离开你家就再没看见他。"艾玛说。头天晚上她特别注意礼貌，这会儿她发现自己大不一样了。她看着格林厄姆说："我有不在场证据。准确地说，有两个证人呢，这个人和一头狼。"

　　格林厄姆点点头："嗯，至少我能替她作证。她整夜都在这里。"

　　"今天早上他不在自己房间。"瑞金娜说，艾玛从她声音里可以听出真实的担心。

　　"他的朋友呢？"艾玛问，"你找过他们了吗？"

　　"他没有朋友。"

　　艾玛皱皱眉头。她可不喜欢听到这样的说法，这让她觉得有点儿太像她自己了。

　　"每个孩子都有朋友。他的电脑呢？你检查过他的电子邮件了吗？"

　　"你怎么会知道这些？"

　　"夫人，我是干这行的，寻人。"艾玛说，"先别激动。放我出去，我会找到他的，不收钱。"

　　瑞金娜和格林厄姆相互看了一眼。

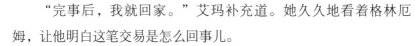

"完事后，我就回家。"艾玛补充道。她久久地看着格林厄姆，让他明白这笔交易是怎么回事儿。

"电脑我不在行，"格林厄姆说，"而她看来不是瞎说的。"

瑞金娜无可奈何，转过身朝门口走去："行。带上她。我只想找到儿子，怎么做都无所谓。"

他们驾车回瑞金娜家，艾玛坐在后面，看着窗外的镇子，他们谁也没说话。一进屋，瑞金娜就把他们带到亨利的房间，艾玛直奔电脑。

"这孩子精得很，"过了一会，艾玛说，"他把邮箱清空了。"她掏出钥匙扣，举着一个小小的闪存盘。"算你们俩走运，我也很聪明。这是我爱用的小硬盘设备。"她把闪存盘插进亨利电脑的USB接口，看着存放他最近活动的镜像文件转存到她的闪存盘上。

"亨利有信用卡吗？"艾玛问。

"他还小，"瑞金娜说，看见艾玛有进展，她显得有些恼火，"当然不会有信用卡。"

"不过，他用过一张信用卡。"艾玛看着荧屏说，"他就是用这个买的车票。谁是……玛丽·玛格丽特·布兰切特？"她问道。

瑞金娜的双臂依然交叉在胸前，她怒不可遏。"是他老师。"她说，"我要杀了她。"

"哦，我相信他一定是从她那儿偷来的。"艾玛说。她站起来，关掉亨利的电脑。"走吧，咱们去学校吧。她可能知道点什么。"

★ ★ ★

一路上，他们还是没说话，不过这次艾玛迫不及待地想回家，回到她正常的生活。在这个节骨眼儿上，她甚至再也不能确定，亨利就是她的孩子。你不能就这样把自己塞进别人的生活里。艾玛看着瑞金娜的后脑勺，她的头发造型完美，夹得整整齐齐的。是的，也许这个女人是个泼妇，但是她抚养了亨利，艾玛应该尊重她，应该给她空间。之前有点过头了。找到他，一走了之，她会这样做的。

她差点儿要把这想法说出来，正好格林厄姆开口了："好了，我们到了。"他们到学校了。

玛丽·玛格丽特·布兰切特，不知怎地，她看上去与艾玛根据她的名字所想象的完全一样：小巧玲珑，剪得短短的黑头发，显得端庄娴静，然而——从眼中闪耀的灵气看——也有潜在的精灵脾性。他们到的时候，她班上的学生正好从教室里鱼贯而出。瑞金娜问她信用卡的事儿，她停顿了一下，想了想。艾玛看出来，还没拿出钱包检查，她已经回忆起了亨利耍花招偷走信用卡的那一刻。她一边翻钱包，一边点点头说："这个聪明的孩子。我真不该把那本书给他。"

"你们不断提到的是本什么书？"瑞金娜问。

"是本故事书，我以为能帮助亨利。"她说，"他是个很有创造力的孩子，与众不同。这点我们都知道。他需要一点刺激。"

瑞金娜似乎听够了，或者在布兰切特小姐的话中听出了对她的侮辱。她气哼哼地摇摇头，转向格林厄姆："行了，咱们找亨利去吧。跟她说根本无济于事。"她又对玛丽·玛格丽特说："布兰切特小姐，他需要的是现实世界。事实。真相。他不需要故事。"

玛丽·玛格丽特没说什么，只是扬起眉毛。瑞金娜愤怒地走出教室，格林厄姆紧随其后。

玛丽·玛格丽特友善地朝艾玛微笑着。"欢迎来到童话镇。"她半开玩笑地说道，艾玛笑了。真的是精灵，她喜欢这个女子。

"这事儿恐怕我也要担一部分责任。"玛丽·玛格丽特边说边走到教室另一头，收拾桌子上的东西，"最近他那么孤独，我觉得他需要一些故事。"她想了一会儿，然后看着艾玛："你认为故事的作用是什么呢？"

"消磨时间？"艾玛试着说。她觉得这是个奇怪的问题。

"我觉得，故事能让我们理解自己的世界，"玛丽·玛格丽特说，"从一个新的角度。"她摇头道："瑞金娜有时对亨利太严厉，不仅如此，他还有更加深层次的问题。他像很多被收养的孩子一样，愤怒，不知所措，想不明白为什么有人会——"她停住了，意识到自己在跟谁说话。艾玛感到泪水在眼眶里打转，幸好玛丽·玛格丽特没把话说出来。谈论父母，这是她的软肋。

"没什么，"艾玛赶紧说，"都是过去的事情了。"

"我并没有评判谁的意思，"玛丽·玛格丽特说，"对不起。我想，把书给亨利，只是想给他一些这儿的人似乎都没有的东西。一种新的感觉，感觉到有希望。"

她听起来有些悲哀，既坚强又悲哀。艾玛意识到，玛丽·玛格丽特在说她自己。

"你知道他在哪儿，是吗？"艾玛问道。

玛丽·玛格丽特侧着头，叹了一口气。"这个，"她说，"我也不敢肯定，但是你可以去他的'城堡'看看。"

＊ ＊ ＊

她去了。

亨利的"城堡"就是一大堆垃圾。

反正，艾玛把车停在靠近镇子边上的一个运动场上的时候，是这么想的。这里靠近大海，可以远眺防洪堤。从后视镜里，艾玛可以看见一座破烂的木头建筑，上面有一个锥形屋顶，亨利在二楼，盘腿坐在那儿，呆呆地看着下面。艾玛伸手拿起他的书。

她登上东倒西歪的建筑，对亨利说："你不能没完没了地逃跑啊，孩子，大伙儿会担心的。"

"他们不会的。"他说，"他们根本就无所谓。"

"你的书在我这儿，你落在我车上了。"

亨利拿过书，说道："这应该是决战的开始了。整个大事件。"

"亨利，到一定的时候，你会长大，不再沉浸在这些东西里。"她尝试着说服他，"故事很棒，可是，你最终还是要面对现实世界。"这听起来太像瑞金娜说的了，她也不愿意这样，但这是真的——相信不真实的东西总是不好的，会让你脆弱。这大概是她能够给亨利的唯一的人生经验了，她就是按照这个信条生活的。

"你不用这么说。"

"孩子，不是——"

"不过也没什么。我知道你为什么放弃我。"

艾玛觉得嗓子发紧。亨利看着她，一脸甜蜜的笑容。天哪，艾玛想，这孩子知道怎么让我心软。

"你想给我最好的机会，"他说，"我知道你这样做是为了我好。"

她忍不住热泪盈眶。她想把他抱起来，搂在怀里。她曾经把他送给别人，而这会儿，她又要再次这样做……而且，不知怎么地，这次跟上次一样难受。

她努力着说道："你怎么——你怎么知道的，亨利？"

"因为，这跟白雪公主放弃你的理由完全一样，她也是为你好。"亨利很是为自己的逻辑自豪。

艾玛看看放在孩子膝上的书。故事能帮助我们理解自己的世界。玛丽·玛格丽特说得确实有道理。

"我该带你回家了，亨利。"她说，"我不在那本书里。不会有什么决战。不过我是真的。我真的想和你在一起，不管发生什么事。"

"别逼我回到那个地方吧。"

"你是说哪儿？"她说，"你家吗？那个有人关心你的地方吗？我从来不曾有过这样的地方。他们是在公路旁找到我的，我父母就把我丢在那儿。像你这么大的时候，我在寄养制度里混着。所谓的家，就是这儿三个月，那儿三个月，然后又被送回去，哪会有像你现在这样的家啊。你有稳定的生活，过得挺好。你是安全的，亨利。你是有人爱的。"

"但是他们没有就那么把你扔在公路旁边。"亨利坚持说，"那儿只是你跨界的地方。装在一个衣柜里。"

艾玛根本不知道他说的衣柜是怎么回事，可是，她看出亨利无法放弃他的幻想。暂时还不能。也许很快，也许还要几年。可能要等到他对女孩子感兴趣的时候吧。但是，她已经没精力再去说服他面对现实世界了。"来吧，孩子，"她伸出手，"让我带你回家吧。"

★ ★ ★

"别离开我。"

白雪公主找到他的时候，他躺在地上，流着血，几乎没有意识。他被刺穿了，躺着一动不动，静静地盯着天花板，呼吸微弱，面无表情。白雪公主握着爱人的手，哭泣着。她现在虚弱得动不了——找到他已经费尽了所有精力。王后的士兵入侵了城堡，正在寻找衣柜和那个木匠作坊，没有理会正在照看垂死丈夫的白雪公主。可是，王子成功了，宝宝艾玛平安无事了。那个衣柜成功跨界到另一边。她亲吻着他的脸颊。"别离开我，亲爱的。"她轻声说。

"哦，真是太可爱了。"

听到这个声音，白雪公主战栗了一下。她一生都不断地听到这个声音，多少年了，听着这声音变得越来越冷。她听着希望与幸福一天天从这声音中流逝。她在婚礼上听到过这个声音。

白雪抬头看着王后，她正傲慢地看着她自己的一个骑士。

"孩子呢？"她说，"把孩子给我。"

"不见了，"骑士粗声说道，"消失了。"

"消失到哪里去了？"王后质问道。

"她在安全的地方。"白雪说，"这就是说，你最终还是会输的。你总是会输，这是你自己的缘故。善总是会赢的。"

"算了吧，"王后说，"善并不总会赢的。其实，善几乎总是会输，我漂亮的小东西。你让这个荒谬的世界给洗脑了，你知道吗？是的，你当然不会知道。试试在一个不同的国度生活一个礼拜，试试让一个恶魔做你的父母，试过之后，你就会快快长大了。"

王后看着门口。白雪公主早先透过窗户看见的又绿又紫的雾终于飘进城堡，来到他们身边——飘进来，在他们身边翻滚着，似乎整个房间都灌满了纯粹的仇恨。这雾就是魔咒。王后笑了，张开双臂。城堡开始颤抖，白雪公主睁大双眼，紧抱着王子。她感到头晕，接着意识到整个房间在旋转，在裂开。各种奇怪的东西出现在天空的裂缝里，一阵狂风咆哮着穿堂而过。白雪公主觉得听到了尖叫声。"哪儿……"她说，"我们这是上哪儿去？"她喊道。

"到另外一个世界去，亲爱的。"王后大笑，睁大疯狂的双眼，双臂高举过头，"在那里唯一的美满结局是我的结局。"

★ ★ ★

在二十四小时之内，艾玛第二次看着瑞金娜从家门口的台阶跑下来，因为见到儿子而如释重负。瑞金娜在车门边抱起亨利，紧紧搂了他好一会儿。亨利让她搂着，但是没有伸出手去拥抱瑞金娜。艾玛再次感到，无论瑞金娜对她是如何锋芒毕露，她对亨利的确是关爱有加的。

过了一会儿，亨利松开母亲的拥抱，跑进宅子里了。

瑞金娜看着他跑了，艾玛看得出，瑞金娜好像被砰然关上的大门刺痛了一样。

瑞金娜转身对艾玛说："谢谢你。"

"不客气。"

"他好像对你很有好感。"

"你知道吗？真是难以置信。"艾玛说，"昨天是我生日，吹蜡烛的时候，我许愿：别让我在孤独中过生日。然后，就在我把蜡烛吹灭的那一刻，他出现了。"她还真没想到过这个巧合呢。

瑞金娜冷冷地看着她："我希望我们之间没有什么误会。"

"这话怎么讲？"

"今天的事并不等于邀请你重新进入他的生活。你已经作过选择。十年之前。做个单身母亲本来就不容易。要对付这样一个往他脑子里灌输甜蜜好玩的故事和随便想到的什么东西的陌生人，就更难了。"

"我并没有——"

"过去十年里，天晓得你在干些什么，而我一直在这里，每张尿片都是我换的，每次生病都是我看护的，是我在吃苦受累。你也许生了他，但他是我儿子。"

艾玛无法反驳她的话，她也不想反驳："我不是——"

"住嘴，你没资格说话。"瑞金娜的声音听起来更加气愤，她向前走了一步，"你没资格做任何事情。你还记得秘密收养是怎么回事吗？你还记得这是你当时提出的要求吗？记得吗？在法律上你对亨利没有任何权利。你将要忠实执行这个约定。我建议你上车，永远离开这个镇子，马上离开。如果你不走，我哪怕还有一口气，也要毁了你。"

艾玛愕然。她瞪着瑞金娜，对方越说越气，怒不可遏。然而，艾玛又一次感到，瑞金娜越想赶她走，她越想留下来。

艾玛心跳加快，就在她转身要走的时候，突然想到还要问明白一件事。

"你爱他吗？"她问道。

瑞金娜感到惊讶，然后是气愤。

"我当然爱他。"她恶狠狠地说。

然后，她转身回屋了。

★ ★ ★

艾玛开车到中心大街，也不知道自己是怎么回事。她决定不再多想，她的坏习惯就是想得太多。看到"老奶奶家庭旅馆"的牌子，她突然感到确信无疑：她知道自己不能离开亨利，不能再这么做了。

她停下车。

在家庭旅馆里，艾玛正赶上一位满头银发的老妇人与一个年轻的黑发女孩在激烈争吵。"这是我的家，规矩是我定的。你不能彻夜不归。"

"我真该搬到波士顿去。"女孩不屑一顾地说。

"真对不起了，我的心脏病让你没能在东海岸到处卖笑！"老妇人喊道，就在这时，艾玛清了清嗓子，老妇人一下子转过身。她朝艾玛甜甜地一笑。艾玛问有没有房间。女孩面无表情地盯着她看。

"当然有，当然有，"老妇人说着走到柜台，"我们还有一间非常好的客房。"

"太棒了。"艾玛说。

"你叫什么，亲爱的？"妇人一边在账簿上写，一边问。

"艾玛，"她说，"艾玛·斯旺。"

"艾玛，"一个男人的声音说，"真是一个可爱的名字，真可爱。"

艾玛回头看见一个陌生男人站在她身后，一头光亮的头发，穿着西装。

他拿着一根手杖，很是好奇地看着艾玛，然后走到收款机那儿，眼睛瞟着老妇人。

"多谢夸奖。"艾玛说。

"都弄好了。"妇人说。艾玛看出来，虽然不知道这男人是谁，老妇人明显害怕他。"都在这儿了。"她递给他一个信封。

"是啊，当然都在这儿，"男人拿过信封说，"我完全信任你。"艾玛看见信封口露出一叠钞票。

男人又笑着对艾玛说："很高兴能见到你，斯旺女士。也许我们会有更多机会见面的。"

他点点头，慢慢走了出去。

"那人是谁？"他一走，艾玛就问。

"那是戈登先生。"女孩好像告诉艾玛一个秘密似的，"这地方是他的。"

"这间家庭旅馆吗？"

"不，"老妇人说，"整个镇子。"

"嘿。"艾玛扬起了眉毛。

"给你钥匙。"她递给艾玛一根大大的金属钥匙，上面装饰着艺术花纹，简直有点滑稽。原来这镇子上没什么是正常的。"你打算住多久呢？"

"一个礼拜，"艾玛看着钥匙说，"就一个礼拜吧。"她需要这段时间，让自己确认亨利没事儿。这是必须的。还有别的合乎情理的做法吗？她必须了解自己的儿子。既然找到他了，就要离他近点儿。还能怎么做呢？

"一个礼拜！"老妇人叫起来，"太好了。欢迎来到童话镇。"

艾玛拿起钥匙。

外面，钟楼上的钟开始走动。

Chapter 2

你的挚爱

在童话镇的第一个早上，艾玛醒来，纳闷了一会儿，她在这个该死的镇子里干什么呢？

不过，她知道。她知道为什么会待在这里。

听到敲门声的时候，她正在洗手间。她打开门，惊讶地看见满脸笑容的瑞金娜·米尔斯。

"早上好啊！"瑞金娜说，"我想过来看看，送你一份礼物。"她举起苹果，不等艾玛请她，就径直走进小小的房间。艾玛警惕地看着她。"我相信，在你开车回家的路上，这些苹果会让你心情愉快的。"她接着说，"昨天夜里你还是没能离开镇子，真糟糕。"瑞金娜带着些许轻蔑，四处看了看，把苹果放在吧台上。

"我决定留下来。"艾玛看着苹果说，"不过，还是谢谢你。"

"你确信这是个好主意吗？"瑞金娜爽朗地问道，显然并不感到惊奇，"亨利这段时间有一些感情上的问题，我看你留在这儿，只能让他感到更加混乱，你说呢？"

艾玛想了一会儿，终于开口了："在过去这十二个小时里，你已经威胁我两次了，这让我更想留在这里。"

"什么？"瑞金娜说，"你把这些苹果当作威胁吗？我不会——"

"我知道你的言外之意。"艾玛说，"我想我会留在这里，直到搞清楚亨利在这里的情况。我要保证他没事。"

"我明白了，"瑞金娜说，"你担心我真是邪恶的，是吗？你也在看他的书。我向你保证，他什么事儿都没有。我们正在解决他遇到的问题。他不需要你。"

"你这是什么意思？"

"我是说，他正在看心理医生，"瑞金娜说，"也就是说，他很快就会懂得，真实比梦幻更加合理，就像我一直跟他说的一样。我的意思是，咱们俩只有一个人知道，怎么做才是对亨利最合适的。"

"我开始觉得，你最后这点倒是说得挺对。"

这个女人太放肆了，简直难以置信——艾玛无法想象有人会这样不顾一切地闯进一个陌生人的私人空间，如此傲慢无礼地说话，尤其在对方很可能要在这儿待上一段时间的情况下。瑞金娜果断地笑了笑，朝艾玛走近一步。

"我们聊得不错，"瑞金娜说，"不过，你是时候离开这个镇子了。"

"如果不，又怎样？"艾玛依然双臂交叉在胸前。

瑞金娜又走近一步，两人的脸离得很近，她冷冷地说："不要小看我，斯旺女士。你根本不知道我的能量。"

艾玛停顿了一下，想了想。

"好吧，"她终于说道，"那你就要给我展示一下你的能量啰，不是吗？"

瑞金娜将眼睛眯成一条缝："行啊，走着瞧。"

十分钟之后，艾玛来到小餐馆，她太需要喝一杯咖啡了，她还要好好想想。她要弄明白，为什么瑞金娜不遗余力地要把她赶出镇子。这个地方，整个镇子都有些不对头。是什么不对头呢？

当艾玛在当地报纸《童话镇每日镜报》的头版赫然看见自己的面孔，她更加觉得这地方莫名其妙。

那是很久以前佛罗里达州警方存档时拍的一张头像。她拿起一份报纸，坐进一个卡座。

没搞错吧？她想，一天工夫就能把这些信息凑在一起？

不管写文章的人是谁——署名是悉尼·格拉斯，他在很短的时间里，成功找出了很多有关她生活的细节。他知道亨利是在凤凰城出生的，他知道从那以后她在哪里生活过。他知道她曾经触犯法律，被监禁过。这还不是所有细节，但已经不少了。艾玛不寒而栗。她不喜欢小城镇，就是因为毫无隐私可言。

"这是你的。"

艾玛抬起头。家庭旅馆的那个女孩，就是跟祖母吵架的那个，站在她桌旁，笑着。她将手里拿着的热可可放在桌上。

艾玛看看她工牌上的名字：露比。

"谢谢你，露比，不过这不是我点的。"艾玛说。

"我知道，"露比说，她歪着脑袋笑了，唇上的口红如此鲜艳，似乎在发亮燃烧，让艾玛刮目相看。"你有个仰慕者。"

艾玛转身朝餐厅另一边望去，看见警长格林厄姆坐在一个卡座里。他喝着咖啡，也在看报纸。

艾玛站起来，拿着那杯可可，大步朝他走去。

"啊，你决定留在这里了，是吗？"他很友好地说。

艾玛一言不发，瞪着他。

"你愿意过来坐吗？"格林厄姆说着，做了个让她坐下的手势。

"听着，花花公子。送我一杯可可，姿态不错，你还能猜到我喝巧克力喜欢放肉桂，真令人敬佩——还没多少人知道这个呢。不过，我不是来这里调情的。所以，谢谢了，我可用不着，警长。"她用力把那杯可可放在桌上。

"那不是我送的。"他耸耸肩，一脸无辜地看着她。

"是我。"一个声音说道。

是亨利。他在另一个卡座，坐得矮矮的，艾玛没能看见他。"我也喜欢肉桂，"他接着说，"你好，你能留下来，我很高兴。"

"亨利，你在这儿干什么？"艾玛问道，"你不用上学吗？"

"要啊，我正要走呢，"亨利说，"能陪我走去学校吗？"

艾玛叹了口气，抱歉地看看格林厄姆。他温和地朝她笑笑，继续看报纸了。警长身上有些什么，让艾玛挺喜欢的。没错，他受瑞金娜的控制，但是他看起来挺有个性，长得也算是有点帅，算是吧。

她点头道别。

亨利带着艾玛走出餐馆。

"我真不敢相信你会留下来！"他们一出门，亨利就说，"这下子事情就好办了。"他很激动。艾玛笑了。

"我想，你妈妈更愿意我离开呢。"她说，"其实我这么做，也不像我平时的为人。"

"那是因为她是巫后。"

艾玛皱起眉头。他的内心世界似乎真的很丰富，可是，她不由得想起瑞金娜在她旅馆房间里说过的话。看在上帝分上，他在看心理医生呢。假如他真的有毛病呢？是不是应该顺着他呢？她不知道。她必须跟阿奇聊聊。

"跟我说说吧。"艾玛说。她认定，与其批评他无中生有，还不如跟他聊聊他热衷的话题。

"说什么？那个魔咒吗？"

"是啊，"她说，"是怎么回事？"

"好吧，那就说说。"亨利越说越激动，"是这样的，你和我必须破解魔咒，这就是我们要做的。行动的第一步是'确认身份'。"他若有所指地看着她，"整个行动的代号是'眼镜蛇行动'。"

艾玛顺从地听着亨利解释那个魔咒。童话镇所有人——"每一个人！"——都是跨界过来的，从童话王国来。他们原来在童话王国过着幸福生活，身份跟现在不一样。后来，因为白雪公主和白马王子得罪了巫后，为了惩罚他们，巫后决定诅咒整个童话王国。这个魔咒把生活在童话王国的每一个人都转世到这里——一个没有魔法的尘世。在如今的世界里，所有人都失去了幸福，而且时间停止转动，谁都不能离开这个地方，谁也不知道曾经发生过什么。他们都失忆了，困在这里整整二十八年，日复一日，过着同样的生活，除了亨利。他明白是怎么回事，也是因为那本书，还因为他不是在童话王国出生的。

"巫后必须从她的老敌友，就是玛琳菲森那儿得到咒语。"亨利解释道，"她去了女巫师的城堡，较量了彼此的魔法，最后王后从玛琳菲森的权杖上偷走了咒语。那场魔法大战打得无比疯狂！"

艾玛点点头。"不过，要让咒语生效，"亨利说，"王后必须找到一个人的心，那个在世界上最爱她的人的心。"

"哇，"艾玛说，"真够紧张的。"

"我知道啊！"亨利说，"你猜，她最后用谁的心来把魔法完成了？你怎么都猜不到。"

"我没法想象谁会爱一个巫后。"

"她父亲的心。她杀了父亲，炮制了魔咒。"

"她这怒气可是太严重了，"艾玛说，"像古希腊杀父的俄狄浦斯王一样。"

"最有意思的，"亨利说，"是你的身份。"

"我也来自童话王国吗？"艾玛问道，"谁知道这事儿？"

亨利不管她说什么，只管解释给她听，说她就是白雪公主和白马王子的女儿。

艾玛觉得这太好笑了。

不但如此，亨利说，她还是唯一能够破解魔咒的人。都在那些故事里呢。她就是那个在魔咒应验前一刻出生的小宝宝。

他把背包转到胸前，拿出一叠纸来——艾玛知道，这一定是他从那本书上撕下来的。他给她看一幅插图，上面有一个包在毯子里的婴儿，毯子上锈着"艾玛"的字样。

"这就是你的确凿证据吗？"艾玛看着插图说，"你知道，这个世界上还有很多别的艾玛。"艾玛将撕下来的书拿过来，翻看着，希望能找到作者的名字，或者出版时间。可是，什么都没有——没有时间，没有作者。可能在书里面吧。这东西是从哪儿来的，谁也说不清。然而，不管怎么说，书上的婴儿有那么一张毯子，还真是巧合。这让她想起，她被发现的时候也有这么一张毯子，她在很多寄养家庭生活过，可是毯子一直留在身边。她现在还保存着，在波士顿，塞在哪个纸箱里了。不过，这可不是什么她愿意拿出来的纪念品，与其相关的记忆，多半是痛苦的。

"我想，你应该把我撕下来的部分都看了，"亨利说，"这些写的是你的故事。我知道，你在看完这故事之前是不会相信我的。"亨利兀自点点头，又说："不过，你不能让她看见。绝对不能。我撕下来就是为了不让她看见。不然的话……会很糟糕。"

艾玛看了看书。

"真的吗？"她看着一幅王后的画说。确实有点像瑞金娜。她能想象亨利如何让自己相信这一切都是真的。

有可能。

"会很糟糕，"亨利说，"非常、非常糟糕。"

艾玛和亨利很快到了学校。分手之前，他抬头看着艾玛，笑了："谢谢你能相信我说的那个魔咒。我就知道你会信的。"他是那么认真，这简直要了艾玛的命。她可不会说：没问题，孩子，我压根儿就不相信你!

"孩子,我没说我相信了。"她说,她觉得最好还是说实话,不过,是有所保留的实话,"我只是听你说了。"这是大实话。

尽管如此,亨利还是笑着,然后转过身跑去上课了。艾玛看着他走了,依然不知道如何处理他与现实世界之间这"有趣"的关系。这个"眼镜蛇行动"好像让他无比开心,本能告诉她,你的孩子开心,应该不会是坏事儿。当妈的就是要让孩子开心,不是吗?但是,她内心的另一部分却在想,她这是不顾后果的行为,就像一个插手干预的老奶奶,给孙子吃糖,吃到他吐为止。这是外人的行为,为了眼前利益玩游戏,没有长远目标。

"看见他的笑容,真开心。"

艾玛吓了一跳,原来是玛丽·玛格丽特走了过来。

"哦,我猜是吧,"她说,"不过,不是我的功劳,是魔法。"

"你在这儿,不是吗?这很重要。"艾玛有点狼狈地点点头,把双臂抱在胸前。"瑞金娜知道你还在这儿吗?"

"知道。她今天早上言辞愤怒地款待了我一通,实在是太友好了。这个女人怎么可能被选上并出任公职呢?她根本就没有社交技巧。"

"她好像一直就是镇长。"玛丽·玛格丽特说。

艾玛看着她,扬起眉毛。

"这话怎么讲?"

"我想大家都太怕她,不敢与她竞争了吧。"玛丽·玛格丽特接着说,"我把那本书给亨利,恐怕只会给他添麻烦。"

"你从哪儿弄到那本书的?"艾玛问道。

"嗯,"玛丽·玛格丽特说,"我也不太清楚。我想是在学校

这儿吧。"

"顺便问问，他以为你是谁呢？"艾玛问。

"我？真是好玩。"她笑着低下头，"他居然认为我是——白雪公主。"

"哇，白雪公主，"艾玛点点头，对她另眼相看，"不错啊。"

"那你是谁呢？"

艾玛看着她，很快意识到自己的童话身份意味着两人之间是什么关系，她不想说出来。这个女子——这个让人感到温馨的女子，与她年龄相仿，可能更年轻一点——是她母亲。出乎意料地，在她的想象中，艾玛非常渴望接受这个想法，想锁定这种感觉，哪怕只是几秒钟。她小时候经常会这样，一个自己玩的游戏，她把这游戏叫作"编造妈妈的故事"。尽管她从来没有告诉任何人她都在干些什么：躲在衣柜里，或者在树下缩成一团，一待就是几个小时。她把那些时间都花在想象自己的母亲上了——她是谁，在哪里，她为什么会被迫遗弃她，让别人收养。几年时间过去了，久而久之，幻想最终变得连贯，在她心中形成模糊的印象，就像记忆一样：一个女子笑着朝她走来，伸出双臂，用甜蜜温柔的声音在说"艾玛，艾玛"。很傻，都是编出来的。十一二岁的时候，她意识到这全都是愚蠢的想象，从此再也不玩这个游戏了。

"我？噢，我不在书里。"

"也是啊，"玛丽·玛格丽特说，"你是从别处来的。"

艾玛笑了："不过，我要去见见蟋蟀吉明尼。"

玛丽·玛格丽特皱起眉头。

"他的医生，阿奇。"艾玛解释道，"知道能在哪儿找到他吗？"

玛丽·玛格丽特告诉她之后，艾玛穿过镇子去阿奇的办公室，一边走一边在想，介入亨利的心理治疗，是不是明智之举。但不管是否明智，她无法停下来。很可能阿奇什么都不能告诉她。不过，她是亨利的母亲……

她这么容易就适应了把自己当作亨利的母亲，真有点奇怪，她又想到跟玛丽·玛格丽特在一起的那一刻，超越常理地相信她就是母亲。就亨利而言，这是真的，不过，整个概念是一样的，不是吗？一开始你什么都不知道，然后，你知道了，于是哗啦一下，你对所有事情都开始另有想法了。她必须谨慎。她有很多心理弱点，很多方面会让她在这个地方特别脆弱。多年来，她已经在内心打造起盔甲，现在，就几天的工夫，盔甲出现了裂缝。倘若裂缝多起来，最终会被人利用的。

阿奇在门口笑着跟艾玛打招呼，将她请进他小小的办公室。艾玛一边走进去，一边告诉他，她要谈谈亨利的事儿。

"噢，不行，不行，根据职业道德，我真的不能——"

"我知道，我知道。我明白，医患特权嘛。我只想知道一件事，也许你能变通一下吧。"

阿奇放松了，搭起双臂。"什么事？"

"病因是什么？"艾玛问道。

整个上午，她心里一直在想这个简单的问题。"为什么他搞不清楚什么是真实的。他……有精神病吗？或者这仅仅是他的想象。我想，我需要知道他是不是有什么疾病或者仅仅是……我也不知道。确切的诊断是什么？"

这问题让阿奇看上去感到痛苦，特别是"精神病"这个词。他有些紧张地扶了一下眼镜，又摇摇头，带她走到他的桌边。"请不要那样跟他说话——请不要对他说，你觉得他是精神病，这么做很可怕。"他示意她坐下，自己也坐下了。"这些故事是他的语言。我们就这样看这些故事吧，他现在就是用这些故事与这个世界沟通的。他经历了很多事情，这是他在沟通，斯旺女士。这是件好事。"

"他在解决他遇到的问题。"

"没错。"

"那他遇到的是些什么问题呢？"接着这个问题，这么问是符合逻辑的。

阿奇似乎意识到她的思路。他撇起嘴唇，歪着头。

"是瑞金娜，是不是？她让他不开心了？"

"不，不，夸大其词了，太简单化了，"阿奇说，"当然不是。她是个性格复杂的女人，是个严厉的母亲，但她也是个好母亲。"艾玛留意到，他说这话的时候点了点头，他显然相信这一点。"你跟自己的母亲关系怎么样？你能明白我的意思吗？"

又一根射向心窝的箭。

"你显然没有看过今天早上的报纸。"艾玛说。

"你想说什么呢？"

"我也是被收养的。"她说，"我不知道母亲是谁。"

"啊，我明白了。"阿奇平静地说，似乎他觉得这挺合乎情理。他兀自点点头，摸摸下巴。"不过，你明白我的意思。与母亲的关系总是复杂的，"他笑了，"与父亲的也一样。"

"我觉得，有迹象表明，说到瑞金娜，事情会更加复杂。"

"她尽力了，但是她逼得有点儿紧，"阿奇继续说，他叹了口气，心里显然因为别的什么事而纠结着。接着，他打开一个文件柜，"你应该把他的病历拿去看看。你会明白的。"

艾玛皱皱眉头，充满疑虑。他的举止有些奇怪，有些什么不对头。"你为什么要这么做？"

"因为他喜欢你，"阿奇说着把病历档案递给她，"而我关心他。"

艾玛考虑了一下。确实，她感到有什么不对头的，可她想看这些档案。不管他在搞什么鬼，她相信自己能够应付。她伸出手拿过档案。

"就这么简单，是吗，大夫？"

"就这么简单。"他说着，又扶了一下眼镜。艾玛站起来，他站起来送她出去。

★ ★ ★

用不了多久，艾玛就知道，有关这个好心的医生，她的直觉是对的。仅仅过了几个小时，警长就"不可思议地"出现在她门口，神情严厉地看着她。"对不起，斯旺女士，"格林厄姆说道，拿出了手铐，"你被捕了。"

艾玛简直不敢相信自己的耳朵。她站在自己房间门口，刚刚洗过澡，换了衣服。警长望着她，眼里带着同情。她开门的时候，还以为是老奶奶拿来一堆干净的寝具呢。结果，是格林厄姆告诉她，她被指控与阿奇争吵，并且从他办公室偷走了亨利的病历档案。

"是他给我的。"艾玛交出档案，对警长说，"真是荒谬。你知道这是瑞金娜设的局，对吗？她设法强迫他这样说的？"

"我不得不给你戴上手铐，"格林厄姆说，"很抱歉。"

"行啊，"艾玛说，"再抓我一次吧。出现问题了吗？逮捕艾玛！"她猛然转过身，双手反扣在背后，"真是好样儿的警察。"

在警署，格林厄姆给她拍警方存档照片的时候，她谈论起瑞金娜："整个镇子都害怕她。你知道，我也知道。为什么咱们不能做点什么呢？她还插手什么了？"

"她是镇长。"格林厄姆说，"她事事插手。"

"所有事情吗？"艾玛扬了一下眉，问道。

"嗨，别那么紧张。"他说，一边押送她到牢房那边，"你在这儿才两天，她在这儿几十年了。也许你并不是什么都知道，好不好？"

"我知道我偷了什么，没偷什么，"艾玛说，"阿奇在说谎。"

格林厄姆没说什么，但是艾玛几乎可以发誓，她从他眼里看出点什么了。

★ ★ ★

艾玛已经怒气冲冲地在牢房里坐了十五分钟，这时，她听到一个熟悉的声音，便站了起来。

"喂！你必须把她放了！"

是亨利。他走进来，后面跟着玛丽·玛格丽特·布兰切特。格林厄姆惊讶地从桌前站起来。

"亨利，你在这儿干什么？"说着，他转向亨利的老师，一脸困惑，"布兰切特小姐？"

"我们是来保释她的。"亨利说。然后，他看了看艾玛，笑着说："我是说，她来保释，我没有钱。"

"你为什么要这样做？"艾玛问。

玛丽·玛格丽特有点不好意思，开始从钱包里往外掏钱。"我不知道。"她说，"我相信你。"

事情的进展让警长很意外，不过，他从容接受了。

趁玛丽·玛格丽特和格林厄姆在办理保释手续，亨利悄悄靠近牢房。

"干得不错。"他悄悄跟艾玛说。

她弯下腰，也悄声说："什么干得不错？"

"让他们逮捕你啊。事前策划好的吧？我懂的。"亨利点点头，"眼镜蛇行动的情报活动，是吗？"

"大概是那么回事儿吧。"

"好了，"格林厄姆在房间另一头说，手里举着一张纸，玛丽·玛格丽特笑着点点头，"看来一切都弄好了。"

艾玛站直身子。"好吧，"她说，"放我出去。"她看看亨利道："我还有事儿呢。"

★ ★ ★

艾玛径直去了五金店。

是的，艾玛是寻人的行家，她还有察觉别人在撒谎的诀窍。这两种本领在她追寻逃犯的职业中十分有用，不过，她还有第三种本领——了解对方的弱点，她有时觉得这是另外两种本领之间的黑色纽带，这个本领让她在工作中特别出色。她知道如何击中他人要害。逼急了，她也会找到盔甲上的裂痕。只要她想，就能找到裂痕，一旦找到，她也不怕开火。

她选了一台带二冲程发动机的电锯，让伙计把电锯从盒子里取出来，装满油，然后用信用卡付了款。"准备干点儿院子里的活儿吗？"柜台后面的妇人问。

"不，"艾玛说，"没这么回事儿。"

那个女人以为她是谁？敢夺走我的挚爱，我就要以牙还牙，这想法在脑子里转着圈儿，艾玛大步穿过中心大街，朝镇议会厅走去。怒火中烧的她，还是有节制的。她走进后院，打量着被瑞金娜视作挚爱的苹果树，按下电门，拉出手把。瞄着树干，她犹豫了，最后决定还是不要把整棵树锯断。锯下一条主干就够了。留下伤

口，但不是致命伤。这才刚刚开始呢，她还没完全准备好，没到用核武器的时候。

电锯相对轻松地锯进了一条树枝，从树上落下来的时候，树枝发出一声长长的撕裂声，艾玛听着，心满意足。她笑着后退一步。不用抬头看窗户，她也能感觉到瑞金娜在那儿，看着树枝落地。

周围静谧了一会儿，空气中弥漫着机油的味道，受伤的树没有发出任何抱怨。接着，瑞金娜冲了出来。

"你在干什么？"她尖叫道，大步走向艾玛，艾玛将电锯像武器一样举起来。电锯没开，她并不想把瑞金娜锯成两半，还没到那个份儿上。

"摘苹果。"她冷静地说。

"你疯了。"

艾玛朝前跨了一步，在被砍伤的树前与瑞金娜面对面。"我没疯。如果你以为用栽赃陷害的拙劣手法就能把我吓跑，那你才是疯了。你得想出更好的招数，夫人。再敢惹我，我会回来把这堆生虫的烂木头干掉。知道为什么吗，姐姐？你根本不知道我会做出什么来。"

她转身离去，剩下瑞金娜站在锯下来的树枝旁边，哑口无言。

艾玛转头又说了一句："看你的了。"

★ ★ ★

几个小时之后，在林子里走了半天，艾玛终于冷静下来。她带着新的决心回到老奶奶的家庭旅馆。她还不知道怎么去做，但是她要想出一个办法，让自己成为亨利生活的一部分。她不会到其他地方去的。

老奶奶看上去有些不自在，在门厅里拦住了她。

"亲爱的，真不好意思，"她说，"但我们这里的规矩是，不接受犯过罪的人。我不得不让你离开了。"

"什么？"艾玛问，"因为报纸上的报道？今天早上的？"

老奶奶难过地点点头。

艾玛已经处变不惊了，她拿出房间钥匙。"让我猜猜吧，"她说，"是镇长办公室的电话，让你想起自己定的规矩吧？"

"我们要尽量保护住客的安全。"老奶奶拿过钥匙说，"仅此而已。"

没什么，我以前也在车里住过，艾玛想。她收拾好不多的行李，拿到外面的大众车上。

"真见……"艾玛拿着手提袋走过去，眯眼看着自己的车：前轮给上锁了。又是瑞金娜。这女人还有完没完？

正这么想着，手机响了。艾玛不认识来电号码。

然而，她却能听出是谁的声音。

是瑞金娜。她想跟艾玛做笔交易。

★ ★ ★

艾玛离开车，走了半英里路，来到镇长宅子。她来到镇长办公的地方，被带进瑞金娜的办公室。她们相互打招呼，关系还有点僵，然后瑞金娜示意艾玛坐下。她拿来一杯饮料——这回不是苹果酒了，自己也拿了一杯。

"谢谢你能来。"瑞金娜说，"我希望这回咱们文明点儿。我看我们能处理好的。"

"把什么处理好？"艾玛问。

"所有这一切，"瑞金娜说，"有关你，还有这个地方。我感觉到，你现在留在镇子上的决心更加坚定了。我不是瞎子。我懂，与儿子作对，只能让他更加渴望得到他想要的东西。"

艾玛放松了，仅仅是一点点。她往椅子上一靠，吸一口气，说道："好吧，我听着呢。"

"我相信，你到这儿来是要把儿子从我身边夺走。"

终于说到点子上了。艾玛想了一会儿，然后说："这不是我在这儿要做的事。"

"那你为什么留在这儿呢？"瑞金娜问。

她自己也没完全弄明白。她一整天都在这个问题上纠结着。

"坦白说，我替亨利担心。"她最终说道，"他觉得镇子上每个人都是童话故事里的人物。这可不是好迹象。"

瑞金娜点点头："我猜，你不这样认为吧？"

"我当然不这么想。我不认为我母亲是白雪公主，我也不认为你是巫后。亨利现在很难分清梦幻与现实。这些都是疯话。"

看见瑞金娜咧嘴笑了，艾玛皱起眉头。瑞金娜眼睛瞄向右边，艾玛猛然转过身，朝办公室门口看去。亨利难过地站在那里，看着她们。

"你以为我是精神病吗？"他说着，泪水涌进眼眶。艾玛的心一下子提到嗓子眼儿。

"亨利，不是的，我——"

可是一切都晚了，亨利跑了。艾玛还没有站起来，他就跑没影儿了。

艾玛怒气冲冲地转向瑞金娜："你是故意的。你知道他会在这儿。"

"我当然知道他会在这儿，"瑞金娜若无其事地说，"他是我儿子。每个星期四的五点钟，他会准时来到这里。当妈的要掌握孩子的行踪。"

艾玛心跳加速，愤怒中夹杂着伤心与后悔。她输了——她伤害了亨利。不管事情的原委是什么，她到这里来，真是个傻瓜。

"你是没有灵魂的人。"她对瑞金娜说，她匆匆赶去追亨利，只想出这么一句话。

★ ★ ★

亨利在阿奇办公室里接受心理治疗。艾玛匆匆走近那座楼的时候，透过窗户看见他们的身影。就那么匆匆一瞥，她就知道是什么状况了。亨利在里面，坐在椅子上，弓着背，无精打采的，艾玛的心都碎了。艾玛不忍看见他伤心，而看到他高兴，她也会开心。也许，这种感受就是简单的指南针，能够指引她应该怎么做。

她没敲门就闯进办公室，亨利和阿奇都吃惊地抬头看着她。

"我要跟你谈谈。"艾玛说。

阿奇站起来。"斯旺女士，你这样做太不符合规矩了。"他伸出手想拦住她。艾玛瞪着他，他有点畏缩，开始弄他的眼镜。"档案的事儿，我感到抱歉。她跟我说——"

"没事儿，阿奇。这会儿，我操心的不是那件事。"她转向亨利，"我要你知道，我留在这里是为了你。因为你，我才会在这里。我不认为你有精神病。我觉得这个镇子不正常，这个魔咒是离奇的，可是，这不等于说，我觉得你发疯了。"

艾玛开始说的时候，亨利还心存疑虑，不过，她的话让他态度缓和了。

艾玛受到鼓励，从口袋里拿出那叠纸说："我看过这些了。你是对的——这是危险的材料。只有一个办法能不让她知道我的故事。"她走到壁炉那边，把纸投入火中，"她永远也看不到了。"他们看着书页在火中烧掉。"现在，我们占优势了。"

亨利笑了。"太棒了！"他嚷嚷着。

艾玛看看阿奇，以为他会做出警告她的表情，可是，阿奇见亨利为此兴高采烈，他也很开心。

"我就知道你在这儿是帮我的！"亨利喊着。

"没错，孩子。"艾玛说，"我就是来帮你的，魔咒也拦不住我。"

Chapter 3

坠入情网

白雪公主与白马王子初次见面是在他们婚礼前一年左右，那是在大路上，距离以点金术闻名的迈达斯国王的城堡不远。

一开始，他们俩的关系并不友好。

王子与他的未来新娘乘着护送他们的马车，在穿越森林时，白雪公主从树上跳下来，落在马车上。那会儿，她正过着逃犯的生活。当然，她那时不知道他是谁，他们会有怎样的将来，或者他与这姑娘订婚有什么蹊跷——对她来说，树下面的人只是有钱人，他们的马车仅仅是抢劫的目标。在她躲避追捕的日子里，抢劫只有一个目的：弄点钱，然后安然无恙地逃走。这回也一样。为了活下去，为了能再次反击。为了躲避王后和她的士兵，为了设法洗清她的罪名。

她趴在一根与地面平行的树枝上，看着马车缓慢行驶着，然后停下来。一个男人——挺傲慢的，她觉得——下了车，因为一棵树躺在路当中，挡着他们的去路，他顺着小路走下去查看。那棵树倒在那儿，是因为白雪夜里把树砍倒，放在那儿的。简单精妙的计划。成功率让她赞叹。

她从树上跳到马车上。就一会儿工夫——她已经变得很熟练了——她从里面抢出个钱包，几乎没有留意带着王室之尊坐在那儿的金发女郎，她昏昏欲睡，用手卷着头发。白雪只关心钱包，飞快跑开的时候，她留意到钱包的重量：里面会有贵重的东西。那女郎还没喊出来，白雪已经跑到他们一匹马的旁边了。

三十秒钟之后，风迎面吹着，白雪公主骑着一匹健硕的棕色骏马疾驰而去，心里已经在想着如何过巨怪桥了。她听到身后传来喊

声，有些惊讶。她转过身，只见那个傲慢的男子追踪而来。

她翻了个白眼。

他们总是以为可以抓到我，她想。

然而，这个男子的骑术好得出乎她的意料，再次回头的时候，他离她只有两匹马的距离了。她又踢了胯下的骏马一下，可是太晚了——她的肩上感觉到那个男子沉重的双手，两个人从马背上倾倒，接着摔在地上。

他们滚在一起。白雪摔下来的时候有所准备，缩紧了身子，但是她听到那男子哼了一声，知道他喘不过气来。当他们终于停下来的时候，他气喘吁吁地压在她身上。他眯眼看着她的脸，白雪猜想，他现在才看出她是个女的。她鄙视他眼中惊讶的神情。

（尽管她必须承认，那是一双非常好看的眼睛。）

两个人相互锁定目光，她利用这神奇的一瞬，用石头猛击他的下巴。

他向身后倒去，一下子晕了。白雪再次上马，疾驰而去，身后传来他的声音："我会找到你！我一定会找到你的！"

★ ★ ★

玛丽·玛格丽特·布兰切特独自在中心大街上走着，双手插在裙子口袋里，数着人行道上的裂缝。她刚刚结束跟惠尔医生的约会。一次非常非常糟糕的约会。

她叹了口气，踢了一下脚下的石头，抬头看着钟楼。上一回她跟喜欢的人约会是什么时候呢？她不知道。他很傲气，可能这也是意料之中的——毕竟，他是医生嘛。然而，他还对她没兴趣，那态度让玛丽·玛格丽特感到一阵曾经有过的伤感。其他人是不是觉得她很无趣？对她来说，跟人打交道真不容易。似乎她这一辈子约会都没找对人。她——

看见街对面的情景，她的沉思被打断了：亨利的亲生母亲，艾玛·斯旺坐在她那辆黄色的大众车里，全神贯注地看报纸。

玛丽·玛格丽特笑了，走到街对面，敲敲车窗。

"你决定为了亨利而留在镇子上，"玛丽·玛格丽特说，"是吗？"她佩服艾玛，尽管她无法想象，作出这样的决定是什么感觉，但是她很佩服。

"不管怎么说，我决定留下来。"艾玛说着伸伸腿。"让我无法相信的是，这地方没有房子租，"她举起报纸，"也没有工作。怎么回事儿啊？"

"我不清楚。"玛丽·玛格丽特说，"我猜这里的人喜欢一成不变的生活吧。"

"你在外面干什么？"

玛丽·玛格丽特把双臂抱在胸前，说："我刚刚约会失败，感谢你问起。"

艾玛点点头。"那种事儿，"她说，"我太知道是怎么回事儿了。"

"没有人说过能轻易获得真正的爱情，不是吗？"玛丽·玛格丽特说。艾玛又点点头，玛丽·玛格丽特觉得她眼里有种特别的神情——也许真正的爱情伤害过她，她突然感觉很不好。她说话为什么总会让自己没有退路呢？

"好了，"艾玛说，"晚安。我只好回我的'办公室'了。"

"你知道吗，你可以住在我那儿。"玛丽·玛格丽特突然说。这么说她自己也感到意外，但当这个建议还悬在两人之间的时候，也不知怎么的，她就感觉不错，觉得能行，觉得她们俩会相处得好。

她紧接着又笑了一下，补充道："我的意思是，在你安顿好之前。"

"这个嘛，嗯，你真好心。"艾玛说，"不过我得说，我真的不适合跟别人一起住。不是针对你的，你懂吗？不过，谢谢你的好心，真的。非常感谢。"

"当然。"玛丽·玛格丽特说，她退后一步，"当然，还是看你的感觉。"

她们分手之后，玛丽·玛格丽特回家了。一个晚上被回绝两次，她尽量不去细想这是什么感受。明天，她要去医院做志愿者。至少，那里的人会很高兴有她在身边。

向一个完全陌生的人提出那样的建议，到底是什么促使她这样做呢？她不知道。无论如何也想不明白。

★ ★ ★

"我找到你父亲了。"

艾玛坐在亨利身边，他们在他"城堡"顶层的平台上，她的腿吊在下面。

"真的吗？"她转头看看亨利。

这是一个星期六，不过，瑞金娜整天都有事，这意味着她与亨利可以在一起待些时间。她以前也跟他在这里碰过头，而且这样似乎是最好的。没必要把瑞金娜卷进来，没必要把事情弄得乱七八糟的。

"我对此严重怀疑，孩子。"艾玛说。

因为她曾经努力过，想找到他。找到他们两个。她"被遗弃，让人收养"的具体情况，很有些含糊不清，所以她没什么进展。什么线索都没有。毫无头绪。这孩子知道她所不知道的事情？压根儿就不会有这种可能。

"别不信，我知道。"亨利坚持说，"他就在这儿，在这个镇子。"他扭转身，拿起书。艾玛抬头看看天空，很快就知道他在说什么了。真是没完没了啊。

"你看，"亨利说着翻到书中的一页，上面画着一个男子——很帅，下颌结实，闭着眼睛，血从下巴流出来——躺在草地上。"是白马王子。这是白雪公主打了他，然后跑掉了。"

"你读的是什么乱七八糟的白雪公主的故事版本，孩子？"艾玛拿过书，问道。她往后翻了几页，随意浏览着。

"这事挺复杂的。"亨利说，"重要的是，他在这里。他是布兰切特小姐的真爱，可是，她居然不知道这个人就在这里。我见过他。在医院，昏迷好几年了。"

艾玛翻回刚才的插图。"是这个人吗？"她指着插图问。

"他的名字是无名氏。"亨利说。

"这么说他们不知道他是谁。"

"没错，但是我知道。"他说，"现在你也知道了。所以我们要让他醒过来，这样他就会想起布兰切特小姐是谁了。"

艾玛现在的策略是顺着亨利的话茬往下说，于是下一个问题就很自然了："我们应该怎样做呢？"

"我已经想好了。"亨利说，"我们只需要让她把这个故事念给他听。"

"什么故事？"

"他们如何相爱的故事，"亨利说，"这是很重要的。"

艾玛望着远处的海水，没说什么。

"怎么样？"亨利说，"你不觉得这很重要吗？"

"我同意，真的。"艾玛说，"不管你信不信我说的，我完全同意。"

　　亨利脸上是他那灿烂而不可抗拒的笑容。"这么说，你会帮我啰。"

　　"肯定的。"她说，"不过，要按我的办法去做，不是你的办法。我的办法，明白吗？"

★　★　★

　　"先让我搞清楚。"玛丽·玛格丽特怀疑地看着艾玛说，"你想让我把这些故事念给无名氏听，就是我给亨利讲的那些儿童故事？那个昏迷的无名氏？在医院那个？"

　　"对。"

　　"而你想我做这件事，是因为亨利认为，这故事能唤醒他，因为他是白马王子，我是白雪公主，我们是灵魂伴侣，真爱能够战胜魔咒。"

　　"是吧，"艾玛咬了一口她正在吃的芹菜，点点头说，"大概就是这么回事儿吧。"

　　"真是一派胡言。"

　　艾玛歪歪头。"是有一点，"她说，"可也不全是。"

　　她们在玛丽·玛格丽特的公寓里，坐在沙发上。看见敲门的人是艾玛，玛丽·玛格丽特很高兴，原先还以为她来谈做室友的事儿呢。但是，艾玛直截了当地——看来她总是实话实说——就告诉她有关医院里那个无名氏的计划。真是太荒谬了。然而，玛丽·玛格丽特仔细端详着眼前这个奇怪的女子，想想这个计划可能产生的后果，这将意味着什么。她是对的。也许不都是胡说八道。

　　"你没说出来的是，"玛丽·玛格丽特说，"这个人不会醒过来，亨利会看到这个结果，而这会是比较温和的让亨利知道的办

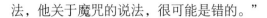
法，他关于魔咒的说法，很可能是错的。"

艾玛很快笑了一下，继续吃她的芹菜。

"大概是这样吧。"她说。

于是，玛丽·玛格丽特同意了。为什么呢？有很多原因。她喜欢艾玛·斯旺，喜欢这个帮助亨利的计划，喜欢这个简单精妙的解决方案。她甚至喜欢有机会当着惠尔医生的面，念书给病人听——一个英俊的病人。是的，这理由听起来傻乎乎的，但是说实话，有几次她已经留意过无名氏了。从他身边走过时，她感觉到心灵深处微澜波动，静静的，闪着似曾相识的光亮。玛丽·玛格丽特腋下夹着那本书，在去医院的路上思忖着，她喜欢无名氏，是不是因为他总是在那儿，始终如一，总是那么可靠。没错，他不会说话回应，没错，他不知道她是谁，但他是不会变的。就跟她一样，他形单影只，困在童话镇，无法离去。

她觉得生活一成不变，已经到了难以置信的程度。她已经在这里待了那么久，但是，每一年，孩子们都似乎是一样的。她对童话镇复杂的感情似乎也是一成不变的，而她的孤独感——她朦胧的内心深处，根本不相信自己会是一个宅女：几乎谁都不认识，独自喝茶，度过漫漫长夜。是啊，这一切从来没有改变。童话镇是一潭死水，还是安全之地？都是吧。这些小事——去医院陪病人——既是做好事，也是消磨时间。

她在病人床边坐下，让自己坐得舒服点，打开书。

她看看书上的字，又抬头看看他。

"我知道有点怪，"她说，"我这样做是为了一个朋友。尽量忍受一下吧。"她从宽宽的玻璃窗望出去，看见惠尔医生在这层楼的另外一边查房，埋头看着一张图表。她回头看看无名氏，扬扬眉毛："如果故事讲得无聊，那就抱歉了。"

她开始念了，念着艾玛让她看的故事，渐渐沉浸在其中：潜逃中的白雪公主，跟绿林好汉没什么区别；她第一次邂逅王子；然后是第二次见面，两人之间燃烧着激情，他们都不知道两人之间有那么多共同之处。在把书给亨利之前，玛丽·玛格丽特并没有看完，但是，念到一个地方，她停下，抬头看看，说："也许，这不完全是写给孩子看的吧？你说呢？"她觉得这些故事既适合孩子也适合成年人。

　　她又看到那个词了：强盗。逃犯，不守规矩的人，超越社会规范，勇敢地生活的人。她绝对不是个强盗，不会的。她是个好人，小心谨慎，心地善良，遵纪守法。她不会惹麻烦，不像艾玛·斯旺。她也想做个强盗，可不知道怎么做。

　　也许我不是强盗，她想，可我有强盗之心。

　　一直念到最后，她依然被故事中的情感风云所吸引，看到最后一段的时候，她很好奇故事的结局会是什么。白马王子与白雪公主走到一起了，尽管他们一直在相互争斗。她念道："凝视着对方的眼睛，他们不需要用语言来表达心中的感受。就在这里，在巨怪桥的影子下，他们之间的爱情诞生了。从此，他们知道，无论怎样被分开，他们一定会找——"

　　玛丽·玛格丽特停住了，声音憋在嗓子里。

　　不可能。

　　可是她感觉到了。

　　她心里已经知道会看到什么，她缓慢地让眼睛从书本挪到自己放在书边上的左手。已经悸动的心，开始剧烈跳动。

　　无名氏的手放在她的手上。

　　不仅放在她手上，还紧紧捏着。

　　她站起来，捂着嘴，挪开他的手。最后看了一眼他依然紧闭的双眼后，玛丽·玛格丽特跑去找惠尔医生。

★ ★ ★

　　白雪公主最后看了一眼她所有的物品，知道也许忘掉了什么重要的东西，但是时间紧迫也顾不得了。她搭建在树上的家，离抢劫那个傲慢（英俊）的傻瓜，用石头将他击倒在地的地方，只有几英里，现在，她觉得精明的做法是，撤离这个地区。不过，那个男子有点……

　　她低头看看自己最宝贵的东西：一个小小的水晶瓶，里面装着一点点极具魔力的仙粉。在过去的几个月里，她学会了用武器进行战斗，但这是更高层次的武器：魔法。用这种仙粉，她可以击败最危险的敌人。当然，她的计划是用仙粉对付巫后。她不知道机会从何而来，或者来自何时；但是机会来临之时，她会有所准备。

　　她把水晶瓶套在脖子上，把金子放进腰带里，转身离开那棵树。她迈了一步，然后，眼看着脚下的地面开始挪动。

　　其实是朝上面挪动。是一张用树叶覆盖着的网，她还没来得及反应过来，已经被那张网捆绑着，高高地吊离地面。她被捕获了。

　　"啊哈，你好啊。"一个声音在说，她认出了那个声音，露出了沮丧的表情。

　　是他，那个傲慢的男子。他双手叉腰站在那儿，显得十分自豪。

　　"跟你说过，我会找到你的。"

　　"求求你了。"白雪公主边说，边伸手摸她的匕首。她拔出匕首，正准备割烂包裹着她的网。

　　"嗨嗨嗨，"王子见状说道，"离地挺远的啊，小心点，你会摔断脖子的。我可以慢慢把你放下来。"

　　他们彼此凝视着。

"不过有个条件。"他补充说。

"你只会这样捕获一个女人吗？用网来抓？"

"其实，这是我抓贼的绝招。"他说，"追女人嘛，我有很多别的办法。"

"行啊，不愧是白马王子。"白雪公主说。

听到这话，他咧嘴笑了。"我也有真名。"

"我不管，"她说，"你就是魅力十足的王子。砍断绳子让我下来吧。"

他收住笑容："我会的，只要你把我的东西还给我。"

"早就没了。"

"那我们就要找回来。我想东西不会走得太远吧。那个袋子里有一个我非常珍惜的结婚戒指。确切地说，那是我母亲给我的戒指。"

"噢，当然咯。"白雪公主翻个白眼说，"马车里那个唠唠叨叨的女人！哈！你当然会娶个那样的人。让我猜猜吧。她是个公主，这是一段非常重要的婚姻。"

"你给装在网里了，还那么粗鲁，真是不可思议。"王子说，"你知道吗？"

"我为什么要帮你？"白雪公主说，"我凭什么帮你？你会怎么样，王子？如果我不干，就给我用刑吗？"

"不会的。"他说。白雪公主听出来，他不再跟她闹着玩儿了。"但是，有些人很可能会。"

透过网上的洞，她仔细打量着他，他目不转睛地抬头看着她。

"什么意思？"

"我是说，我知道你是白雪公主。"他说，"如果你不带我去找那些珠宝，我会把你交给王后的人。"他从马甲里掏出一张通缉令，举起来。上面的画像惟妙惟肖，简直惊人。她怀疑现在否认是否还有用。"你选吧，是帮我，还是我告发你。我有一种感觉，王后可没我这么有魅力。"

★ ★ ★

她答应带王子去她卖珠宝的地方，他马上将她从树上放下来，一边还说，他相信她不会跑，跑也没用，他会再次找到她。不管她如何希望再一次用石头砸他的脸，把戒指找回来还是最明智的做法。

他们走了三个小时，两人没怎么说话。一路上，白雪公主在树林里找着路，怒气冲冲的。在她身后，白马王子满不在乎地漫步走着。他那大摇大摆的样子让她讨厌。接近中午的时候，他让停下来休息，白雪靠在一棵树上，朝西边看去。

"那是什么？"他问。

她意识到自己正在用手摆弄脖子上戴着的水晶瓶。"跟你没关系。"她说，把手从瓶子上拿开。

"现在就有关系了。"说着，他飞快伸出手去，将那精巧的物件从她脖子上拽了下来。

"小心点！"她喊道，"这是武器，是仙粉，能把任何敌人变成能轻易被碾碎的东西。"

王子给逗乐了，翘起一道眉毛，端详着小水晶瓶。"是吗？"他说，"那你为什么没有用来对付我呢？"

"我留着对付有分量的敌人。"白雪公主说。

"像王后那样的？"

"这跟你一点关系都没有。"

"也许没有。"王子说，"不过还是告诉我吧。你对她都做了些什么，把她气成那样？你还真有两下子。"

"她憎恨自己，于是就憎恨所有人，显然，她特别恨我。我什么都没做。"

王子认真地看着她。她回眸相视，知道自己眼里冒着火，但也不想掩饰。

他耸耸肩。"好吧，"他说，"谁让我刨根问底呢？"他把水晶瓶递过去。

"什么？"白雪问，"你就这样……还给我了？"他可没按主人和囚犯的规矩出牌。

"是的。"他说，又耸耸肩，"当然。看起来你会用得着。"

★ ★ ★

亨利和艾玛一起坐在小餐馆，等玛丽·玛格丽特来，讲头天晚上给无名氏朗读故事的事情。

"我可不想让你抱太大希望。"艾玛喝一口热巧克力说，"我们——"

他们俩都抬起头，看着玛丽·玛格丽特闯进来，径直来到他们桌前，艾玛从来没见过她这么激动。

"他苏醒了。"玛丽·玛格丽特侧身坐进卡座。

艾玛不用猜就能知道，亨利脸上是如何笑开了花。她们原来的计划可不是这样的。"你说什么？"她说。

"他抓住我的手，就在我念到故事结局的时候。"

"他恢复记忆了。"亨利说，他若有所思地点点头，似乎这一切都合乎情理，然后，他站起来，"咱们去医院吧，快走啊！"他朝餐馆门口跑去。

艾玛歪歪脑袋，看着玛丽·玛格丽特。"你在干什么？"她说。

"是他。"玛丽·玛格丽特坚持说，听起来更像是亨利的口吻了，"我们之间——有些什么关系。"

"不是什么白雪公主与白马王子的关系吧？"

"不，不是。"玛丽·玛格丽特说，"没有，就是某种关系。"

"那么，我想咱们还是去亲眼看看吧。"

★ ★ ★

他们三个在医院门口见到格林厄姆警长，他举起双手，让艾玛感到发生了什么事。她停住脚步，问道："怎么回事儿？"

"这跟你没什么关系。"格林厄姆回头看了看说，"我想你们到这里来，是因为昨天晚上发生的事情吧？无名氏与布兰切特小姐之间？"他匆匆地朝玛丽·玛格丽特点点头，这让艾玛想起来，这些人之间都有一些私人关系，她还不知道他们俩是什么关系。

"出什么事了？"玛丽·玛格丽特问，"他还好吧？"

"不是他好不好的问题，"格林厄姆说着，转过身带他们走进去，"而是他不见了。"

"不见了？"艾玛说，"这怎么可能？"

他们来到惠尔医生跟前，他摇着头在看一份图表。"我们还不清楚到底是怎么回事儿。"格林厄姆说。

"这是不可能的，"惠尔医生说，"至少，从科学的角度是不可能的。"他补充道。

"然而，他不在这儿。"艾玛说，"有人把他带走了吗？"

"我们还不清楚——"惠尔医生沉默了，眼睛看着他们身后。艾玛听到高跟鞋哒哒的响声，她一下子紧张起来，回头正好看见瑞金娜朝他们大步走来。"他们在这里干什么？"她质问道，"你在这采取的是什么行动啊，警长？这里是不是犯罪现场？"

"你都干了些什么？"亨利问瑞金娜。

她低头看着亨利，脸色缓和了一点，她弯下腰，搭着他的肩膀说，"什么也没干，亨利。我来这儿是想搞清楚他出了什么事儿。"

"为什么镇长会插手失踪案呢？"艾玛问。

瑞金娜直起腰来："因为我是他的紧急情况联系人。"

"你认识他？"玛丽·玛格丽特问，"怎么会呢？"

"我不认识他，是我发现他的。"瑞金娜说，"很多年前，在路边。"

"先别说了，"玛丽·玛格丽特说，"如果他在外面什么地方，不管什么地方，他会不会……人不能从昏迷中苏醒，然后就什么事儿都没有，"她看着惠尔医生，"是吗？"

"这些年他一直靠管饲活着，腿上肌肉已经萎缩，如果他是有意识的，那么他会迷失方向，惊慌失措，等等。他不会安然无恙。他需要马上回到这里。我不想猜测他会出什么事儿。"

"那就找到他。"瑞金娜说着，拉起亨利的手，"这不是你待的地方，咱们走吧。我不想你跟着那个女人到处瞎跑。"

亨利满眼不情愿，被拽走之前心照不宣地看了艾玛一眼。她知道他在想什么。他在跟她说：去把他找回来。

★ ★ ★

又走了一小时，白雪放慢脚步，然后把手放在王子手臂上，让他停下来。"好了，"她说，眼睛凝视着前面的桥，"到了。我们要特别小心。"

"小心巨怪？"他说，"你不是开玩笑吧？"

"你见过巨怪吗？"

王子看着她。

"所以啊，我们要小心。"她重复道，然后带他走上破旧的石桥。

她憎恶巨怪，但是作为生意伙伴，他们也不是最不堪的。他们总会有金子，也似乎总是愿意买她的赃物。白雪心跳有些加快，她稳住自己，吸一口气，然后与王子一起走到桥中间。

看见白雪望着他，王子朝她微微一笑。

她觉得有点心软，真的。

"怎么了？"她问。

"接下来怎么办？"他说，走到桥边，看着桥下，"我们是不是发出巨怪的叫声？"

"不，"她说着，伸手掏出钱包，"我们敲门。"

她跨过长满青苔的石头，把五六个金币放在桥的边缘。"退后。"她说。王子照着做了。

他们先是听到爪子抓挠的声音。她曾经见过巨怪爬上大桥墩的样子，她不想再多看一次。他们像蜘蛛一样，不过更加丑陋。巨怪住在桥下面，她想象他们住的地方污秽脏乱，想想都让她身上发抖。老天保佑，别让她落到那样的地方。

王子一边听着，一边发牢骚说："这么说他们——"

巨怪首领是第一个从桥边蹿出来的，瘦骨嶙峋，步履蹒跚，身上盖满了苔藓和灰尘，他翻过桥的边缘，站起身来，足有八英尺高。王子已经将手放在剑柄上了，白雪碰碰他的手，摇摇头。他看看她，将手放下来。

"他们好像没有超凡魅力，是吧？"王子悄悄说。

"看在上帝分上，这是谁？"巨怪首领的声音嗡嗡响，他指着王子，然后缓慢地伸长脖子，看着白雪，"你呢？怎么又回来了？

我们的生意已经做完了。"

"我来做一笔新生意。"她镇定地说，"我想回购一件东西。那个戒指。"

巨怪首领皱起眉头，哼了一声，低头朝一个同伙看去，他拿出一个不大的粗麻袋，在里面掏了一会儿，拿出一个戒指举着，然后又扔回袋子里。

巨怪首领回头看着白雪公主。"我不跟他做生意，"他又说道，"我问过一次，现在再问一遍。他是谁？"最后这几个字从他口中喷出来，从愤怒与痛苦的深处爆发出来。白雪面不改色，心中却充满恐惧，惊恐万分。

"他谁也不是，"她说，"咱们交易吧。我把钱都退回给你，你只需要把戒指给我，行吗？你可以把其他东西都留下。"

他侧着头，盘算着。最后，满腹狐疑地看了王子好一会儿之后，他转向一个随从，点点头。那个巨怪拿出那个装满珠宝的麻袋。

"谢谢，"王子说。白雪暗自想：别啊，别谢他。可是王子没看见她警告的眼神，继续着他荒唐的礼貌："我们感谢你的帮助。"

巨怪首领看着王子，举起一只手，让另外那个巨怪等等。他指着王子干净的手指甲，轻蔑地说："看看那双手，"他像恶魔似的咧嘴笑了，"看看那吃香喝辣长出来的屁股。这个人是王室的。""王室"两个字是嚎叫出来的，白雪知道交易做不成了，至少不能客气地做成。在场的五个巨怪都拔出匕首来。

"是又怎么样？"王子说，声音里带着挑战。

白雪垂下头。"千万别承认。"她告诉他。

"把他拿下。"巨怪首领命令道，其他巨怪团团围住王子。他推开白雪，举起剑。

然而，他没机会用剑——动作像猫一样快速敏捷的巨怪一拥而

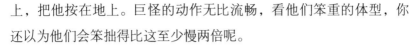

上，把他按在地上。巨怪的动作无比流畅，看他们笨重的体型，你还以为他们会笨拙得比这至少慢两倍呢。

白雪无助地看着他们扯开王子背着的袋子，里面装着她的全部财物。很快，一个巨怪从王子背心里搜出通缉令。巨怪首领打开通缉令，仔细看看，摇摇头，又看着白雪。

"白雪公主，"他说，"原来我们一直在和白雪公主做生意。"他大声笑起来。"收获真大！"他说，然后，又对他的喽啰说："把她也拿下。"

两个巨怪争先恐后朝她跑过来，就在他们来到身边之际，白雪一眼看见王子正在挣脱其他巨怪。她在最后一刻弓身闪开，两个巨怪没抓着她。她顺势扑上前，在地上摸索着捡起他们的东西，包括巨怪拿出来的珠宝。这时，她看见王子将一个巨怪扔到其他两个巨怪身上——真厉害，她想——她知道他们俩都有路可逃了。"快跑！"她朝他喊道，然后转身就跑。她可以听到他在身后的脚步声。

然后，她听见他摔倒的声音。

她回过头，看见又一个巨怪爬上来，抓住奔跑中的王子的脚腕，现在，所有巨怪都上来压住他。如果离开这里，她就自由了，而且还拥有所有财物。可是，他就死定了。

白雪没有多想。

她放下包裹，打开仙粉瓶，急速转身，朝打斗现场走去。巨怪首领看见她过来，露出恶心的笑容。"王室之血，"他说，"这是最甜的血。"

白雪的回应是将一撮仙粉撒到他脸上。巨怪首领变成一只蜗牛，然后从桥上的一个裂缝里掉了下去。

其他巨怪来抓她，她一个一个地朝他们撒仙粉，所有巨怪都变成了蜗牛。当她大功告成的时候，王子独自躺在桥上，敬畏地看着她，几只蜗牛有气无力地在石头上黏黏地爬行着。她的水晶瓶空了。

"你救了我。"王子站起来说，"谢谢。"

"这是应该的，好人都会这么做。"白雪说。

他看看空了的水晶瓶。"现在你的武器没了。"他说。

"我会想出别的办法，杀掉我想杀的人。我不能自己走掉，让白马王子去死。"

"我有名字的，你知道吗，我叫詹姆斯。"

"好吧，詹姆斯，很高兴认识你。"

看到他看着她的神情，白雪觉得有点不好意思，感到自己开始脸红了，她转过身去。"走吧，"她说，"咱们走吧，别等更多巨怪现身。"

他点点头。他们并肩走去，王子故意用力踩住一只蜗牛，白雪觉得这咔嚓一响真爽。

★ ★ ★

艾玛、格林厄姆和玛丽·玛格丽特在林子里搜索了好几个小时，希望能找到失踪男子。他们一人拿着一只手电筒，在树干上和浓密刺人的灌木丛中来回照射。格林厄姆是追踪高手，顺着无名氏的踪迹跟了相当一段距离，直到痕迹消失。艾玛留意到，在整个事件中，玛丽·玛格丽特的情绪似乎非同寻常地激动。她寻思着玛丽·玛格丽特在想什么。很可能，她觉得自己对此负有一定的责任。如果玛丽·玛格丽特觉得这人就是她的白马王子，那就愿苍天保佑了，她想。

他们在林中小径的尽头分手，继续分头寻找，但是半个小时之后，一无所获，又重新汇合了。艾玛正要建议他们等天亮再接着找，只听得从医院那个方向，传来沙沙的响声。

"谁？"格林厄姆果断地朝着那个声音的方向厉声问道。

亨利一言不发，出现在林中空地，脸上带着他标志性的笑容。

"我的天哪，孩子，"艾玛说着朝他走去，"你母亲知道你跑到这儿来，会杀了我的。"

"你们找到他了吗？"亨利问道，他看看艾玛，又看看格林厄姆警长。

"对不起，亨利，"格林厄姆说，"还没呢。艾玛说得对——我们必须送你回家。"

"可是，我能帮你们。"亨利说，"我知道他上哪儿去了。"

"哪里？"玛丽·玛格丽特问，"你怎么会知道？"

"我知道，因为我早就知道那个故事了。"亨利说，"走吧。"

艾玛想一把揪住他的衬衣，亨利却跑了。他们三人尴尬地站在那儿，呆呆地相互看着，然后，一起喊着亨利的名字追过去。

这么个小东西，跑得还真快，艾玛想着，一边左右躲闪着几乎看不见的树干。她跑得太快，手里的电筒摇晃着，只能隐隐约约看见亨利那个跳动着的大背包。"孩子！"她高声叫道，"别跑！你上哪儿去啊？"可是，亨利一直没有慢下脚步。

他带着他们穿过树林，直到艾玛和格林厄姆气喘吁吁地从林子里跑出来，来到她还没见过的一条河边上的小空地。亨利停下来，转过身等他们——最后，落在后面的玛丽·玛格丽特终于也出现了。"就是这座桥。"亨利指着黑暗的前方说。

艾玛朝他指的方向看去。从童话镇出来的路，在这里跨过一条河，横跨河面的是一座白色的桥，锈迹斑斑的。

她回过头去看亨利，准备问他到底在说什么，可是亨利已经在林子边上寻找着。"他一定会在这附近的。"

"噢，我的天啊，"玛丽·玛格丽特用手捂着嘴，她指着河水，"在那儿，"她说，"他在那里，我看见了。"

无名氏真的在那儿，脸朝下浮在河面上，一动不动，住院服像一朵云似的在他周围飘着。

格林厄姆率先下水，把他拽住。他转眼间就把无名氏竖起来，然后把他拖到岸边，接着，格林厄姆从皮带上取下对讲机叫救护车。这时，玛丽·玛格丽特跪下，将一只手放在无名氏胸口上，慢慢朝他的脸垂下头。

"回来吧。"她对他说。

艾玛神色严峻地站在那里。看着玛丽·玛格丽特给无名氏做口对口人工呼吸，她觉得很不自在，因为她几乎可以肯定无名氏已经死了。她不知道应该如何理解——所有这一切。她不忍心把明摆着的事实告诉玛丽·玛格丽特。格林厄姆握着无名氏的手腕，等着脉搏的跳动，心里的想法可能跟艾玛一样。还有，是她自己神智错乱了吗，还是玛丽·玛格丽特真的在亲吻无名氏？

没多久，亨利也来到她身边，看着他们。她有一种冲动，想把他的眼睛捂上，连自己的眼睛她都想捂上。

"他会没事儿的，"亨利先知先觉地说道，"别担心。她要吻他，才能把他唤醒。没什么不合情理的。这一点都不荒唐。"

"但愿他能醒过来吧，孩子，"她将一只手搭在亨利的肩膀上，"我可不在乎是否合乎情理。"

艾玛能听到远处传来的警笛声，格林厄姆难过地看着玛丽·玛格丽特，似乎正要制止她。他抬头看看艾玛，艾玛耸耸肩。

就在这时，无名氏吸了口气。

艾玛能够感觉到亨利听到这声音时的激动，她朝他们走了几步，亨利跟在她身后。"她把他唤醒了！"亨利说。艾玛不知道出

了什么状况。她用手电筒照照无名氏的脸，非常震惊地看到他睁开双眼，看着玛丽·玛格丽特。

"谢谢你。"他费劲地说。他抹了一把脸上的水，困惑地看看周围。

"我的名字是玛丽·玛格丽特。你知道你是谁吗？"

他瞪着她，显然在使劲想着。"不知道，"他最终说道，"我——我不知道。"

★ ★ ★

几分钟后，救护车到了，惠尔医生和其他医护人员将无名氏抬进救护车。艾玛看着关注着这一切的玛丽·玛格丽特。过了一会儿，救护车开走了。

这事儿对她影响太大了，艾玛看着她的新朋友想道。玛丽·玛格丽特开始拨弄脖子上的项链，"我们应该去医院，看看他。"她自顾自地说道。

艾玛走上前去。"是啊，"她点点头说，"应该去。来，咱们走吧。"

他们静静地走上坡地，绕道桥边。看到桥上的标记，艾玛咧嘴笑了一下。标记上用黑色字体写着"收费桥"，有人居然做了小小的涂改，让"收费"（toll）两个字看起来像"巨怪"（troll）。

★ ★ ★

王子与白雪穿过森林，一口气跑了好几里地，他们保持轻快的脚步，离巨怪们越来越远。白雪很快意识到，自己比王子跑得快，于是她稍微放慢了脚步。

一小时之后，步行取代了奔跑，他们安全了。白雪想，没理由再一起赶路了。

然而，他们还是一起走着，谁也没说话。

又走了一会儿。

再多走一小段。

又过了一个钟头，他们终于来到一条岔路。该分手了。

王子低头看着自己的靴子："嗯，很有趣的经历。"

"是啊，我同意。"白雪说，"我们跑开的时候，你踩了其中一个。"她调皮地看着他，"肯定不是故意的吧？"

"噢，哪里，"王子抬起头说，"那是故意的。那一脚踩得真过瘾。"

她咯咯笑了。他们俩稍稍转身，面向对方。

"我看，我们应该交换物品了。"王子说，"马上要分头赶路了。"

"你说得对。"她说。她盯着王子的眼睛，看了一会儿，然后伸手从怀里掏出一小包珠宝。他也掏出那一小袋金币。他把袋子举起来，丢进她另外一只手，然后手掌朝上。白雪将包里的珠宝倒在他手上，低头看着他在珠宝里翻着，找到戒指。

"我知道，我知道，"他看着她的眼睛说，"不是你喜欢的那种珠宝。"

"说不定呢？"她说着，捡起戒指，"只有一个办法能看出来，不是吗？"她微笑着，将戒指戴在无名指上，戒指恰好合适，她举起手，张开手指。

"你说得对，"她说，"不适合我。"

他点点头，把剩下的珠宝放进包里，然后抓住她的手。他一边将戒指从她手指上摘下来，一边说："如果你还需要的话，可以把

童话镇

其他珠宝都拿去。我只要这只戒指。"

"没必要了。"白雪说，"今天我们都得到了各自想要的。我想。"

"是啊，也许吧。"王子说。难堪的瞬间过去了，白雪有点冲动，想说点玩笑话，打破他们之间的尴尬。但她没这么做，她不想这么做。

"祝你好运，"他说。然后又说，"如果你将来需要什么……"

"……你会找到我？"她接着说，脸上露出狡黠的微笑。

"是的，"他说，"总会找到的。"

"你知道，听起来可能有点傻，"她说，"但是我相信你。"

他点点头，后退一步。"也许我们要等着，看是不是真的。"他又点点头，看着脚下要走的小道，然后扭过身向着她。"再见，白雪公主，"他说，"跟你做生意真开心。"

"再见，王子。"她说完就转身走开了。她没有回头，因为她不想让他看见自己脸上的红晕。

★ ★ ★

要回童话镇的医院，他们不得不一路步行。等他们到了医院，艾玛留意到，医院门前停着几辆新来的车。她轻蔑地看看瑞金娜的奔驰车，然后抬眼看看靠近医院门口紧急停车处的救护车。

医院里面，惠尔医生和几个护士站在无名氏床边，给他做检查。艾玛注意到，他身边另外有个女人，看起来不像是医护人员。她一头金发，长得高高的，很有风度，脸上带着体贴关切的表情。她在慢慢地跟无名氏说着话，似乎在解释什么，无名氏望着她。

他们刚走近无名氏的床，瑞金娜就看见他们了。她走过来拦住他们。"我不知道你自以为在我们镇上做什么,女侦探,"瑞金娜对艾玛说,"不过,你已经开始引起种种混乱,我对此感到厌倦。"她瞄了一眼玛丽·玛格丽特,接着说:"斯旺女士,自打你来到镇上,童话镇似乎比过去多出很多……冲突。我不认为这是巧合。"

"也许不是,"艾玛说,"也许你是对的。"

瑞金娜瞪着艾玛,想弄清楚她到底什么意思。艾玛自己也不知道,但是她很高兴看到瑞金娜的反应。

"那个女的……是谁?"玛丽·玛格丽特怯怯地说,艾玛与瑞金娜的对峙和瑞金娜的怒气,都不在她眼里,她只是看着无名氏旁边的金发女郎,这会儿金发女郎正在抚摸他的头发。

"她是凯瑟琳,"瑞金娜说,"无名氏的妻子。无名氏的名字是大卫,大卫·诺兰。"

"这就是他们吧?"凯瑟琳转过头问道,脸上依然是宽慰的表情,"是你们找到他的吧?谢谢,太感谢你们了。"她离开大卫身边,走过来,双手握着玛丽·玛格丽特的手:"真不知道如何感谢你。"

"我不明白,"玛丽·玛格丽特说,"你怎么会不知道他在这儿呢?以前?"

凯瑟琳脸上罩上一层阴影,她慢慢松开玛丽·玛格丽特的手,看着周围的人:"我们……我们分居了。几年前。当时……当时情况很糟糕,我们大吵一场。他怒气冲冲地走了,告诉我,他要离开镇子,搬到波士顿去,还说我们的婚姻结束了。我一直以为他在波士顿……有了新的生活。"她又回头看看大卫,他正专心与惠尔医生说话,"而他却一直都在这里。"

"你从来没有试着找找他吗?"艾玛怀疑地问。她觉得不对,这个女人说话的样子有问题，她也不喜欢瑞金娜那副虚情假意的样子。

"我当然找了，"凯瑟琳转过头来说，"可是，没人知道他在哪里。找人总是有个时间限度的，尤其当这人本来就不想被找到时。"她看着瑞金娜，热情地微笑着，"但是，镇长把情况凑在一起，搞明白了，晚上给我打了电话。真是不可思议。这……这就像我们重新开始一样。我们有了第二次机会。"

"太好了。"玛丽·玛格丽特对那个女人笑着说。艾玛怀疑，在场的人里面，她不是唯一能看出玛丽·玛格丽特言不由衷的人。

凯瑟琳回到大卫床边。

"来吧，亨利，"瑞金娜说，"该回家了。"

经过玛丽·玛格丽特身边时，亨利抬头看着她："别相信这一切。他是因为你才醒过来的。是那个故事，是真正的爱情。你们命中注定会在一起的。"说这话的时候，亨利并没有特意压低声音。

"亨利。"瑞金娜说，可是亨利冲出了病房。瑞金娜摇摇头，跟着他走了出去。

"对不起，"艾玛朝她的后背说，"镇长女士。"

瑞金娜转过身。

"能跟你说句话再走吗？"

瑞金娜叹口气，点头同意了。她们俩一起离开病房。亨利已经在外边的停车场了。瑞金娜停下来，两个女人转身面对对方。

"爱情真甜蜜，不是吗？"瑞金娜问道，"如此一个悲剧故事有美满的结局，我真高兴。从来没有过的美满结局。"

"这个故事的情节，全都不符合情理。"艾玛直截了当地说，"别耍花招了。"

"那你以为是怎么样的呢？"瑞金娜问道，眼睛一下子亮起来，露出好笑的神情，"我对那个女人施了巫术？强迫她撒谎？"

"不。但是，我觉得有些事情是你编造的，我不知道为什么。不管你这是在干什么，总之是糟透了。"

"斯旺女士，你应该知道，"瑞金娜一边说一边朝她走过来，"这世界上会有不如意的事情，即使是在童话镇这样的小镇子。"

"童话镇跟别的地方没什么两样，"艾玛说，"都是好人，中间掺杂着几个坏透了的。"

"看见两个人团聚，你不感到更加高兴，这让我感到惊讶。"瑞金娜说，"在这个世界上，没有比孤独更糟糕的诅咒了。我说的对吗？"瑞金娜微笑着，转头看看停车场。"有亨利，我很幸运。"她说，"身边谁都没有，真的会很可怕。"

★ ★ ★

玛丽·玛格丽特在家里，独自坐在餐桌前，一只手半握着一杯水，另一只手放在膝上，摆在面前的奶酪通心粉渐渐变凉了。她在仔细想着从无名氏（他的名字是大卫，她提醒自己）伸出手来触碰她的手之后所发生的一切。

她喝口水，叹了口气，用手指梳理一下头发。

她用叉子挑起几根橙味奶酪汁里的通心粉，又放下叉子，旋转着中指上的戒指。

听到敲门声，她知道不可能是他，现在他跟妻子在家里，正在重新了解自己过去的经历。她看见他们俩相互拥抱。而且，她为什么会指望一个陌生人出现在自家门口呢？谁都不会希望发生这样的事儿。

她一边试图说服自己并不希望敲门的是他，一边打开门，只见艾玛在门外瞧着她。

两个女人看着对方。然后，玛丽·玛格丽特发觉自己微微地笑了。

"你好，艾玛。"她说。

"你好。"

"有什么可以———一切都好吧？"

"一切都好，"艾玛说，"那个神秘的男人苏醒了，巫后在她的塔楼里睡着。我们好得很。"

玛丽·玛格丽特咯咯一笑，拉开门。"你想进来吗？"她说，"我这儿还有点晚餐，一起吃吧。"

"其实，我在想，上回那个提议，现在还算数吗？"艾玛说，"你那个房间。"

"哦。"玛丽·玛格丽特吃了一惊，这也合情合理，这一天发生了那么多令人感到刺激的事，她把这事儿给忘了。可是，她很高兴艾玛没有忘记，"绝对没问题，进来吧。"

艾玛点点头，走进屋里。她朝周围看看，突然高兴起来。玛丽·玛格丽特也感觉好多了，她不想去琢磨这是为什么。

"你这地方真好，"艾玛说着，把手放在厨房的吧台上，"比车后座好多了。"

"那可不假，"玛丽·玛格丽特说，两人笑起来，"不过说真的，艾玛，我非常高兴你来了。欢迎你。"

Chapter 4

戈 登 的 买 卖

第二天早上，艾玛陪亨利从他家走到公交车站，不管瑞金娜是否会看见。

见到艾玛，亨利很高兴，叽叽喳喳地讲着无名氏、眼镜蛇计划，艾玛开心地听着他喋喋不休地说着。瑞金娜别想摆布她，再也别想。

亨利挥手再见，公交车开走之后，镇子里唯一的警车转入一条私人车道，在人行道上将艾玛拦住了，艾玛停下来。

格林厄姆钻出车来，点头朝艾玛道早安。

"你差点儿轧着我了，"艾玛说，"早安。"

"想引起你的注意。"他说。

"你是不是要再抓我一次？"艾玛说，"让我猜猜看。伪造罪名，指控我乱穿马路。"

他微笑着低下头，在艾玛看来，这表明他承认，她在这儿一直受到不公正待遇。她知道格林厄姆是同情她的，尽管他跟瑞金娜之间的关系似乎挺复杂。警长与镇长之间有点什么，也许是浪漫的暧昧关系。她说不明白，却能感觉到。这也在情理中，在一起工作，经常加班，两人谁都还没有固定伴侣……她还不知道，在童话镇的各种关系制衡中，他们俩的关系摆在什么位置，但肯定是举足轻重的。

"其实，我是想给你一个工作邀请。"格林厄姆说，"我需要一个副职，我知道你很能干，我想，我们在一起工作会配合得很好的。"

"我有点预感到，你老板会不高兴的。"艾玛说。这个邀请让她感到意外，也有点受宠若惊。想了想这种共事的可能，她觉得自己也不会介意跟格林厄姆一起加班的。

但她拒绝了。格林厄姆让她再想想，她答应了。看到还有考虑的余地，他挺高兴地开车走了。

二十分钟之后，在餐馆里，艾玛遇到第二件出乎意料的事情。瑞金娜侧身坐进她的卡座，带着她那狡黠的微笑说："早上好，斯旺女士。跟我儿子散步，挺开心吧？"

"当然，你已经知道了。"

"我可真不是来谈这个的。我并不介意。你想跟他待在一起，我明白。他是个可爱的孩子。"

"那你想讨论什么呢？"艾玛不客气地说。

"根基，斯旺女士。根基的问题。"

"根基？"

"没错，"瑞金娜说，"你没有任何根基。你四处漂泊，不会在同一个地方待很久。凤凰城、纳什维尔、塔拉哈西、波士顿……现在又是这儿。房子都没租，跟布兰切特小姐住在一起。你能在这里待多久呢？你知道我是什么意思吧？我很高兴看到亨利开开心心的，但我还是要恳求你。说老实话，你不觉得这最终会伤害亨利，而不是帮他吗？"艾玛目瞪口呆，曾经感觉到的某种恐惧再次浮现，心里一阵凉意。

瑞金娜看出来了，她趁机一针见血地说："你最终会走的。江山易改，本性难移。你可以快刀斩乱麻，不伤害你儿子的感情，为什么不这么做呢？"

说着，镇长站起来，走了。让她的话弄得心慌意乱的艾玛也站起来，想说点什么回应她。但是她无言以对。唯一的结果是，她打翻了自己的杯子，弄得毛衣上到处都是热可可。

露比看见，动了恻隐之心，让她到后面的餐馆洗衣间里把衣服弄干净。"我的一个朋友在洗衣房，"她拿着一张订餐单子经过艾玛身边，一边说，"她挺好的。跟她聊聊，好吗？她遇到点麻烦。"露比快步走开了。

没问题，艾玛想。她愿意帮忙。她耸耸肩，朝后面的洗衣间走去。

露比的朋友真的在后面，努力想把一套白床单洗干净，却又做不到，边洗边哭。根据自己有限的洗衣知识，艾玛给了一些建议：用点漂白粉吧，姑娘。可是，那女孩儿——她的名字叫阿什莉——见到一点能够打交道的苗头，就像一只走失的小狗似的抓住艾玛不放，不一会儿就把自己的悲惨故事全部告诉她了。露比真没搞错：她是遇到麻烦了。十九岁，遮掩不住的身孕，孤苦伶仃，没想法，没办法挣钱。听着年轻女孩儿的烦恼，艾玛想，我过去在哪儿也听过这个故事呢。

"我不知道，真不知道，"阿什莉说，"有时我就是——就是觉得要放弃了。"

"你现在是十九岁，"艾玛说，"我当时是十八。"

阿什莉抬起头看着艾玛，明白过来她在说什么。

"往后会容易些的。"艾玛没说实话，"但是，听着，重要的是：作决定的是你。你要作出选择。如果你选择说自己能行，那你就行。"

阿什莉擦擦脸，仔细琢磨艾玛的话。

艾玛又说："生活是要你去掌握的。你必须抓住。看起来好像不可能这么简单，但其实就这么简单。"

阿什莉听了这话，正中下怀。她脸上罩着的阴云开始散去。艾玛说出这番话，也有点出乎自己的意料，但她确实是这样走到今天的。勇敢，坚强——别无选择。

后来她才发现，阿什莉是如何从字面上理解她的建议的。

★ ★ ★

这天是星期六，玛丽·玛格丽特和艾玛一起在公寓里待着。艾玛放在波士顿公寓里的那点东西，已经寄过来了。她在收拾衣服，玛丽·玛格丽特在炒鸡蛋。她们的生活开始有点正常的感觉了。

"就这些了吗？这就是你所有的东西了？"玛丽·玛格丽特上下打量着装行李的纸箱问道。

"我不是爱收藏东西的人，不保留什么东西。"

"容易搬家，是吧？"玛丽·玛格丽特说。

玛丽·玛格丽特是说者无意，艾玛却是听者有心。她刚觉得有点烦，门铃响了。

玛丽·玛格丽特打开门，看见来人，不禁倒抽一口冷气。

戈登先生的身影挡住了门外的光亮，他头上缠着绷带。

"你好，布兰切特小姐，"他彬彬有礼地说，"我找斯旺女士。"

艾玛走到玛丽·玛格丽特身后。她记得，来镇子的第一个晚上，在老奶奶那儿见过他。让人毛骨悚然的家伙。

"嗯？"艾玛没说别的。

"啊，斯旺女士，你好啊。"他说，"也许还记得见过面吧？我是戈登，当地的……商人。"

"记得。"

他不客气地点点头，接着说："我通过小道消息得知，你在寻人方面很拿手。我现在需要找个人，就想到这儿来看看，给你点活儿干。"

艾玛和玛丽·玛格丽特都看着他，好一会儿没说话。然后，玛丽·玛格丽特借口有事，进了里屋。艾玛态度谨慎，可是也很好奇，于是，耸耸肩，请他进了屋。

　　"这人名叫阿什莉·博伊德，"他一边说着，一边跟艾玛走进起居室坐下，"她偷了我的东西。"

　　"为什么不报警？"

　　"因为这件事有些微妙。我不想给她惹麻烦。我只是想把她偷走的东西拿回来。"

　　"她偷什么了？"

　　"我觉得知道她偷了什么，对你并不重要。"他说，"找到她，你就找到我失窃的东西了。"

　　艾玛不知道该怎么看这件事，可是挣点小钱总是无害的。自从来到这里，她还没挣过一分钱。

　　"昨天夜里，她闯进我店里，嘟嘟囔囔地说什么掌握控制权，选择掌握自己的生活，还有其他类似的胡言乱语。"他耸耸肩，用手摸摸头上的绷带，而这时，艾玛正试图掩饰自己眼中惊讶的神情。老天爷，她想，就是餐馆里的那个阿什莉。

　　"好吧，"艾玛不知不觉已经答应了，"好吧，我会找到她。"

　　戈登先生显然很高兴，他站起来道谢。来到门口，他差点被亨利撞倒。亨利笑逐颜开，蹦蹦跳跳地跑进来。"我可以——"亨利正嚷着，看见戈登先生低头看着他，一下子停住了。

　　"你好，小伙子，"戈登先生说，"我和斯旺女士刚刚谈了一件生意上的事，我正要走呢。"

　　亨利一脸惊恐。艾玛知道为什么，她还记得那本书：亨利认为戈登是侏儒怪。

　　"你好，先生。"亨利轻声说，然后低头进了屋。

戈登一走，艾玛就跟亨利一起坐下，告诉他不能老是悄悄地来找她，尽管她确实很想见到他。她解释道，瑞金娜会利用这点来与他们作对的。亨利让她放心，不会有事的——他可以待到五点钟，他母亲绝对不会知道。艾玛其实不喜欢他这样做。然而，她还没来得及催促他走，亨利就开始问戈登为什么会到这里来。

"他请我找个人，"她说，"一个女孩儿。就是一份工作。"

"什么女孩儿？"

"孩子，我想你不会认识她。"她心里在后悔，本该什么都不说的。

亨利放下背包，在里面翻了一会儿，掏出那本书，开始翻看。"她是不是怀孕了？"

艾玛睁大眼睛转过头："你怎么知道？"

★ ★ ★

艾玛的计划很简单。除非确实有必要，她从来不做复杂的计划。根据她的经验，但凡要找人，最简单的是从这人的朋友入手。艾玛并不十分了解阿什莉，可是，她知道阿什莉在童话镇有一个朋友：露比。

她和亨利立刻去了小餐馆。看到露比有空闲了，艾玛把她拉到餐馆后门，问她能不能猜到阿什莉可能上哪儿去了。

"我不知道，"露比摇着头说，"对不起。"她推开后门，然后把门挡住，让门敞开着："我在等他们把车还给我呢，对不起。"

"你说，她男朋友会不会跟这事儿有关呢？"

"那他一定是非常关心才会扯进来了。"露比说，"可他至少有半年没跟阿什莉说话了。简直就是头驴。"

"她说过他没……没做他应该做的，"艾玛说，"知道她怀孕之后。"

"他把她甩了。"露比轻蔑地说，一边大声地嚼着口香糖。她似乎想再说点什么，可就在这时，一辆拖车拖着一辆樱桃红大黄蜂车，轰隆隆开进餐馆后面的停车场。拖车停下，司机出来朝露比招招手，露比十分轻佻地招手回应，艾玛留意到，她还额外扭了扭屁股行了个屈膝礼，接着，司机开始将拖着的车放下来。一个餐馆服务员居然有这么好的车，艾玛想。

"阿什莉家里人在哪儿？"

"她其实没有家。"露比说，"好像在哪儿有个恐怖的后妈，还有同父异母的姐妹吧。我也不晓得。她跟她们没什么来往。"

亨利悄悄拽了一下艾玛的外衣，她低头看看，亨利抬眼看着她点点头。艾玛摇摇头，向他示意：别闹，小家伙。

"知道吧，你也许应该去问问肖恩，"露比说，"也许他知道点什么。他跟他爹住在一起。"她拿起艾玛的手，把她的手掌拉过来，然后抬手从耳朵后取出笔。"我把地址给你写下来。"

★ ★ ★

在兰多夫路上一间建于20世纪中期的两层楼房前，艾玛按了门铃，出来一个五十多岁结实粗壮的男人。她猜这是父亲。她说要找肖恩，男人自我介绍说，他是米切尔·赫曼，然后问她想干什么。看他说自己名字的样子，跟她握手的姿势，还有他后来双手交叉放在胸前的样子——艾玛能感觉到，她不会喜欢这个人。有钱的胖子，咄咄逼人的，还真不是她喜欢的类型。

艾玛庆幸她把亨利留在车上了。她解释道，阿什莉失踪了，她受雇于人，要找到她。艾玛没有告诉他其他细节，但是米切尔马上接过话题，滔滔不绝地说："她当然消失了，她当然不会遵守协定。我就不相信她能做个好母亲，不相信她会做出正确的事。当初就是她让自己怀孕的，不是吗？"

天哪，艾玛想，我真是不喜欢你。

"爹，谁在门外啊？"艾玛听到有人问。接着，在米切尔身后，她看见肖恩从里屋出来，穿过门厅走过来。他是那么年轻——简直就是个孩子，还不到二十岁，跟阿什莉一样。艾玛没法想象，自己的儿子有一天会变成这样一个身材瘦长、眼睛明亮的家伙。她不敢相信，自己当初就像阿什莉一样……

"没事儿吧？"肖恩问道。

"有事儿，肖恩，事情大了去了。"艾玛说，她的声音突然严厉起来，"阿什莉失踪了。如果你知道什么，你要告诉我她在哪里，要不然就去报警，马上。我是说不管你知道什么。"

听到这个消息，肖恩情绪非常激动，他想从他父亲身后挤过去，可是米切尔拦着他，挡住门口。"你是什么意思，消失了？"肖恩说，"她在哪儿？孩子怎么样了？"

"不行，"米切尔说，他转向儿子，"进去，我们等会儿再说。"

"我明白了，"艾玛说，"是因为你，对吗？他当初跟阿什莉分手就是因为你。"

他像白痴似的看着艾玛："我为那丫头把一切都安排好了。她很坚决，同意了。这都是你情我愿。她只需要按协议去做。"

"你为阿什莉'把一切都安排好了'，什么意思？"

"就这个意思啊，"他说，"我做了安排。"

"是孩子吧，你把孩子卖了。谁是买家？"

米切尔·赫曼看上去真的是给弄糊涂了，艾玛回想一下刚才的对话，不知自己漏掉了什么。

然后，她恍然大悟。

"是戈登，"她说，"没错。"

"是啊，没错，是戈登。"他说，"不是他雇的你吗？替他找到孩子？我以为你是替他工作的。"

艾玛闭上眼睛，早在小餐馆跟露比聊的时候，她就应该猜到……露比也早就知道。露比什么都知道，还支招让她到这里，好给阿什莉更多时间。阿什莉从戈登那里偷走的财物就是……她自己。该死的，艾玛边想着边转身朝她的大众车跑去。

她进了车，打着火，一边将车往外倒，一边说："我们要找到这姑娘，亨利。她现在惊慌失措，需要我们帮她。她在逃跑。"

"出镇子只有一条路，"亨利说，"但是——"

"这会儿可别跟我说什么魔咒，孩子，"艾玛说，"这可是真的。她在逃跑，而且她快生了，跑不了多远。"

十分钟之后，她在镇子外面的一条路上拐了个弯，只见一条沟渠边上露出鲜红色的大黄蜂车尾。艾玛觉得自己好像一场噩梦里的主角。她撞车了，艾玛想着，一边刹住车，下了车就朝阿什莉的车跑去。阿什莉不在驾驶座上，真让她松了一口气。她抬起头，往林子里张望，几乎就在同时，她听见呻吟声。

她与亨利在离林子边上不远的地方，找到了阿什莉，她坐在地上，双手捧着肚子。看见他们俩，她抬起头，满目惊恐。"孩子！"她哭喊道，"孩子马上要出生了！"

★ ★ ★

艾玛和亨利一起在急诊室的候诊室里等着，阿什莉在走廊另一头的产房里分娩。艾玛紧张地盯着自己的鞋，原本在看书的亨利抬起头来打量着她，她也没留意。她拧着双手，坐立不安，满脑子在想象阿什莉这会儿经历的痛苦。想象着，回忆着。她不敢相信阿什莉险些出大事。一个姑娘就那样孤独地在树林子里……

"你是唯一的。"亨利说。

艾玛抬眼看看他。

"你说什么？"

"你是唯一可以离开童话镇的，"他说，"我们其他人都困在这儿，哪儿也去不了。你想走的话，就可以走。你知道的，对吗？"

"什么意思？"

"这是魔法的规则。魔咒就是这样的。已经在这里的人永远不能离开，因为一旦他们想离开这个镇子，就会出事。不过，你没有被困。你与众不同，你不是这里的人。所以，你可以走。没关系，我理解。"

她有一阵冲动，想伸出手，把他拉到怀中，把他的头拢在胸前，保护他，不让他受到那些说不明白的事儿的伤害。她伸手抓住椅子扶手，稳住自己。

"谁都可以走的，孩子，"她说，"没有什么魔咒。你又在说傻话了。"她看见医生从走廊朝他们走来。"再说了，"她站起来接着说，"我哪儿也不去。这里有太多迷失的人了。"

看到医生脸上的笑容，艾玛不用问就放心了，甚至不用听细节：正好六磅，是女孩，母女平安而快乐。

"谢谢你。"艾玛肩膀上紧张的肌肉放松了，她握着医生的手说，"太感谢了。"亨利五点钟之前必须到家，要不然她跟瑞金娜之间又要剑拔弩张了。她告诉亨利收拾好东西，自己去候诊室另一头的洗手间。透过前面的窗户，她眼睛余光看见戈登先生高兴地晃着手里的拐杖，朝医院走来。他走进来，四处看着。

她朝他走过去，拽着他的胳膊，把他拉到自动售货机那边。

"你应该把孩子的事儿告诉我，"她说，"她不是一件商品。

这整件事简直臭不可闻。"

"啊！"戈登开心地说，"这么说，是个女孩儿啰？"

"阿什莉会抚养孩子。这事由不得你，是她的选择。"

"可是，她已经选择过了，斯旺女士。"戈登说，"几个月前。我们有合同的。"

"你还是回家把合同撕掉吧。"艾玛说，"因为你的合同无效。不再有效了。"

他们怒目相视，互不退让。终于，戈登低下头打破僵局，眼中露出敬佩的神情。"很好，斯旺女士。我会放她一马。但是，欠债是要还的。作为回报，将来你要给我一样东西。"

"给你一包脏衣服，怎么样？"她说，"我在公寓里正好有一包呢。"

"你欠我的。欠我一个人情。"他举起一根手指头说，"很简单。你喜欢简单从事，不是吗？"

她不喜欢，但是她决定接受。

"好吧，"艾玛说着伸出一只手，"成交。"

艾玛开车和亨利一起穿过镇子——经过小餐馆，艾玛瞥见露比在跟比利调情，那个开拖车的小伙子。她在四点三刻把亨利送到家，时间绰绰有余。十分钟之后，她回到玛丽·玛格丽特的公寓，心里还没想好该怎么看这一天发生的事。她能够肯定的是：她不会到别的地方去。她给格林厄姆打了个电话，告诉他，如果工作邀请依然有效，她决定应聘。

"保护大家，为他们服务，"艾玛看着钟楼说，"我在这方面还是能做好的。"

"你当然会做得好。"格林厄姆说，"礼拜一早上见，艾玛。"

Chapter 5

王子身世之谜

半个月之后，艾玛在童话镇安家了。她一向喜欢在一个新地方生活的感觉，特别是刚开始的时候，好像是新生活又开始了，而过去还没赶上来，还不知道她在哪儿。然而，这种感觉从来不会长久。不管怎么说，新生活的蜜月期让人充满活力，极为振奋。这是她最喜欢的感觉。

童话镇跟别的地方不一样。因为儿子在这里，这个地方真真实实地充斥着她的过去，这一点让艾玛充分意识到，她现在掀开了生命中新的一页，后面要发生的事情，会与过去截然不同。这让她有点害怕。过去她只需要照顾自己就行了。

不过，时至如今，她感觉还好。她以前总是感到心里有点不对劲儿的地方，现在似乎已经调整过来了。

格林厄姆帮她熟悉简单的警务工作，一边跟她开玩笑（或是跟她调情？），一边让她了解童话镇所有鲜为人知之处，把镇上居民之间的长期积怨告诉她。

可是，艾玛依然不知道如何看待亨利相信有魔咒这件事。他不停地谈论这件事，而她则一直顺着他。只要亨利开始说这些事儿——比如，告诉她马可与阿奇是好朋友，那是因为马可就是木偶匠人葛派特，而阿奇（也就是蟋蟀吉明尼！）一直就是他的密友、良知与伙伴——她总是欣然点头，心里却想：斯旺啊，你这是在干什么？

玛丽·玛格丽特又是另一回事儿，不过这还好理解一点。她爱上了大卫·诺兰，一个她根本不认识的已婚男子。不像话，太多理由让艾玛觉得不像话。玛丽·玛格丽特太频繁地说起他了，也不应该在医院花那么多时间。大卫对她的探访持鼓励态度，很多次都要她待到很晚。他甚至告诉玛丽·玛格丽特，他觉得跟她有一种特别的关系，觉得对她的了解，胜过对自己妻子的了解。那天晚上，玛丽·玛格丽特回到家里，突如其来地告诉艾玛，她已经辞去志愿者的工作，说她"再不能到那里去了"。这让艾玛以为她的朋友有足够的自知之明，能作出明智的选择。然而，艾玛见识过爱情，也经历过爱情，她知道爱情会如何影响一个人。她这个新室友，原来是那么稳重，现在却彻底失去了自控。

艾玛没有给玛丽·玛格丽特太多压力，希望他们俩的关系能渐渐淡下去。这不但是为了玛丽·玛格丽特好，也为亨利好。对亨利来说，正如他不厌其烦地对她说过，他们俩相互吸引是再正常不过的了。自然秩序的恢复不过是时间问题：白马王子和白雪公主在一起，他们的女儿艾玛长大成人，在他们身边，外孙亨利抬头望着他们所有人喜笑颜开，整个家庭团结稳定，牢不可破。

如果照这样去想的话——按照亨利为自己建立起来的完美家谱去想，他看似天真无邪的梦幻生活就变得看似危险了，最终给他造成的伤害，可能会比他已经受到的伤害要深得多。

★ ★ ★

艾玛带亨利去参加欢迎大卫回家的"接风聚会"。亨利留意到玛丽·玛格丽特对艾玛嘟囔着说："我不能去，我不应该去。"于是，他在路上解释给他母亲听，白马王子是如何弄得要跟那个阿比盖尔订婚的。艾玛并没有主动问他。

"他不是真的爱她！"亨利告诉艾玛。"这是关键。他跟阿比盖尔的父亲迈达斯王之间有一件大事，没法解决，于是，王子只得答应娶她，尽管他相信真正的爱情。"

"他只得答应？"艾玛问，"为什么？"

"因为，他本来就是假的白马王子。"亨利兀自点点头，似乎这一切都合情合理。

"什么是假白马王子？"

"好吧，我给你解释。其实并不复杂。"亨利说，"很久之前，白雪和王子还没认识呢，有另一个国王，乔治王，他没有继承人。于是，他把侏儒怪叫来，就说：'喂，侏儒怪，我要一个婴儿，你能给我弄一个吗？'"

听着儿子这样复述故事，艾玛轻轻笑了起来。

"侏儒怪贩卖婴儿？"

"是啊，"亨利说，"有代价的。"

"原来如此。"

"嗯，于是侏儒怪从一家牧羊人那里，带走一个男孩儿，跟这家人做了笔买卖，把婴儿给了乔治王，然后这男孩儿长大就成了白马王子。"

艾玛尽量听着亨利讲故事，情节错综复杂，有双胞胎，有李代桃僵，还有屠龙什么的，可她的思绪却转向了玛丽·玛格丽特，还有那个十分真实的大卫·诺兰。他现在要与凯瑟琳重新适应婚姻生活，日子显然很难过。他们的事很离奇，艾玛依然在怀疑瑞金娜编造了什么，尽管她不清楚那是什么，也不知道瑞金娜为什么要这么做。

他们来到聚会的地方，大卫慢慢朝他们走来。

来到他们跟前，大卫笑了。艾玛看得出来，周围都是他认不出来的"老朋友"，他显得很不自在。艾玛几乎是他最熟悉的人了，因为她那天就在医院，还是帮着把他找回来的人。

他跟艾玛和亨利打招呼，帮他们拿走外套。凯瑟琳过来打招呼，但是她马上就到厨房去了。

"你看上去就像个迷路的人，"艾玛说，"来，躲到咱们这儿来吧。我们不会咬人的。"

大卫笑了，明显地放松了。他们三个人走到房间一个角落。"谢谢，"他说，"真有点招架不住。"

"要是我，简直都无法想象。"艾玛说。

接着，他似乎渐渐有点紧张，艾玛望着他，用眼神示意他有话就说。

"嗯，不好意思，我知道——我知道你跟玛丽·玛格丽特住在一起。我在想，你会不会知道她什么时候能到？"

哦，艾玛想。

艾玛双臂抱在胸前，淡淡一笑："知道，她不能来了。对不起。"她没再多说。

大卫继续看着她，希望能看出这是什么意思。艾玛觉得没必要解释。

"她很忙，是吧？"大卫说。

"不是，她不忙！"亨利笑着说，"她在家里，挂鸟笼呢。你应该去跟她聊聊。为了你们永恒的爱情。"

"亨利，"艾玛将手放在他肩膀上说，"这是为大卫搞的聚会，他哪儿也去不了。"她又对大卫说，"另外，她有点不舒服。不来是最好的。"

"是的，"大卫说，"可能还是不来为好。"

★ ★ ★

听到有人叫她名字的时候，玛丽·玛格丽特正站在折叠梯子顶上。

她吃了一惊，差点从梯子上掉下来，幸好她伸手抓住树干，稳住身体。她扭转身体去看那个人。

"噢，大卫。"她说，看着他的眼睛，她感到一阵突如其来、难以言表的伤感。看见他的脸，就像直视一个无法破解的难题。"你不应该来。"

"那场聚会里没有我想见的人。"他说。

她从梯子上下来，向院子另一头的大卫走去。

"你已经结婚了，"一走到他身边，她就说，"我们不能这么做。这——这不符合情理。"最后两个字差点让她笑出来，但是他似乎不觉得有什么好笑的。可这是实情。最麻烦的是，她根本不知道这一切的情理何在，包括她自己的感情。

"那也没问题。"他说着拉起她的手。她想摆脱，但他抓住不放。"别这样，听我说。我知道，我明白。我原来昏迷不醒，我以前有另外的生活，但是你——有一种特殊的感觉，玛丽·玛格丽特，我们都能感觉到。我不知道我过去是什么样的人，但是我知道我现在是谁。我是相信自己心灵的人。我的心灵告诉我，我真实可信的生活——我真正的生活在这里，不在我家那边。"

玛丽·玛格丽特泪水盈盈，她感到自己带着忧愁笑了一下。

然后，她把手拽出来。

"我想，大卫，事情没那么复杂。"她说，"我想，正好是我救了你，仅此而已。你的这种感觉会过去的。"

说完，她转过身，走回她家后门。

★ ★ ★

艾玛回到家，看见玛丽·玛格丽特拿着清洁垫在厨房乱擦一气。她把玛格丽特拽到一边，让她镇静下来，喝点东西，把事情说开。玛格丽特听从艾玛的劝告，将大卫到后院找她的事说了。她承认，她受到诱惑，也有一种特殊的感觉。

"他已经结婚了。"艾玛提醒道，"他的生活一团糟。这不是时候，玛丽·玛格丽特。你不能牵扯进去。"

"我知道，"她平静地说，"所以我让他走了。"

"这就对了，"艾玛说，"现在可能感觉不好，但是这样做是对的。我想，你内心深处也知道有点不对劲儿，你的良知并不认可。你应该信任你的良知，信任你自己。"

★ ★ ★

玛丽·玛格丽特没睡好，她梦见他们找到大卫的那座收费桥，梦见他脸朝下躺在水里。一遍又一遍，她看见他翻身站起来，看见自己将嘴唇贴在他的嘴唇上。醒来的时候，天已经亮了，她听到小鸟在外面吱吱喳喳地叫着。她觉得没休息好，考虑是不是该请病假。不过，她还是勉强从床上爬起来，穿好衣服，去老奶奶餐馆。

很快，她就后悔不该来。在门口，她遇见惠尔医生。

他真是个不招人喜欢的男人——她一直是这么认为的。当然，他够帅，而且显然为此而飘飘然，但同时他也是虚情假意的那种人，他是你不会愿意自己的女儿跟他约会的那种男人。

玛丽·玛格丽特想与他擦肩而过，径直找张桌子坐下，可是，惠尔医生眼睛一亮，正好逮住她的眼神。他将手放在她手臂上，玛格丽特甩开了。"玛丽·玛格丽特，"他带着悔恨的语气说道，"我一直想跟你聊聊。你辞去了志愿者的工作，我希望这跟咱们俩的约会没关系吧。"

他如此自恋，几乎让玛格丽特笑出来，不过她还是板着脸。

"我知道，没给你打电话，这很无礼，"他说，"我向你道歉。如果你还想约我出去，你有我的电话号码。"说着，他离开了餐馆，完全没有察觉她对那天晚上的约会有完全不同的看法。

然而，她不能对此一笑了之。独自一人坐在那里喝着热巧克力，玛丽·玛格丽特的情绪更加低落，她纳闷，对她来说，在这镇子里生活到底有什么意思。她怎么会走到现在这个地步？就好像她一生的经历都不太真实，尽管她总是首先要为自己的行为举止负责任，为自己的选择……

"你好，布兰切特小姐。"

玛格丽特抬眼看去，惊讶地看见瑞金娜站在桌前。

"能跟你坐一会儿吗？"瑞金娜问道。

她一面侧身在玛格丽特对面坐下，一面说："不会占用太多时间。是关于我的朋友凯瑟琳。"

瑞金娜停下来让玛格丽特明白她在说什么。

玛丽·玛格丽特尽量不表露出她的情绪，但是，她知道瑞金娜后面会说什么，暗自做好了思想准备。

"我不知道诺兰太太跟你是朋友。"她说。

"我不知道你现在想干什么，但是，玛丽·玛格丽特，在自己履历上留下'拆散他人家庭'的罪名，总是不明智的。"瑞金娜说，"尤其是在一个小镇子。事情会变得让你极其不舒服，而且会非常快。"

玛格丽特瞪大双眼，无言以对。

"别跟我装傻，布兰切特小姐，"瑞金娜说，"昨天夜里，他离开了他妻子。你不想知道这些，是吗？"

"是的，"她说，"不想。"

然后，她想：他离开她了？

"我相信你不会。"瑞金娜说，"凯瑟琳悲痛欲绝。你我都知道，他稀里糊涂的，还没想起来他是谁。你为什么不为大家做件好事，回到你那安静腼腆而无关紧要的生活，给那两口子留下应有的，抚平创伤的空间？"

没等玛丽·玛格丽特回答，瑞金娜从卡座里站出来，拉直身上尽显权威的套装，高跟鞋嗒嗒响着，大步走出餐馆。

★ ★ ★

然而，没有他的踪影。平和安静。什么事儿都没有。玛丽·玛格丽特开始相信，曾经发生过的一切终于淡去，生活会继续，回到正常的轨道。

然后，又出状况了。

一个星期三的上午，课上了一半，她从教室门旁边的窗户看出去。

大卫在她教室外面，往里面看着她，招手让她出去。

学生在安静地看书，玛丽·玛格丽特叹口气，从桌前站起来，走出教室。

"你在这儿干什么？"她小声说，一点也不掩饰自己的气愤，"我在工作呢，大卫。你不能就这样到这里来。"

"我没法不想念你，"他说，"我离开凯瑟琳了。我选择的不是她。我想咱们俩应该在一起。"他直言不讳，说得一清二楚。他的坦诚让玛格丽特十分意外。短短的时间里，怎么会发生这么多变化。

"你这是疯了。"她说，"你必须离开这里。"

"我疯了吗？"他问，"你不是也有这样的感觉吗？回答我。"

玛格丽特只能看着他，一言不发。

"听着，"他说，"你现在不用立刻作出任何决定。只要你今天晚上来见我。在你找到我的桥附近。如果你觉得能行，九点钟在那里见。我会等你的。"大卫笑了一下，"如果你来见，我们自然会知道怎么办的。"

玛丽·玛格丽特说："走吧。"

"今晚来见我啊。"

"我不能去。"

"考虑一下吧。"大卫说，"我只请求你考虑一下。"

★ ★ ★

尽管知道不应该，她还是考虑了。上课的时候，她一直在想；从学校到警署的路上，她也在想。她征求艾玛的意见，艾玛出乎意料地告诉她，应该去见大卫。到她家外面找她是一回事儿，离开凯瑟琳则完全是另外一回事儿。显然事情的性质不一样了。艾玛说他作出了选择，他已经承担起责任了。也许是时候了，她也应该作出选择。

"我觉得这一切都没有什么依据。"玛丽·玛格丽特说。

"是啊，不过爱情从来都不是理性的。"艾玛回答道，"爱情从来都没什么依据。至少不是依据你能马上看见的什么东西。"

"那依据什么呢？"

"你不觉得，"艾玛说，"心灵能看见真实的东西吗？比眼睛要好用一点？"

"听到你说这话，真让我吃惊。"玛格丽特说。

"谁说我内心没有一个浪漫的影子？"艾玛说，"心里某个地方，内心深处。"

"我可没说。"

朋友的建议让玛格丽特感到意外，但是她心里知道，她想去，她想选择大卫。她不明白两个人怎么这么快就走到这一步，可是她管不了那么多。她想去。

★ ★ ★

镇长那天晚上有个会，亨利借机溜出门，来到艾玛和玛丽·玛格丽特的公寓。

在门口，艾玛一见他就说："你不能老是这样。"

"她出门了，"他说，"十点钟之前都不会回家的！"

艾玛很不情愿地让他进了门，她知道，每当亨利如此兴奋的时候，她对他几乎无可奈何。况且现在才八点钟。一个小时之前，玛格丽特回来过，换了衣服，和盘托出她的想法之后，又匆匆忙忙地走了。

"好吧。"艾玛一边在亨利对面坐下，一边说，"我们做些什么好呢？"

"你没让我把故事结局告诉你，"亨利说，"白马王子的故事。"

"是啊，我没有。"

"我知道，你觉得这故事挺傻的，可这很重要。"亨利说，"他问起她的时候，我看见他脸上的表情了。那是很自然的！"

"为什么呢？"

"因为那个戒指啊。"亨利说。

"说说看。"

"王子同意继续做王子之后，他必须去跟母亲作最后的道别。她知道他要被迫娶阿比盖尔为妻，也知道他相信真正的爱情，所以给了他那个戒指。把戒指给他的时候，她告诉儿子，爱情永远与戒指同在。"

"真有意思，"艾玛说，"他想从白雪公主那儿把戒指拿回来，然后两人就坠入了爱河。"

"是啊！"亨利大声说道，"所以，原来爱情真的总是与戒指同在。"

"大概吧，"艾玛说，"我猜是这样。"她一直喜欢童话故事的这些情节，预言最后都会应验，但不会是大家所想象的那样。

"这故事不错。"艾玛说。

"这不是故事。"

"好吧，"艾玛说，"这个不是故事的故事不错。"

"我觉得下次你见到玛丽·玛格丽特的时候，"亨利说，"应该看看她脖子上戴着什么物件。看看再说吧，别以为自己那么聪明。"

"为什么呢？"

"因为在她那里，"亨利说，"我是说那个戒指。"

艾玛明白他在说什么了——她见过玛格丽特脖子上的那条项链，上面挂着个戒指。她以前没有在意，从来没有问过那是什么。她一直想当然，认为那是传家宝。

"好，咱们把这事儿理顺，"艾玛说，"你的老师是白雪公主，也是我母亲，她爱上了一个失忆的人，那人是白马王子，她现在脖子上戴着一个戒指，这东西曾经在一群贪婪的桥上巨怪手里，在这之前，她从白马王子那儿把戒指偷了，而白马王子当时正要把戒指送去给迈达斯王的女儿，阿比盖尔。"

"她其实就是凯瑟琳。"亨利补充道。

"明白了，"艾玛说，"一切都清楚了。"

亨利点点头："对，一切都清楚了。"

★ ★ ★

玛丽·玛格丽特去收费桥的时候，已明知自己会受到伤害。尽管大卫将自己的感情告诉她的时候，她相信他，可是，不知怎么地，这个人极其古怪，他是……他不知道自己是谁。这不是从字面上说的，也不是一种形容，而是无从说起。她为什么要让自己陷入其中呢？

她内心深处的回答是：因为你还是信的。

她到早了，顺着桥边走下去，来到水边，一边等待，一边听着河水涓涓流淌。月亮又大又圆。她伸手去摸项链，两个手指头旋转着戒指，一边猜想跟他一起生活会是什么样子。她从一个已婚女人身边把大卫抢走，镇子上的人会因此而恨她吗？这有关系吗？她不知道。不过，为了爱情可以牺牲很多，这一点她是知道的。

她似乎独自等了很久。美好想象的愉悦开始转为焦虑。他迟到了，这就让现实显得格外清晰。她性格中怀疑论的一面开始列举种种疑问，从最显而易见的开始：她不认识他。她根本不认识这个人，却表现得好像爱上他了。她思忖着，为了减轻孤独带来的痛苦，寂寞中的人能在多大程度上相信自己编造出来的东西呢？

"玛丽·玛格丽特。"

她转过身，看见他，笑了。

"你来了。"他一边说一边朝她走过来。到了她身边，他停下来，玛丽·玛格丽特想拥抱他，但是他抓住她的手臂。

"我当然来了。"她面带担忧地说，"可是，你好像……失望了。"

"不是的，"他还有点气喘吁吁的，"是我……我想起来了。"

玛格丽特盯着他的眼睛，琢磨着，然后退了一步。

"你是说你过去的生活。"她干脆地说。

"所有一切，"他说，"我——我来的时候迷路了，走进戈登先生的店子，看见有那个……那个风车卖。然后，我一下子想起了凯瑟琳，脑子里全是跟她在一起的记忆，我们怎么一起有了个家。我——都在脑子里，玛丽·玛格丽特。很多事情都在脑子里，现在我想起来了。"

"你还想起来，你爱凯瑟琳。"

童话镇

他瞪着她。

她一言不发——她才不愿意让他那么容易脱身呢。

"我不知道，"他说，"我真不知道。但是我想起她来了，我觉得应该尊重这些记忆。我应该这么做。"

"大卫，你应该做的是——"她声音颤抖着说，"一开始就不要误导我。"

"这我知道，"他说，"真对不起。"

"我明白了，"她说，"你已经作出选择。"

她没有流泪，与其说受到伤害，还不如说感到气愤。她生自己的气，恨自己糊涂。这都是因为她太孤独，因为她总是有一种感觉，觉得自己应该拥有更加丰富多彩的生活——这种感觉如此强烈，以至于她以为，过去不知何时何地曾经拥有过，而如今这种单调寂寞的生活，其实是正在折磨她的一场梦幻。

"我不知道。"他说。

她心如刀绞。听着他解释着感情上的纠结，如此激烈，如此伤感，如此傲慢……

她转过身。

"我想，说到底，咱们俩命中注定不能在一起。你该走了。"她背向他说。

"玛丽·玛格丽特。"

她一言不发，走开了。

直到她独自一人的时候，眼泪才流下来。

★ ★ ★

大卫和玛丽·玛格丽特之间发生了什么。玛格丽特后来一头扎进了酒吧，她那天喝的酒比过去半年加起来都多。惠尔医生在艾玛耳边窃窃私语……这些细节艾玛并不知道。不过，艾玛在镇子里巡逻的时候，能感觉到镇上出现了新的紧张空气。童话镇再也不像过去那样昏昏欲睡了。风流韵事！男女私情！她有点喜欢这个新的童话镇。如果她要问亨利的话，他很可能说，这是因为她的到来打破了现状。她依然——

"这是不是活见……？"艾玛自言自语。

她停下车。

童话镇醒来的例证。

她在米福林街和中心大街交界处，她发誓——真的是发誓——刚刚看见有人从瑞金娜宅子二层楼窗户里跳出来。

她熄了火，操起警棍，悄悄朝瑞金娜家树篱笆的空隙走去。她知道，如果有人想出来，会从这个地方走。听到脚步声，她快速吸一口气，举起警棍，看见黑色的人影就一棍子打了下去。

警棍击中黑影，那人倒在地上。

一声呻吟之后，她听到一个熟悉的声音："哎哟。"

"格林厄姆？"她跪下来，将一只手放在他背上，"你在这里干什么？"

艾玛突然明白问题的答案了，她帮他站起来，给他拍拍身上的尘土。

"啊，我明白了。哎呀，不好意思。你没事儿吧？"她问道。

"镇长要我——"

"——跟她睡觉？"

他们瞪着对方，然后，格林厄姆试图解释。

艾玛觉得有点恶心，不想听了。

就这样，她对男女私情的态度发生了变化。

Chapter 6

孤独的心

"你该知道，"玛丽·玛格丽特吃着麦片说，"那些东西是我的。对吗？"

　　艾玛看着厨房外面，角落里是摔碎的花瓶和一束滴着水的花。她从房间出来，看见花瓶里的花，一下子失控了。有点失控吧。

　　格林厄姆继续追求她，还想与她同床共枕，她想想都受不了，尤其是在知道他跟瑞金娜的暧昧关系之后。她刚才看见那些花，想当然以为是格林厄姆送来的，就连瓶带花扔到房间另一头了。有时她还真先入为主，挺固执的。

　　有时格林厄姆也是如此。头天晚上，艾玛临睡前去老奶奶餐馆里喝两杯，只见警长也在那儿，酩酊大醉，完全视她为敌人。自从她在瑞金娜家外面逮着他之后，这几天他们两人之间的关系怪怪的。在某种程度上，这也是意料之中的。他的秘密让人知道了，他不知如何应对，她过去追捕过的男人都是如此。

　　她顿时鄙视眼前这个男人。至少在格林厄姆醉醺醺地朝她这边投掷一只飞镖，差点击中她的时候，她是鄙视他的。然而，艾玛离开小餐馆，格林厄姆跟着她来到街上之后，发生了更离奇的事。

　　"离奇"只是一种说法而已。她离开餐馆，格林厄姆抓起他的外套，跟着她走出去。外面空气清爽。

　　"让我跟你聊聊吧。"他在人行道上说。

　　她没有停住，不过脚步慢下来了。

　　"聊什么？"她终于开口了。

　　格林厄姆赶紧跟上她。"对不起，让我给你道个歉。让我——让我解释吧，艾玛。全部解释给你听。"

"解释什么？你在跟镇长睡觉，这镇长我并不特别喜欢，她想方设法不让我接近儿子，而且，她还凑巧是我们上司。没什么好解释的。我也不要你道歉。回家吧。"

"可是，跟她在一起，我一点感觉都没有。我不——你不明白。"

艾玛停下脚步，转身面对他。"我交男朋友也曾经出过问题，格林厄姆。"她说，"没什么了不起的。了断吧，别自以为是了。这跟我没关系。"

"我正要跟你解释呢，"他说，"因为我动心了，为你。"

格林厄姆吻了她。

艾玛猝不及防。

她还没来得及反应，他就倾身过来，吻了她。

对艾玛来说，这样措手不及是从未有过的感觉，说实话，她真没料到他会如此肆无忌惮。在她还没来得及生气的时候，有那么一瞬间，她放任自己的感觉，想象着跟格林厄姆在一起会是什么样。尽管只是短暂的一瞬，但也是美好的一刻。她很久都没有体验过这样的感觉了。

然而，她不能让他看出来。

"你这是干什么？"艾玛脱开身，质问道。格林厄姆眼神有些恍惚。

"你没看见吗？"他快速说着，一边四处张望。

"我没看见你未经同意就吻我吗？"艾玛气愤地说，"看见了。我就在这儿啊。"

"不是，你看见那只狼了吗？"

"以后可别跟我再越界。"艾玛警告道，她退后一步，对他的任何花招都不感兴趣了，"我不许你这样做。你喝醉了，刚才可是有点像性侵犯了，让我感到不舒服。回家去，清醒清醒吧。"

"对不起，"他说，"我只是想感觉一下，我无法——"

"行啊，"艾玛说，"感觉一下，很好啊。但不管是什么，你都别想从我这里得到感觉。"

这都是昨天晚上的事儿。她一直到现在还在想着那一吻。

"是你的？"艾玛看着玛丽·玛格丽特说，"我以为是格林厄姆送的呢。"

"嗯，不是。"玛格丽特说，"是惠尔医生送的。"

"哦，"艾玛说着走到橱柜去拿垃圾铲，"原来如此。"

★ ★ ★

趁艾玛收拾的功夫，玛丽·玛格丽特把自己跟惠尔医生的一夜情告诉了她。想象着她这个好朋友沉溺于这样的事，艾玛有点幸灾乐祸的满足感，这事其实也无害。这与她跟格林厄姆之间的经历完全不同。玛格丽特的生活需要多一些冒险，再说，她需要把大卫忘掉，这样挺好。艾玛把自己的看法告诉她。

"也许吧，"玛丽·玛格丽特说，"我猜是的。不过，你知道还有什么也挺好的吗？"

"什么？"

"承认你对某人有感情。"玛丽·玛格丽特说，"比方说，承认你对格林厄姆有些感情。"

艾玛做个鬼脸。"你在说什么啊？"

"这不是明摆着的嘛，艾玛，"玛格丽特说，一边调皮地笑着，"谁都看得出来。用不着摔花瓶，都能看得一清二楚。"

"那家伙让我烦，仅此而已。"艾玛说，但她知道自己没有完全说实话，"我生个气也要让人说闲话吗？"

童
话
镇

"艾玛，"她说，"别这样。"

"什么啊？"

"墙啊。"玛格丽特说，"你用墙围住自己的心。"她摇摇头，耸耸肩，"你以为这样会保护自己。也许会，但是要付出代价的。"

听着朋友的话，出其不意地，艾玛觉得心里的一丝忧愁渐渐散开。一堵墙。一个盾牌。她不敢再说什么，生怕哽咽失声。她等着下文，暗自佩服玛格丽特在感情方面的直觉，同时也暗自怨恨她能看出来。

"你把自己保护得这么好，"玛丽·玛格丽特说，"就很难去爱了。"

★ ★ ★

父亲死后，总有一层阴霾。他刚刚去世的时候，白雪公主还不能这样来描绘这种感受，而且，她也没有人可以倾诉自己的感情。头一天他还好好的，第二天就走了。阴霾降临，葬礼上她孤零零地被阴霾笼罩着。痛苦。这就是痛苦的阴霾。是痛苦造成了灵魂中的滚滚浓雾。笼罩在阴霾中的白雪一反常态，除了阴霾什么都看不见。她是一个孤苦伶仃，迷失了的女孩。她是盲目的。

当然，阴霾从来没有完全消失。她从来没有如此失落过，仿佛整个人都分崩离析了。她无法找到清醒的感觉，好像失去了平静，甚至不可能再感到平静。父亲或者母亲去世之后，不会再有平静。

她还感到负疚，似乎她应该能挽救他，尽管她不知道当时还能做什么。这一切都非常模糊。

很快，瑞金娜就把她赶出城堡，送到乡下庄园去了。第一天晚上，她半睡半醒，梦见父亲年轻的时候。父亲是带她认识世界的人，教她懂得道理，学会宽厚善良。可是，在梦中，她不断地在海滩上与他失散。她想给父亲看贝壳，每回捡到贝壳，她就会举起来，转过身去，可是父亲不见了。

她几乎彻夜未眠。

第二天早上，一个骑士——瑞金娜的卫士？——在花园里等着她。他提出护送她到森林里散步。

白雪公主看着骑士。他带着头盔，她没法看见他的脸，但是，她惴惴不安，从声音里听不出他是谁。

她朝那人点点头，他点头回应："小姐好。"

"我走得快，"她同意了，散散步对她有好处，"请跟上我。"

他又点点头，于是，他们出发朝林子走去。

他们在沉默中走了一会儿。她注意到，那人穿着沉重的盔甲，很不自在。

森林里很安静。她的思绪再次转向父亲——这次想到的，是多年以前她眼看着父亲爱上瑞金娜。那时，他依然善良，依然宽厚，但是白雪——尽管她还很小——可以看出孤独如何侵蚀了他的心灵。即便是最智慧的人也会变得——变得完全不同。心碎之后，任何事情都可能发生。

远离城堡之后，白雪公主开始说话了。

"我还是个小丫头的时候，"她说，"最喜欢去夏宫。那里的群山像摇篮一样环绕着宫殿，总是让我有安全感。我期待着重返夏宫，真的。"她停顿了一会儿，继续漫步走着，"不过，我现在感到，也许那安全感来自我父亲，而不是夏宫本身。"

陌生骑士透过头盔眼部的缝隙打量着她。她停下来，转身面对着他，毫不客气地也打量起他来。

"来吧，"她说，"你可以把那东西摘下来。"

骑士照着做了，从头上将头盔取下来。

她仔细端详着他。他消瘦的脸长得很帅，脸上带着严峻的表情，下巴长满粗糙的胡须。他一言不发。

"这样凉快多了，是吧？"她说。

他点点头，把头盔夹在腋下。

"其实你并不是皇家骑士，对吗？"她问。

"你怎么会知道？"

"因为，只要我提到父亲，骑士都会向我表示哀悼，从来没有例外。但是，你是骑士圈子外的人，对吗？"她问道，"你是她挑选的人，来抓我，把我干掉。"她深深吸一口气，做好准备。

"你有很好的直觉。"说着，他放下头盔，伸手取剑。

"而你盔甲太多了吧。"她说。

他还没来得及反应，白雪便弯下腰，然后伸出双臂，带着爆发力冲过去。她撞在他肚子上，冲击力足以让他往后踉跄几步。身上的盔甲让他比平常高出许多，而他并不习惯这样的装束，踉跄之余，他轰然倒下。等他爬起来去追赶的时候，白雪已经跑出百步之外了。

★ ★ ★

"你知道我是个好人，对吗，玛丽·玛格丽特？"格林厄姆在学校。已经下课了，他和玛格丽特站在教室外面，剩下的学生三三两两地，在走廊里边走边说悄悄话。她看着他，眼中充满温柔的关切。显然，在昨晚他跟艾玛之间的"事件"之后，他就糟透了。玛格丽特不知道这两个人之间是怎么回事，但她想帮帮他们。

"当然，格林厄姆。"她说，"当然了。你呢，你没事儿吧？看看你，脸色苍白，一身汗。你睡觉了吗？"她摸摸他的脸颊，

"你在发烧呢。你整夜都在干什么啊？"

"我不断有一种感觉，好像你我曾经认识。"他说，"在某种——在某种另外的生活里。我也不知道。听起来像精神病似的。"他摇摇头，看着走廊那边，"对不起，我不该来。我也不知道来这里想达到什么目的。"

"你怎么会这样想呢？"

"昨天晚上，"他说，"吻她的时候，我有种幻觉。是……是什么东西的幻觉，另外一个世界。你在那个世界里，我们相互认识。不知怎么的，我在——我在袭击你，用一把刀。我想是吧？我也不知道。不知道为什么会用刀袭击你。"

"你听起来就像亨利，真的。"她说。

"亨利？"

"他认为，我们都是他故事书里的人物，"她说，"不过，我们记不起来就是了。"

"什么样的故事书？"格林厄姆问道。

"童话故事。"玛丽·玛格丽特耸耸肩，"白雪公主与小矮人，那一类东西。"她翻了个白眼。

"啊，我知道了。"他说，"那个孩子，真是疯疯癫癫的。"

★ ★ ★

瑞金娜闯进办公室的时候，艾玛·斯旺正坐在那里，双脚搁在警长桌上。她抬眼看看瑞金娜，动都没动。

"见到你真高兴啊，瑞金娜。"她说。

"很好。"瑞金娜轻蔑地说，"这么说，你在尽公民义务。"

"我在休息，女士，"艾玛面带怒容说，"你有什么事？"

"我想把事情说清楚。"瑞金娜说，"跟你，有关格林厄姆。

你给我离他远远的。"

艾玛一边听着，一边琢磨瑞金娜或许当真了。亲吻的事儿已经让人知道了吗？有可能。或者，也许格林厄姆跟她说了什么。

"他是我的上司，"她终于说道，"所以我不能跟他好。"她又说："如果你在说昨天晚上发生的事，那不是我故意的。所以，除了告诉你，我不感兴趣之外，我不知道还能跟你说什么。他是你的了。"

"自从你来到这个镇上，就没停止搞破坏，斯旺女士。"瑞金娜说，"换了我，我会非常小心，别把自己弄成一副镇子上荡妇的样子。"

好啊，来吧，艾玛想道。

"拜托了，瑞金娜，"艾玛干脆地说，"滚出我的办公室。以后别再这样跟我说话。"

看见触及了艾玛的痛处，瑞金娜似乎心满意足。她笑笑，二话没说就走了。

艾玛看着瑞金娜离去，锁上门，做了几分钟案头工作，让心中的怒气渐渐平息。瑞金娜骚扰她，说些煽风点火的话，这她已经习惯了——显然，这是她在这里工作所要承受的，但这回却有所不同。这回关系到她的恋爱，而不是她儿子。艾玛看得出来，这回瑞金娜的愤怒有一种前所未有的锐气。

不仅如此，她自己也有某种感觉。也许，玛丽·玛格丽特是对的。也许她心中是有一堵墙。这堵墙密不透风，她甚至不知道其存在，更别说越过墙看出去了。她对格林厄姆有感情吗？

几分钟之后，儿子在喊她的名字，艾玛从白日梦回到现实。

"艾玛！艾玛！"亨利嚷嚷着跑进警署，背上的背包沉甸甸地摆动着。

"哇，哇，哇，孩子，"她站起来说，"冷静点。出什么事儿了？"

亨利气喘吁吁地将背包从背上拿下来，扔在地上。"是格林厄姆，"他说，"我看他开始想起来了！"

"想起什么来了，孩子。"她问，"坐下，喘口气。"

她给他倒了点水，亨利终于在她桌前坐下，安静下来。他告诉艾玛，格林厄姆去找过他，找他打听故事书的事儿，打听那些童话故事。

"那你怎么跟他说的？"艾玛问。

亨利垂下眼。

"亨利？"

"我把我觉得肯定是真的情况告诉他了。"亨利说，"我跟他说，他是猎人，他吻你的时候，眼前闪过的情景，就是他过去记忆的闪现。"

"他把这也告诉你了？"

亨利耸耸肩。"是啊，"他说，"不过，我反正会听说的。"

小镇子，艾玛想道。瑞金娜是如何知道这件事的，这个谜算是解了。

格林厄姆现在显然很反常，艾玛可不愿意看到他带着任何幻觉，在镇子上到处乱跑，更不愿意听说，他去找一个孩子，还相信这孩子对现实与梦幻交错的看法。她意识到，格林厄姆很有可能处于精神失常状态。她必须找到他。

"你让他上哪儿去了？"她问。

"我没让他去任何地方。"亨利说，"我跟他说了，巫后如何给他下套，逼他做了个交易，还有，她命令他去杀白雪公主。"

艾玛皱起眉头。在亨利的宇宙里，王后是瑞金娜，白雪公主是玛丽·玛格丽特。

"巫后为什么要这么做？"

"因为她把白雪公主的父亲杀了，知道必须连公主也除掉。可是她不能亲手做，怕被别人发现，不想冒险。于是，她到乡下去找人，结果找到了猎人。"

"原来是这样。"

"这就是为什么会有狼出现。"亨利说，"猎人喜欢狼，有一只狼是他的朋友。瑞金娜知道。她许愿会保护狼，如果猎人帮她杀了白雪公主。"

"然后呢？"

"他穿成白雪公主卫士的样子，"亨利说，"差点儿杀了她，但是她逃跑了。在追她的过程中，猎人意识到，他不想杀她了。"

"他可真好。"艾玛靠在椅子上说，她看看他的背包，"这些故事你都熟记在心了，孩子，是吗？你都不需要那本书了。"

"那些故事我全知道。"他说。她不喜欢他说这话的样子。

"那么，你讲完了，他上哪儿去了呢？"她问道。

"我不知道，"亨利说，"他特别心烦意乱的，因为我告诉他，王后偷了他的心，在她发现他没——"

"你说什么？"艾玛说。

"什么啊？"

艾玛哼了一声，摇摇头。有时生活模仿艺术，也有点太像了。

"这么说，你不知道他在哪里？"她说。

"他只是说，"亨利答道，"他必须找到那只狼，不然就太晚了。"

一只狼。

没错。

艾玛也见过那东西。见过一回。

★ ★ ★

她跑得比他预计的要快——男人总是低估她。她知道自己不可能永远不被追上，可是，她有足够的时间做她要做的事。穿过林子飞奔几分钟之后，白雪公主找到一棵能够藏身的大树，蹲下来，开始给王后写信。只要能够把想说的说出来，她可以接受死亡。只要王后能明白。

没过几分钟，他找到了她，而她已经把纸条儿写完了。

他拐过来的时候，白雪公主几乎没抬眼看他。

他气喘吁吁地看见了她，看到她在做什么，他摇摇头。"你这是在逃命啊，怎么停下来写信呢？"他问道，"我从来搞不懂别人是怎么回事儿，不管是不是王室的人。"他举起匕首。

"你早晚会抓到我的。"她说着，放下鹅毛笔，把信叠起来，那个男人停下来，"这样，我能更好地利用留给我的时间。"她抬起头，把信递给他："杀了我之后，请把这封信给王后。"

"信上说什么？"

"你愿意的话，可以看。"她说。"这不是什么计谋。"看见他一脸狐疑，她又说，"先看吧，然后你可以杀我。我准备好了。"

他谨慎地伸出没有握刀的手，把信拿过来。在他看信的时候，白雪公主看着他慢慢放下举着匕首的手臂。

然后，出现了意想不到的一幕：她看见他的眼泪，看着泪水顺着脸颊淌下来。

白雪公主没说什么。

那人将信塞进束腰外套里。

"拿上这个吧，"他递过来一根他砍下来的芦苇，"这个能当

哨子吹。需要帮助的时候就吹，会有人来帮你的。"

"你这是让我……？"

"是的，走吧。"他说着站直身子，"我会尽量替你拖时间的。"

"可是，为什么呢？"

"快跑，"他说，"别再问了。跑吧，姑娘。"

★ ★ ★

艾玛看见格林厄姆的时候，他正从瑞金娜家跑出来。她开车经过他身边，又掉头开到他那辆车那儿，然后停下来等他。很快，他就跑过来了。

"嘿，警长，"她说，"你看上去筋疲力尽的。能给我一点时间吗？"

他抬眼看见艾玛双臂抱在胸前，站在他的车前。

"现在不行，艾玛。"他边走边说，"我忙着呢。你应该在警署待着。"

"我想帮帮忙。"

"你不是在帮忙。"

"嘿，别走。"她边说边朝他走去。她将手搭在他胳膊上，告诉他，他需要休息，听信一个十岁孩子的话是不对的。格林厄姆沮丧地告诉她，亨利是唯一能把事情说明白的。他试图跟她解释那头狼的事——告诉她，很多事请跟亨利说的多少是一致的，他麻木不仁，心里很长时间都没什么感觉了。

"我没有心。"他说，"我只能这么说。"

"你有的。"艾玛对他摇着头说。不过是在街上那么一个难堪的交往，哪里就至于让他如此一蹶不振呢？不错，他是越界了，可

123

那只是不合时宜的一刻，他们可以重归于好的。她不明白他出什么事儿了。

"格林厄姆，过来。"她靠近他说，她拿起他的手，稳稳地放在他胸脯上，"感觉一下。"

他闭上眼睛，深深吸气。

"这是魔咒而已。"他说，"不是真的。"

"不对。"艾玛说，"不是魔咒。是你自己。那是你的心。你没事儿。"

格林厄姆看着艾玛肩后说："是吗？"

听到这话，她皱起眉头，转身回头看，不由得倒吸一口冷气。

那头狼。狼就在那儿，站在人行道上，离他们不过十英尺远。

"我以前见过这只狼。"艾玛说。

她到这儿的第一个晚上。就在路当中，当时她正想离开童话镇。格林厄姆还取笑她。而他现在却要去追狼。

到底是怎么回事儿啊？艾玛想。

"那我们两个都见过狼了。"格林厄姆说，"快走。"

★ ★ ★

他们跟着狼进了树林。格林厄姆将从亨利那里听来的故事，又给艾玛说了一遍——在另一个世界，王后取走了他的心。然后他说，他想起来了，狼是带着他们去找回他的心。"这只狼一度是我的伙伴，"他坚持说，"我想，它在设法告诉我，在哪里能找回我的心。"

"你有心，格林厄姆。"艾玛说。

他摇摇头。"没有。我一定要找回我的心，艾玛。"他说，"必须的。"

"要不要我再一次指出，你听起来多像个疯子？"

"没必要。"格林厄姆心不在焉地说，"你看。"

他们在墓地边上，那只狼小跑着来到一个大大的地下墓穴跟前，然后停下来，嗅嗅墓穴的门，回头看着他们。艾玛不得不承认——这只狼看上去完全就像她第一次试图离开童话镇的时候看见的那只。

"那里面。"格林厄姆说，"我的心就在那里面。"

他冲向地下墓穴，艾玛跟着他进去了。

总的来说，里面还算干净。格林厄姆开始在小石屋的墙壁和地板上摸索，显然想找到秘密嵌板，或者别的什么东西，不管是什么。艾玛看着，不知如何是好。她能找到一个办法让他幡然醒悟，回归现实吗？还是他这种情况更加严重，需要……上医院？

他粗略的搜索没发现什么。

他又四处查看，眼睛停留在棺材上。

"别，你不是要掘墓吧，格林厄姆。"艾玛说，"停一下，好好想想。我们不说法律，就说你现在身体不好，你——"

"你们俩在这儿干什么？"

艾玛和格林厄姆都转过身，被第三个人的声音吓了一跳。

瑞金娜手里拿着花，在墓穴外面几英尺远的地方站着，脸上一副真真实实感到震惊的表情。

"警务。"艾玛一边走出墓穴，来到外面的草地，一边说，"你在这儿干什么？"

"给我父亲上坟送花，"她说，"我每个星期都来。"

胡说八道，艾玛想，她满腹狐疑地看着瑞金娜。这是她父亲的坟墓？没有比这更值得怀疑的了，用"怀疑"这两个字都有点失真。

"我们在找东西。"格林厄姆对瑞金娜说。

"你看上去很不好，亲爱的。"瑞金娜说，她一看见格林厄姆，脸色就温和了。"让我带你回家吧。"

"不用。"

瑞金娜紧张起来，在他们两人之间来回看。终于，她扬起下巴，点点头："我明白了。你和她。"

"这跟我和她没关系，"格林厄姆坚定地说，"是你。我不爱你，不想跟你在一起。再也不想了，瑞金娜。感觉不对劲儿。"他摇摇头，看着地面，心烦意乱。他再次试图解释："我跟你在一起，根本没有任何感觉。我想有个机会，能感觉……感觉到什么。"

瑞金娜把这话听进心里，眼中露出新的怒火。艾玛看到格林厄姆已经准备好接受标准的瑞金娜式谩骂，可是，瑞金娜的眼睛突然转向艾玛。

"这是你的错，"她说，"凡是我爱的，你都要沾边儿，是吗？"

"是他们不断来找我，瑞金娜。"艾玛说，"也许你该问问自己，为什么大家都要从你身边跑开。"

这么说感觉真好。

"瑞金娜，不是——"

可是，瑞金娜没有理格林厄姆，她一步跨到艾玛身边，扔下手中的花，然后——谁也没想到——她照着艾玛的嘴就是一拳。

艾玛头向后仰，嘴上的疼痛向周边散开，但是她没倒下，她伸手扶住墓穴的门，站稳了。瑞金娜还想打，艾玛看见格林厄姆扑上去拉住了她。

艾玛揉着下巴，瞪着瑞金娜。

然后，她一句话没说就走开了。她不打算现在跟瑞金娜算账。往镇子上走的时候，她听到了他们之间最后的对话。

"格林厄姆。"瑞金娜试着跟他说好话，她的声音柔和下来了。

"别跟我说话。"格林厄姆说，"以后再也不要跟我说话。我们结束了。永远。"

艾玛笑了。

★ ★ ★

后来，格林厄姆用双氧水轻轻涂在艾玛脸颊上的小伤口周围。她抗议着，但没有拦他。她喜欢与他贴近的感觉，喜欢他的关怀。她喜欢他在墓穴那儿说的话。对艾玛来说，这是一个新故事的开始。可能是一个新的爱情故事，尽管艾玛原来绝对不会这样说。

"我一点儿都不明白。"格林厄姆说，"那头狼，其他所有事情。我想——我想这些都是因为瑞金娜的缘故吧。感情上出了毛病，几乎会让你疯掉。"

"不说我也知道。"艾玛说。

"我不明白，当初为什么会跟她好，还走了那么远。"

"我知道为什么，"她说，心里想着这样的事曾经多少次发生在她身上，"有安全感呗。孤独是很可怕的。哎哟！"他把双氧水抹在伤口上，一阵刺痛。他抱歉地笑笑，抚摸一下她的手。

"好啦，不疼了。"格林厄姆说。

"快了。"艾玛说，她凑上前，吻了他。感觉真好。

温馨短暂的一吻。墙上的一道小缺口，艾玛想。

过了一会儿，格林厄姆轻轻推开她，有点古怪地朝她笑了。

"怎么了？"艾玛问，"有什么不对劲儿的吗？"

"我想起来了。"他说。

"想起什么了？"

"都想起来了。"他说，"我是谁，玛丽·玛格丽特是谁，瑞金娜是谁。他们的真实身份。"

"你说什么呢？"

"我们第一次接吻的时候，我脑子里就闪过一些记忆。"格林厄姆说，"只是闪过而已。就是那些记忆启动了后来发生的一切。现在——现在我全部都记起来了。"他激动起来，拿起艾玛的手说："瑞金娜就是巫后，艾玛。她——"

格林厄姆突然双腿发软，瘫倒在地，艾玛担心地伸手去扶他。"你没事儿吧？"她问。

他翻着白眼，使劲儿想说话，可艾玛听不出他在说什么。"喂，喂，喂，"她一边将他扶起，一边说，"别这样，格林厄姆。你就是头晕，是吗？"

可是，她很快意识到，这比一阵眩晕要严重多了，格林厄姆沉重的身体压得他们两个人都倒在地上。艾玛伸手拿起手机，开始拨打911报警。她完全蒙了。格林厄姆伤心地看着艾玛。真正让她害怕的是他伤心的样子。

"格林厄姆！"她一边摇晃着他，一边喊道，"格林厄姆！"

"是她。"他挣扎着，含糊地说。

"谁？是谁？瑞金娜吗？"

他又呻吟起来，然后费劲儿地喘了几口气。"我爱你。"他说。

"别做出你要死的样子，格林厄姆。"她惊慌地说，"求求你别这样。"

他伸出手，抚摸着艾玛的脸。艾玛在哭。他用尽最后的力气替她擦去眼泪。

★ ★ ★

　　他走了。就这样走了，没有任何解释。心脏病发作？救护车到的时候，艾玛心中知道，他已经离开这个世界。她坐在地上，抱着他哭泣，医护人员不得不冷静而小心翼翼地从他身上把她的手臂挪开。他们将他放上担架抬走，艾玛麻木地看着。没必要去医院了，在场的所有人都非常清楚。不像无名氏，这个人不会再醒过来。这次不会发生奇迹。

Part 2

迷 失 的 心

Chapter 7

孤注一掷

格林厄姆去世之后，艾玛梦游一般做着代理警长的工作。经过纷乱喧嚣的一个月之后，童话镇突然平静下来，这给了艾玛哀悼亡友的空间。

有关格林厄姆的新闻很简单：他死于从孩童时代就困扰着他的心悸，属于正常死亡。

惠尔医生把医疗记录给她看，艾玛接受了，但她还是半信半疑，觉得格林厄姆死得不明不白。不过，这不等于她就开始相信魔咒了。人在脆弱的时候，往往会相信这类东西，她见过无数这样的例子。真实情况是，他走了。就这样。

一个周三的早上，艾玛来到办公室，发现警务系统里有给她的留言：戈登来过电话，让她方便的时候去一趟他的当铺。艾玛手上没什么事做，便拿起咖啡，回头朝警车走去。

她在当铺后面的办公室里找到戈登，他正在往一块布上涂一种透明的液体。房间里有一股可怕的气味——像大粪，又像臭汗——艾玛觉得就是这种液体的味儿。她表示她已经来了，戈登没有抬头，继续涂抹着。"羊毛脂。"他喃喃说道，"就是那股味儿。"

"真好闻。"艾玛说。

"羊毛能挡水，就是因为有羊毛脂。"他特意说，"挺神奇的，真的。当然，十分易燃。"

"我在警务系统里收到一个信息，"艾玛说，"你有什么需要吗？"

"现在事情已经过去了，我想对格林厄姆警长的去世表示哀悼。"戈登终于抬起头来。艾玛不能说他充满同情，但也看得出

来，他在尽量表现出善意。"这对这个镇子不好。不过，我知道你们俩走得很近。"戈登开始清理桌上的东西，"代替他当警长，你会胜任的。"

"我不会去替代他的。"

"做代理警长两周之后，你就是警长了，斯旺女士。法律是这么说的。"

"不见得吧。"艾玛说。她还不清楚自己会怎么想。斯旺警长？

"我还想告诉你，他有些东西在我这里，不知道你会不会想要些什么？"戈登站起来，把邻近柜台上的一个纸皮箱拿来给她。他把纸箱放在一张桌子上，艾玛认出了几样东西：格林厄姆的皮夹克，他的墨镜，他的手机。

"我什么都不要。"艾玛盯着纸箱里面的东西，干脆地说。她对拥有格林厄姆的东西，有一种痛切的反感，这种感觉强烈得让她意外。有那么一会儿，她在纳闷戈登怎么会有这些东西，可是，向他询问就意味着，她愿意跟他谈论格林厄姆。她现在还做不到。

"真的？"戈登随意地说，"这些呢？"他从纸箱里拽出两个对讲机。"这看上去是警用装备。你没用吗？起码你那个男孩可以拿来玩玩。"

艾玛叹口气，拿过两个对讲机。"好吧，"她说，"谢谢你。"

"孩子长得真快，"戈登说，"你要尽量多和他在一起，留下更多的记忆。"

艾玛看着他。他脸上又是那样的表情——半带狡诈的善意。

"我也知道。"艾玛说。

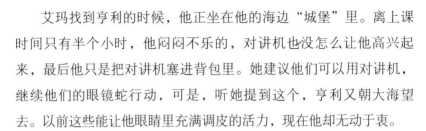

　　艾玛找到亨利的时候，他正坐在他的海边"城堡"里。离上课时间只有半个小时，他闷闷不乐的，对讲机也没怎么让他高兴起来，最后他只是把对讲机塞进背包里。她建议他们可以用对讲机，继续他们的眼镜蛇行动，可是，听她提到这个，亨利又朝大海望去。以前这些能让他眼睛里充满调皮的活力，现在他却无动于衷。

　　"怎么了？"又静默了一会儿，她问道。

　　"我觉得，我们应该停止眼镜蛇行动了。"亨利说，"原来似乎真的挺好玩儿。可现在格林厄姆警长死了。"

　　"宝贝儿，"她说，"这跟你，或者那个魔咒，没有半点儿关系。他心脏有毛病。很久之前他就知道。"

　　亨利转过身，神色庄重地看着她。"情况不是这样的。"他说，"王后杀了他。因为你们俩相爱了，而他是她的奴隶，所以她气疯了。"

　　"我知道你是这么想的，可是，有时糟糕的事情就是会发生，没什么理由。"

　　"不是这样的。"他越说越激动，"她杀了他，因为他是好人，在这里，好人总是会输。你也是好人，也就是说你也会输。"

　　"好人不会总是输的。"艾玛说，"只不过做好人更难，因为好人会遵守更多规矩。"

　　亨利似乎对这点有些许兴趣，尽管他仍然心不在焉。"好人要做得公平。"他说。

　　"你脑子里不能老是想着你母亲杀了人。"艾玛说，"她没有。那样想对她不公平。"

　　亨利笑了。

"又怎么了？"艾玛说。

"你说得对。"他说，"她已经够气愤了，我们不能让她更加生气。对吧？"

艾玛歪着头说："我可不是这个意思，孩子。"

"我知道。"亨利说，"不过还是如此。"

★ ★ ★

她在学校把亨利放下，然后回到警署，准备好应付又一天漫长的……无所事事。

走进警署，她眼睛朝格林厄姆的桌子看去，每天都是这样。他的警徽还在桌上。艾玛想象着自己戴上警徽，想象着这样能改变自己的生活，在镇子上住下来。她走到桌前，拿起警徽。

"你不会需要那个警徽的。"

艾玛转过身。

瑞金娜双臂交叉放在胸前，站在门口。

"明天这个位置就自动是我的了。"艾玛说，"难道我误解了镇宪章吗？"

"如果镇长没有另外指定人选，这个职位就自动是你的。"瑞金娜说着，漫步走进来，轻蔑地看着艾玛桌上乱七八糟的东西。"今天下午，我准备指定另外一个人。"

"谁？"艾玛问。

"《童话镇每日镜报》的悉尼·格拉斯。"她满不在乎地说，"他对这个镇子十分了解。他在这儿很长时间了。"

"一个记者？"艾玛说，"他没有资格。"

"哦，我觉得他挺不错。"瑞金娜笑着说，"而且，有一个不是积极与我对抗的人在这里工作，我会很开心。"

"格林厄姆选我做副手是有道理的，瑞金娜。"艾玛说，"我知道你不喜欢，但是他选了我。"

"没错，有一个理由，"她说，"他想跟你睡觉。"

"不是的。"

"不是吗？"瑞金娜说。看见艾玛无言以对，瑞金娜接着说："无论如何，我们早该了断了。你我都知道，由镇政府雇佣你不合适。你必须另找工作。"

"你这是什么意思？"艾玛问。

"我的意思是，"瑞金娜从艾玛手中拿过格林厄姆的警徽，"你被解雇了。"

★ ★ ★

艾玛直接去找戈登。早些时候，戈登的举止让她有一种预感：他有兴趣帮忙。他并不是表示友好——这个人骨子里就不会对人友好。但是，他愿意她做警长。

在当铺，艾玛把瑞金娜的所作所为告诉戈登，他点点头。对他来说，这一切都像是下象棋，不是吗？

"她差一点就说对了。"说着，他从桌子后面的柜子里取出一份布满灰尘的旧文件。他举起文件，"镇宪章。"他咧嘴一笑说，然后把文件铺放在桌面上，"我给你看看，为什么她是错的。"

那天上午晚些时候，瑞金娜举行新闻发布会，宣布聘请悉尼·格拉斯担任镇上的新警长。

被提升当警长的格拉斯极度兴奋，面对镜头当然是喜笑颜开。对亲爱的镇长，他一向是鞍前马后，唯命是从。艾玛真受不了那家伙。

不过，就像戈登所说的，事情没那么简单。她站在那儿观看瑞金娜官气十足的新闻发布会，不到两分钟，就决定采取行动。

　　她大步走进新闻发布会现场的时候，连瑞金娜看上去也吃了一惊。

　　"这事儿还不能定。"艾玛说，"她不能这样任命格拉斯。必须经过选举，我决定参选。"

　　"镇长有权——"

　　"不对。"艾玛镇静地说，她手里举着镇宪章复印件，她已经将相关段落标示出来，"镇长可以提出候选人，但是还必须经过选举。"

　　"很好，斯旺女士，"瑞金娜说，她不屑把镇宪章拿过来看，"我们就按程序走吧。而我提名的候选人，悉尼·格拉斯先生一定会成为新警长的。"悉尼·格拉斯看上去让这一切给弄糊涂了，但面对镜头，他依然保持着微笑。"怎么样？"瑞金娜问。

　　"好极了。"

　　镜头都转向了艾玛。

★ ★ ★

　　给瑞金娜的新闻发布会泼冷水之后，过了几个小时，艾玛在街上步行巡逻。走过小餐馆的时候，她透过窗户看见亨利。他独自坐在一个卡座里。见他在那儿看书，艾玛笑了，应该就是他的那本故事书吧。可是，进了餐馆，她才发现，他看的不是书，是报纸。

　　"研究时事呢？"

　　亨利抬起头，艾玛看见他一副忧心忡忡的样子。

　　"出什么事了？"

　　"你还没看见吧？"

　　她在卡座里坐下，从桌对面把报纸拽过来。一张旧的警方档案照——格林厄姆照的那张，这一点点记忆像一只小鸟从心中掠过，艾玛感到一阵刺痛，不禁悲从中来——不过标题是新的："前囚犯艾玛·斯旺狱中生下婴儿。"

艾玛愣住了，她一下子坐直，拿起报纸。"他们动作怎么这么快？"她一边浏览着，一边喃喃说道。文章——悉尼·格拉斯写的——包括了她"私藏赃物"事件的所有细节。这是不可能的，或者不管怎么说，应该是不可能的。

"是真的吗？"亨利轻声问道，"我是出生在监狱的吗？"

她从报纸上面看过去，然后把报纸放下。"是真的。"她说，"可这件事很复杂。我不想你知道，因为我觉得并不重要。"她叹口气，捡起报纸，揉成一团，"把这扔掉，来，咱们去你的城堡。"

"又是这样，"亨利说，"恶人赢了，因为他们不用公平竞争。你扔了也没用，这已经毁了你的竞选。"

"没有什么被毁了。"她说，"我们需要调整就是了。"她伸手到桌子对面，拉住亨利的手。想起在当铺的对话，她说："另外，我有一个新盟友，戈登先生。"

"他？"亨利眼睛一亮，"他比她还坏呢。"

"我看不一定。"艾玛说，"而且，他有些不错的主意。"

可是，这一切都无法让亨利释然，她想办法要让他高兴起来，他却陷入自己的遐想中。最后，亨利把双臂往胸前一抱，摇摇头。"好人永远不会赢。"他又说道，"就这么回事儿。"他吸一口气，抬头看着她，"就跟侏儒怪和他儿子一样。"

艾玛斜眼看看他。"侏儒怪？叫戈登的那家伙？他可没有儿子。"

亨利翻翻白眼："在他的生活里，他儿子就是最重要的呢。"

"是吗？"艾玛说，她想起好几个星期之前阿奇告诉她的：童话故事是亨利与人沟通的语言，"我还不知道呢。"

　　"得到魔法之前，他特别特别懦弱。整个村子的人都拿他取笑。不过他的儿子贝伊真的很爱他，一点儿都不在乎。"

　　然后，亨利给艾玛讲了侏儒怪当初如何获得法力的故事。起先，侏儒怪狂妄自大，结果上了一个男巫的当，被魔咒锁住，受了几十年的折磨。男巫名叫佐索，他用计谋让侏儒怪自己引魔咒上身。这魔咒给了他强大的法力，可是却让他变得没有感情，没有人情味儿。这就让爱他的儿子贝伊开始变得害怕他了。

　　"这有点可怕。"艾玛说，心里在纳闷，亨利用这个故事可能想表达什么呢。她琢磨这会不会跟她做警长这个新角色有关。

　　"你说得对。"亨利说，"最糟糕的是，这又是一个好人输了的故事。佐索是坏人，结果他赢了。"

　　"可是，侏儒怪似乎也是坏人呢。"艾玛说。

　　"嗯，"亨利说，"我知道，不过他从前不是坏人。"

★ ★ ★

　　那天下午艾玛一直在生闷气，到了下班时间，关上警署的门之后，她决定跟瑞金娜理论理论。

　　之前，她看到镇上到处都是那份报纸，知道人人都在看。让她生气的不完全是这场选举，或者是对她的恶意诽谤，而是现在亨利知道了她不愿意他知道的事情，没有任何人——无论是瑞金娜、悉尼·格拉斯，还是别的什么人——有权把她的秘密公之于众。

　　她去了镇议事厅。楼上瑞金娜办公室的灯亮着，艾玛没敲门就闯进去了。

　　正在处理文件的瑞金娜吓了一跳，抬起头来，倒抽一口冷气。

　　"那些是青少年犯罪档案，"艾玛说，"你没有权利这么做。我知道你想悉尼赢，但是你没有权利这么做。"

"斯旺女士，如果你没有进过监狱的话，在公选中获胜就容易多了。我想，大家应当知道他们将来的警长是什么样的人，你说是吗？这事儿也跟亨利有关。他也应该知道真相。不是吗？"艾玛一言不发，瑞金娜对这场对话已经厌倦了，她又去看面前的文件，"况且，你可以在辩论的时候讨论这件事，有什么不准确的，都可以加以纠正。这个主意不错吧。"

　　"什么辩论？"

　　瑞金娜站起来，将几个文件夹放进公文包。"辩论，明天举行。"她冷冷一笑，整理好衣服，大步从艾玛身边走过，出了办公室。

　　艾玛跟在她身后。"很高兴知道这件事。"她说。

　　"你愿意和悉尼争吵多久都行。"瑞金娜说，"最终会真相大白，总会这样的。也许镇上的人还会听到，你为了竞选上了谁的床呢。要真是这样，就有意思了。"她们来到后面的楼梯间，瑞金娜打开门，两个女人走下楼梯。走到楼下的时候，瑞金娜停下来说："你不觉得他们应该知道你跟戈登的事吗？"她伸手打开通往大厅的门。

　　"我没跟任何人上床，"艾玛说，"我是以火攻——"

　　她还没说完，瑞金娜就叫起来。

　　就在瑞金娜拉开门之际，一道火墙迎面扑来，她朝后仰撞在艾玛身上，然后倒在地上，重重地摔在她们刚刚走下来的楼梯上。艾玛一手握着楼梯扶手站稳身子，另一只手臂遮住脸，挡着扑面而来的热浪。她低头看去，只见瑞金娜握着脚脖子。我们都要被烧死在这里面了，艾玛想道，但她马上不去这么想，而是跪在瑞金娜身边。"起来吧。"她说。

　　"我走不动了。"瑞金娜说，她看着艾玛身后的火焰，"整座

楼都着火了。"她盯着艾玛的眼睛，"你一定要———一定要救我出去。"

艾玛从来不是优柔寡断的人，她站起来，冒着大火冲进大厅，找到一个灭火器，开始在自己周围喷洒白色的泡沫，接着又从门口一直喷洒到楼梯，形成一条可以让她们两人逃生的通道。

然后，她回到瑞金娜身边。她可以发誓，在她抱起瑞金娜之前，瑞金娜似乎很奇怪她还会回来。她在想什么啊，以为我会把她扔下？艾玛一边想着，一边用双臂把她的劲敌托起来。她小心翼翼地扶着瑞金娜，沿着刚才喷洒出来的通道，穿过燃烧着的大厅。

艾玛一脚踢开大门，只见门前圆形车道上挤满了警车、救火车和记者，所有人瞪大眼睛看着眼前的情景：浑身是汗的警长，身上沾满烟灰，扶着镇长走出燃烧的大楼。

记者们纷纷按下快门，闪光灯频频亮起。

"放开我，"瑞金娜说，"放开我。"

紧急救护人员冲过来，艾玛一边气喘吁吁，一边轻轻地放开瑞金娜："你对我救命的方法有意见吗？"

"我严重怀疑你是不是救了我的命。"瑞金娜推开氧气面罩，绷着脸说，"悉尼在哪里？"她嚷嚷着，然后对着艾玛："我怀疑刚才没什么危险。"

各种专业人士照顾着他们的镇长，艾玛摇摇头，站起来，退了出去。

跟这个女人真是无法交流。

★ ★ ★

瑞金娜被送去医院，消防队的人把火灭了之后，艾玛跟他们谈了一会儿。这里面很有问题。一场巧合的火灾？正好她们两个都在那里？花几分钟察看了现场留下的残留之物，艾玛明白是怎么回事了。拿着那片找到的破布，她径直朝戈登的当铺走去。

"是你放的火。"她把破布拍在他桌子上，对他说，"我可以闻到你的羊毛脂味儿。"

戈登抬起头，脸上露出谨慎的笑容。"我整个晚上都在这里，"他说，"我没干那种事儿。"他瞥一眼破布，"我承认有化学品的味儿。但化学品的味儿有很多种，化学品会燃烧，经常会。"

"我不想这样赢。"艾玛说，"跟你结盟就意味着这样吗？破坏规则？我不是这样的人。"

"你这样的人，"戈登说，"就是要做这个镇子里真正警长的人，而不是给人做托儿的。火灾给了你更好的机会。"艾玛无话可说，戈登接着说，"你准备好明天的辩论了吗？"

"我还没想呢。"

"悉尼·格拉斯是个狡猾的家伙。我相信他一定准备好了。我劝你准备好了再去。"

★ ★ ★

第二天早上，艾玛扶着瑞金娜走出燃烧的大楼的照片出现在《童话镇每日镜报》的头版，整个镇子都在议论这条新闻。艾玛并不介意正面报道和由此而产生的信心，可是，戈登在整件事中的角色，让艾玛整日惴惴不安，虽然她的朋友们——露比，老奶奶，玛丽·玛格丽特，阿奇和其他人——都在为竞选做最后的努力。离辩论还有半个小时，艾玛找到玛丽·玛格丽特，两人一起朝图书馆走去。

"你会赢的。"玛丽·玛格丽特说，"我能感觉到，还有那张照片呢。"

正面的议论太多了，玛格丽特的话让艾玛终于忍不住了，她告诉玛格丽特，她怀疑戈登参与了那场火灾。玛格丽特听她说完，好一会儿没有说话。快到图书馆的时候，她们与越来越多的人群汇合。好像整个童话镇的人都到这里来听辩论了。

"这会对亨利意味着什么呢？"两个人沿着台阶往上走，艾玛问道，"用这样的方法赢？"

"他会知道吗？"

"可是，不告诉他，就等于对他撒谎啊。"艾玛说。

"不过，说出真相也许会让你输掉。"

"我猜只能冒这个险了。"

玛丽·玛格丽特点点头说："那么，就这样吧。"

"就这样吧。"

★ ★ ★

轮到艾玛说话的时候，她还是不清楚自己要说些什么。对阿奇的所有提问，悉尼都选择稳妥路线，给出中规中矩的答案。听众的反应似乎挺满意。艾玛上台的时候，台下热烈的掌声让她知道，她可以顺着"英雄"的风头，一直走向胜利。

可是，站在听众面前——其实就是镇子上所有人——没多久，她就听到玛丽·玛格丽特简单的几个字：就这样吧。有时候，事情并没有那么复杂，让我们给弄复杂了，为的是躲在貌似复杂的情况背后而已。

艾玛被问到她对地方噪音条例的看法，她回答了一半时突然停下来说："对不起，对不起。"她看着台下第一排，只见亨利眼睛发亮，仰着小脸对她微笑着，"我得回头说点别的事。我要谈谈最近的那场火灾。"

人们静下来。艾玛不知道自己是不是要犯大错了，但她知道，她必须这么做。

"是戈登先生放的火。"她说，听众里响起一片惊讶的声音，"他放火是因为，"她接着说，"他想帮我赢得这次选举，把我弄成一个英雄。"她喘口气，等台下的窃窃私语和震惊之余的喋喋不休静下来。"我知道，我知道，"她说，"我感到非常抱歉。"她看着瑞金娜，她坐在亨利旁边，双臂交叉在胸前，脸上交织着惊讶和自鸣得意的满足感。"瑞金娜，"艾玛说，"我当时并不知道，可是我不能纵容这种做法，也不能从中受益。你当时可能会受伤。最重要的是，要把真相告诉大家。"

她能看见，戈登在会场后面站起来，面无表情地转过身，朝出口走去。

"这次选举，我很可能就败在这里了，"艾玛说，"但是，我不想用谎言获胜。"

* * *

事后，艾玛和亨利去了老奶奶餐馆。亨利要了甜点，艾玛要了烈酒。她好久没这么沮丧了。

亨利似乎能接受这件事的结果。吃完最后一口甜点，他擦擦嘴，伸手从背包里掏出格林厄姆的旧对讲机，给了艾玛一个。

"这是干什么用的？"艾玛问。

"我又想了一下，"亨利说，"觉得眼镜蛇行动可以重启了。你有胆量与戈登对抗，你是英雄。"

"你真的这么想？"不管结果是什么，她很高兴听到亨利这么说。

"我告诉过你，他得到法力之后就变坏了，"亨利说，"在那之后，他唯一爱的人都害怕他了。如果这样的事发生在你身上，怎么办？"

"你是说？"

"如果你通过做坏事得到权力，像他那样呢？那就意味着，以后不管你做什么，都会挺吓人的。可能你会赢，但我们都会开始害怕你。"

"看来，你在修改有关善与恶的观点了？"

"有点吧，"亨利笑着说，"我猜，我不知道你能否通过正当的途径去赢吧。很多故事里没有这样的例子。"

"哇，你真让我感动，孩子。"

"我宁愿像你那么好，尽管会输，也不愿意做赢了的坏人。"

这些天来，艾玛第一次觉得有让她心情舒畅的事。

没过一会儿，好心情又变糟了。艾玛抬起眼，只见瑞金娜站在门口，悉尼紧随其后。他们这是来幸灾乐祸的，艾玛想。真没心情应付他们。

"庆功会还没开呢。"她说。

悉尼没回应，他看上去不是特别开心。

艾玛看着瑞金娜。"祝贺你。"瑞金娜冷冷地说。

"你在说什么啊？"亨利问。

"选票非常接近，可是，大家似乎响应了敢于对抗戈登的候选人。"她摇摇头，"无法想象。"

"你在哄我吧。"

"她没哄你，孩子。"悉尼说着在他们旁边坐下。

"跟戈登交朋友很不明智，斯旺女士。不过，他可是超级敌人喔，好好受用吧。"

艾玛实在忍不住，微微笑了。

她是警长了。

缅因州童话镇警长。

那些在她短暂的竞选中帮助过艾玛的人，开始三三两两走进来庆贺，大家都说她做得对。艾玛笑着接受他们的祝贺，心里不禁想道：我有这样那样的不好，但我不是说谎的人。她很高兴儿子也知道。

★ ★ ★

艾玛回到警署的时候，戈登已经在那里等着她了。她从老奶奶餐馆走过来，有点微醺，打算在正式成为警长的第一天之前，处理好一些文件。一到警署，她就看见了：格林厄姆的皮夹克，挂在他桌旁的钩子上。

"我想，这东西你毕竟还是想要的。"听到有人说话，艾玛吓了一跳。她伸手去摸随身携带的手枪，差点把枪拔出来。

戈登站在角落里，靠着拐杖，咧嘴笑着。

"你怎么进来的？"

"门没有锁。"他说着走过来。"不管怎么说，我想祝贺你取得胜利。做得很好，斯旺女士。你今天的表现非常值得赞美。"

"如果你因为我把你往火坑里推而生气，我可不准备道歉。"她说，"我并没有让你放火。"

"是的，你没有。"他说，"你也没有要求有机会跟我作对。但你两样都有了，而且你充分利用了。"

艾玛皱起眉头："你这么说是什么意思？"

"我是说，你需要个大事件，才能赢。"他说，"而我给了你一个大事件。"

戈登的眼神让艾玛不寒而栗，她掂量着他的话。她明白他的含义：他的策划里不仅有那场火灾，他把她会说实话也算在里头了。

而她所做的，正是他所期待的。

　　"为什么——我不明白。"艾玛说，"你为什么那么迫切地想我做警长。"

　　"噢，我也不知道，"戈登边说，边从房间一头走过来，准备出门，"世事难料啊，记着，你欠我一个人情。也许我就是想把你摆在这样一个位置上，等到秋后算账的时候，还我一个大人情。"

　　"秋后算账。"艾玛重复道，她还在想着戈登该有多么狡诈。再也不要相信他，她想。永远不要。

　　"我们会找到办法的，"他说着打开了门，"别担心。"他再次朝她点点头，"祝贺你，斯旺女士。"

　　艾玛走到办公桌跟前，腿有点发软。她看着亨利的照片。

　　她不知作何感想。

Chapter 8

难以忘怀

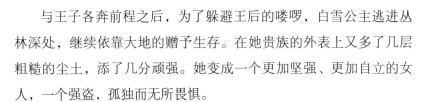

　　与王子各奔前程之后，为了躲避王后的啰唆，白雪公主逃进丛林深处，继续依靠大地的赠予生存。在她贵族的外表上又多了几层粗糙的尘土，添了几分顽强。她变成一个更加坚强、更加自立的女人，一个强盗，孤独而无所畏惧。

　　有时，她的老朋友小红帽会离开村子，到林子里那间小小的猎人小屋中，给住在那里的白雪送生活用品。同时——虽然白雪不愿意承认——带给她有关王子婚礼进展的消息。

　　她爱王子。在巨怪桥上，她不知怎么就爱上他了，而她过了好几个月才意识到这点。现在，她为情所困，不停地思念他，因不能再见到他、不能与他在一起而悲痛不已。"你给我带来什么消息了？"她问小红帽。这天下午，两个姑娘在远离王国的一片草地上见面，这里离藏在森林里的猎人小屋不远。

　　"再过两天就举行婚礼了。"小红帽同情地说，"他会跟迈达斯王的女儿结婚。他已经答应了。"

　　白雪公主感到希望更加渺茫了。他跟别人在一起——真相就这么简单。她深陷在幻想中，一个与现实毫不相关的愚蠢的故事里。这是孩子才会做的事情。她原则上不喜欢轻信虚妄的人，而她现在的表现说明，自己就是这样的人。

　　"我只是希望，"她说，"我能把他从脑子里去掉。我想他想疯了。"

　　"我听说有一个人，能帮人将痛苦的记忆从心中抹去。用魔法。"

　　白雪公主感到惊讶。魔法真有这样的功效吗？

"这人叫什么？"她问。

"侏儒怪。"小红帽说，"你听说过没有？"

"没有，"白雪公主说，"没听说过。这名字真逗。"

★ ★ ★

星期六早上，镇子上一片喧嚣忙碌。暴风雨要来了，玛丽·玛格丽特要做好准备。她还想无论如何要避开小餐馆，因为她最近去得太频繁了。大卫也是。

他们之间形成了某种默契，一种完全可以抵赖的约定，让他们每天早上都会在小餐馆"巧遇"。开始，玛格丽特很高兴能见到他，因为这是她唯一能够见到他的时间，可是，她知道这不正常且危险，而且还很愚蠢。艾玛也是这么想的。头一天她碰见玛丽·玛格丽特与大卫"巧遇"，弄明白是怎么回事儿后，就告诉她这是个坏主意。

"你会让自己受到伤害的。"艾玛当时说，"你这是在玩火。"

"你说的对，"玛格丽特说，"说的对。"

因此，起床之后，她不去小餐馆，而是去药店买备用品，电池、瓶装水以及其他一些必需品。她讨厌暴风雨，一直都讨厌。她也不记得为什么——大概跟云在天空中团团转有关，整个世界好像在变化，变得不同了。她是不是曾经被困在暴风雨里呢？或者在风暴中受过伤？她不喜欢暴风雨带来的混乱。

她正这么想着，走到过道尽头，与凯瑟琳撞个正着。

两个人这么一撞，手里的东西全部掉在地上了。

"对不起，真对不起。"玛丽·玛格丽特一边说，一边跪在地上捡起自己的东西，也帮着凯瑟琳把她的东西捡起来。见到这个女人就够没面子的了，更别说跟她迎面相撞，还要跟她说话。

凯瑟琳也是满脸紧张，看起来她跟玛格丽特的感觉也差不多。

"没什么，"凯瑟琳说，"没事儿。"

她把自己的电池捡起来，凯瑟琳把水递给他。玛丽·玛格丽特伸手捡起另一件东西，是一个小小的白盒子，她递给凯瑟琳，准备再次道歉。忽然，她意识到手里拿着的是什么。

是验孕测试用品。

"谢谢了。"凯瑟琳拿过盒子说，她再次紧张地朝玛格丽特抱歉地笑笑。

★ ★ ★

走回家的路上，玛丽·玛格丽特发现自己在拼命忍住眼泪。她回到家放下东西，开车到镇子边的林子里。她想走走，清醒一下。

她停下车，顺着林间小路走下去，心里还在为刚才在商店里的那一幕而恼火。可是，为什么呢？她跟大卫其实并不熟，也不明白为什么会爱上他——爱，或者是别的什么感情，她想。从更加理性的角度看，应该是这样：注意到凯瑟琳怀孕了，一阵嫉妒的刺痛，然后翻篇了，为她和大卫感到高兴。但是，看到那个盒子的时候，她的感觉是悲痛欲绝。她感觉，好像有人把她的心从心窝里掏出来，拿给她看。这一切都无法解释。而且，即便——

玛丽·玛格丽特停住脚步。

小路边的草地里有一只鸽子。

鸽子看上去受伤了，或者是病了——她说不准。鸽子好像是撞上网或者什么筛子，爪子给缠住了，动弹不得。它能站直，也清醒，但是浑身发抖，惊恐万状。鸽子挣扎着想动，展开翅膀，好像准备飞起来，可最终只能又放下翅膀。

玛丽·玛格丽特跪下来，把手袋放在脚边。

"出什么事儿了，姑娘？"她说，"你给什么缠住了啊？"

鸽子只是咕咕叫着。

她把鸽子捧起来，想把它送到动物收养所。大卫在那里工作，但这无关紧要。

虽说如此，她非常肯定，大卫正好是星期六上班。

她把受了伤又受到惊吓的鸽子带回车上，直接开到收容所，一心想帮鸽子回归自己的鸟群。见到大卫，玛格丽特心里仍然为凯瑟琳的受孕测试而刺痛。她告诉他，要找收容所负责人，一位名叫撒切尔的兽医。

大卫和玛格丽特看着撒切尔医生从鸽子腿上把编织物剪去，检查了鸟的翅膀，确定没有骨折。"不幸的是，还有些不利的情况。"他告诉玛格丽特，"这是一只北大西洋鸽子，是候鸟，在美洲鸽子里非常独特。这些鸽子有非常强的单配偶纽带关系，意思是——"

"意思是，它必须回到自己的群体，否则它就会孤单，永远孤独。"

"对。"撒切尔医生说，"当然了，也不是说它自己在这里，就一定会不开心。不过，暴风雨马上就到，回到属于它的地方的时间已经不多了。"

"这么说，我要找到鸽子群。"玛丽·玛格丽特说，"然后，当鸽子飞过的时候，把它放飞。我必须把它带回到我在外面找到它的地方。"

"也许能行吧。"撒切尔医生说着，从柜子里拿出一个小笼子。他把笼子拿到桌前，放在鸽子旁边。"我不会阻止你。不管怎么说，这可能是最圆满的结局。"他笑着，开始洗手消毒。"祝你好运，"他一边走出门一边说，"如果找不到鸟群，随时可以把它带回来。"

"听我说，"大卫说，"暴风雨马上到了，我不放心你——"

"别想着照顾我，"她说，"我不需要你的帮助。"

大卫看着她，有点受伤。"我做错什么了吗？"他说，"我不明白怎么——"

"你什么也没做，大卫。"玛格丽特说着，拿起笼子，"什么也没有。"

她走出门去。

白雪公主是在一个雾气蒙蒙的夜晚与侏儒怪在湖上见面的。小红帽告诉白雪，有这么一个神秘的男巫，传闻他为了换取魔法，把全家人都杀了。从那以后，白雪就有一个挥之不去的想法，希望能有一个魔咒，让她摆脱对一个无法得到的男人的爱，或者至少是摆脱爱的思念。她让森林里的小鸟传递信息，结果，侏儒怪愿意和她见面。

白雪刚把绳子系好，一转身，就看见他在她对面，就坐在她的小船里。她吓了一跳，倒吸一口冷气。

"你真是最漂亮的，不是吗？"他说，被阴影遮住的脸上歪歪扭扭地露出可怕的笑容。

白雪公主很奇怪，有什么能驱使一个人为了换取魔法而做出如此可怕的事呢。

她倾身靠近他，歪头看着，既感到害怕，也有些着迷。

"看什么呢？"侏儒怪说。

"我需要特效药。"她终于开口说，"能医治爱情的。"

侏儒怪笑开了。"爱情！"他喊道，"如此梦幻般美丽，多么美妙，多么痛苦。我说的对吗？"

"我不想再爱了。"她说，"你能弄出这样的魔咒吗？"

"我不能。不幸的是，爱情的力量太大了，无法消除。不过，我能做一个魔咒，让你忘掉你的爱人。可能跟你想要的不完全一样，我知道。但是效果也一样。"

白雪公主想了一下。有什么区别呢？不记得自己爱过，或者摆脱爱情？对她来说，都一样。

"行。"她说，"我要了。"

"很好。"侏儒怪说。他拿出一个细长的小瓶子，浸入河水里，把装满水的瓶子拿出来的时候，他骨瘦如柴的手在瓶子上遮盖了一下，瓶中的水透出一道白光。他笑了。

"这就行啦？"她问。

他伸出手，从白雪公主头上拔下几根头发，她叫了一声，身子往后一缩，摇摆的小船撞击在码头上。

"还不行呢，"她的惊讶让他觉得好笑，"爱情不是全都一样的，我要让这特效药更加……有个人特色。"说着，他把一根头发放进魔水，然后把瓶子用瓶塞盖住。"好了，"他把瓶子递给她说，"把这个喝下去，你会忘记你的真爱，以及你们两个人之间的所有故事。"

忘记我们的故事？白雪公主在心里琢磨着，忘记这些故事会不会比失去王子更加痛苦。

"亲爱的，不要怀疑你自己。"侏儒怪说，"爱情让我们生病，把我们的白天给毁了，在梦里还缠着我们。爱情会引起战争，结束生命。爱情杀的人比任何疾病都要多。这只是特效药？这是个礼物。"

"价钱是多少？"

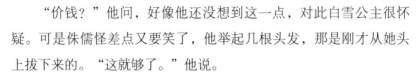

"价钱？"他问，好像他还没想到这一点，对此白雪公主很怀疑。可是侏儒怪差点又要笑了，他举起几根头发，那是刚才从她头上拔下来的。"这就够了。"他说。

"你要我的头发干吗？"

"既然在我手里了，你还要来干吗？"他反问道。

白雪公主也想不出来，为什么要把头发要回来。于是，她决定这是无关紧要的。这价钱似乎很低呢。

★ ★ ★

白雪公主日夜兼程，赶回森林里她自己的角落。她逆流而上，划了一夜的船，然后徒步走了一上午，中间停下来吃了点东西。一路上，她不去看斗篷口袋里的小瓶子，因为她不想看。幻想着拥有这种魔水是一回事儿，真的拥有了，又完全是另一回事儿。她真想忘记他吗？即使是他跟别人结婚了？爱过他，或者知道自己爱过他，无论怎么看，这不都是她生命的一部分吗？如果她真的忘记这些，她会成为什么人呢？一个完全不同的人吗？

整个上午，她心里都有两种声音在争论，到下午还没争出个所以然。她一会儿决定不喝那魔水，一个小时后想象着王子的婚礼，悲痛袭来，天平倾斜，她又决定此时此刻就把魔水喝下去。她就这样来回想着，拿不定主意，直到她来到熟悉的林间幽谷，抬起头来，发现已经到家——所谓家，就是她的小屋，她一直隐居的地方。看着那间小小的简陋建筑，她心中再次充满忧伤，知道自己会孤独地度过漫漫长夜，一夜，又一夜。孤独已然，她不愿意生活中再增添遗憾的负担。她从兜里拿出小瓶子，打开瓶塞，把瓶子举到唇边——

在空中，就在头顶上，她看见一只孤单的鸽子绕着圈子，朝她飞下来。

她一下子呆住了，她看着鸽子盘旋着降下来，落在脚边。

鸽子腿上绑着一个小小的圆柱形包包。她迅速打开包包，打开里面的纸卷。看着纸条上写的内容，她心潮澎湃，充满欢乐与希望。

纸条是这样写的：

最亲爱的白雪：

自上回见面之后，我一直没有你的消息，只能以为你已经找到你所渴望的幸福。可是，我一定要让你知道，我没有一天不在思念你。啊！我不知道应该如何生活下去，除非能够确切知道，我的爱只是单相思。两天之后，我就要结婚了。在此之前来到我身边吧。来找我，让我知道，你也爱我，我们可以永生永世在一起。如果你不来，我也知道答案了。如果你心中有任何疑虑的话，请你放心，我爱你，白雪公主。

今生来世都永远爱你，

你的白马王子

她抬起头，眼睛亮晶晶的。她匆匆将瓶塞盖好，把纸条放进兜里，转过身，顺着她刚才走回来的小路，动身了。

她必须去城堡，不然就来不及了。

★ ★ ★

玛丽·玛格丽特在林子中间，她可不管暴风雨即将来临。她只在乎一样东西：鸽子。

她下决心要把鸽子送回它在这个世界里的恰当位置。一个鲜活的生命——不管是鸽子、人、鹿、狼、狗、蓝鸟，还是别的什么——被迫待在一个不合适的地方，一个与自然真谛背道而驰的地方……反正，她受不了。她要尽其所能，帮助这只鸽子。

十五分钟之前，大卫给她打过电话，但她没接。她知道，归根结底，他会游移不定，说些模棱两可的话。

天开始滴滴答答地下雨了。玛丽·玛格丽特离大路不远，她在林子里找到一片开阔的草地，能很清楚地看到天空。站在这儿，她能看见鸽群飞过来。她知道，她寄希望于一个奇迹，可是，还能怎么办呢？她希望的是，那群鸽子会受到大雨惊扰，转而往南飞，这样可以避开恶劣的天气。如果鸽子真的往南飞，她就可以在这里与它们相遇了。

她等了二十分钟，雨越下越大。最后，她听到远处传来雷声，意识到她所在的地方已经不安全了。浑身湿透的玛格丽特心灰意冷，拿起鸽子笼，开始步履艰难地往大路走。你真是疯了，她想。这样古怪疯狂地不顾一切，你在干什么啊？

然而，她没时间回答自己的问题。就在这时，一道闪电落在附近，雷声的巨响把她吓得跳起来。她磕绊了一下，身体往后一倾，滑倒在泥泞中。她感到脚下的地面在下陷，赶紧慌乱地伸出手去抓一株小树，勉强抓住了。她惊慌失措，趴在地上，扭过头，眼看着自己顺着斜坡滑向一条山沟，两条腿悬空晃荡着。大雨倾盆而下，她看不见山沟有多深。她遇到麻烦了，大麻烦。

这时，她看见一只手朝她伸过来。

"玛丽·玛格丽特！"大卫大声喊道，他倾身凑近她身边，"谢天谢地，总算找到你了！抓住我的手！"

玛格丽特抓住大卫的手，他把她拽上了来。大卫透过树林发现附近有一座小屋，他们一起带着那只鸽子跑过去。小屋的门锁着，

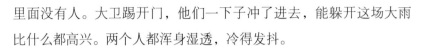

里面没有人。大卫踢开门，他们一下子冲了进去，能躲开这场大雨比什么都高兴。两个人都浑身湿透，冷得发抖。

"你要把身上的水擦干。"大卫说，"等会儿。"他开始找毯子、毛巾和不管什么样的干衣服。

"这是谁的小屋？"她问，"我们在这里会不会有问题？"

"你的室友是警长呢，我想她不会在意。"他找到一张毯子，拿过来裹在她肩上。他们贴得很近，非常近。

突然，玛格丽特推开大卫。

"别这样，"她说，"求你了。"

"我不明白出什么问题了。"他说。

"问题是，我对你还有感情，大卫。"

大卫呆呆地盯着她。

"你以为我为什么会每天早上同一时间到老奶奶餐馆去，总是在那儿遇见你？就是为了见到你。我不是特别守时的人，这也不是巧遇，我……我就是想见你。我不想，我想。我不能——我不知如何是好。"

听着玛丽·玛格丽特的话，大卫不得不忍住自己的微笑。他看上去完全倾倒了，但也有一点困惑。

"怎么了？"玛格丽特问。

"你每天早上七点十五分到那里，为了见我？"

"是啊，"她说，"说起来挺丢人的，你别幸灾乐祸的。"

他摇摇头："我没有幸灾乐祸。"

"那是怎么了。"

"我每天七点十五分到那里，也是为了见你，玛丽·玛格丽特。"他说，"我们这是不谋而合。"

然后，他们跨前一步，相互拥抱，两人一言不发，脸越贴越

近，直到双唇几乎相碰。大卫已经闭上眼睛，可是，玛格丽特突然闪开。大卫睁开眼睛，一脸困惑。

"你怎么能这样对待凯瑟琳，大卫？"玛格丽特轻声说道。她想：我怎么能这么做？我可不是这样的人啊。

"你这是什么意思？我已经告诉过你，我对她一点感觉——"

"不是的，大卫。我知道了，我已经知道了。"

"知道什么？"

"我知道她怀孕了。"

大卫的反应出乎玛格丽特的意料。她以为会怎么样？否认、找些理由，她已经发现大卫很会找理由。然而，他看起来实实在在是吃了一惊。

"你说什么？"他问。

他不知道，她想。他还不知道凯瑟琳怀孕了。

★ ★ ★

Chapter 8 / 难以忘怀

艾玛在查找那个"陌生人"。几天前，有个男的开着摩托车进了镇子，他让镇上大多数人感到紧张。他也让瑞金娜紧张——紧张得来找艾玛，让她调查这个人。据说，他在瑞金娜家外面接近亨利，问了他一些问题。

难得有一回，艾玛与她的天敌看法一致。镇子里有陌生人向小男孩打听奇怪的问题，这确实不正常，不管那孩子是谁。如果是亨利，问题就更加严重了。

谁也不知道他姓甚名谁，到现在为止，他也没在哪里住下来。他好像不断地在这条街或者那条街冒头。更有甚者，他摩托车后面带着一个看似非常神秘的盒子。她不喜欢他这样神出鬼没的。

现在，她手头上除了一开始得到的信息之外，依然一无所获：

这人三十来岁，胡须稀少，骑着摩托车，有点趾高气扬的样子。每当她要接近他的时候，他似乎总是要朝另外一个方向去。她曾近三次在镇子上遇到他，每次都是她一朝他走去，或者要叫住他的时候，就会有别的情况出现。不是她被叫走，就是他跳上摩托车消失了。

然而，她没找到陌生人，陌生人却来找她了。艾玛坐在小餐馆里，正费劲儿想着他可能是谁，只见他在对面坐下了。

"是你。"她抬起头，端着咖啡正要喝。

"你整天到处跟着我。"他说，"我猜你想聊聊吧。"

"那天早上，你为什么要跟亨利说话？"她问。

"你是说那个跑来找我，问我问题的小家伙吗？那就是亨利？"

艾玛没说话。

"他平时也有那么多问题吗？他似乎挺……挺早熟的。"他说。

"那你在他家外面干什么？"

"我摩托车坏了。"

"于是，你就决定带着那个神秘的盒子走一大段路，是吗？"

他拍拍盒子。"谁说这是神秘的？"

"那好，里面装的是什么？"

"不弄明白，你就不得安心，是吗？"

"告诉我。"她说。

"为什么？"他问道，"在你们这儿，拿着盒子到处走是非法的吗？

"不是，"她说，"当然不是。"

他朝艾玛笑了，但是艾玛连嘴角都没动一下。

"你真想知道里面是什么，是吗？"

"是，"她说，"我想知道。"

"嗯，那你就要等了。"他说，"你要等很长时间。看着我拿

着它到处走，再看一阵子。你会为此想象出很多故事。里面是割下来的人头吗？是魔术机吗？还是一叠秘密文件？那盒子里到底会是什么东西呢？"

"别自作聪明了。"她说，"你很可疑。我完全可以强迫你打开盒子给我看。"

"或者，"他说，"我们可以简单行事。你可以让我进来请你喝一杯，我现在马上告诉你。"

她看着他，掂量着他是不是认真的。她决定接招，于是说："行啊，请我喝一杯吧。"

"喝一杯？"

"行，就一杯。"

"那好。"说着，他伸过手去打开盒盖，让她看里面是什么。是打字机。

"是真的吗？"她问。

"我是个作家。"他说，"这个地方能给我灵感，所以我到这儿来。"

★ ★ ★

白雪公主匆匆赶往城堡，在婚礼前一天夜里来到城堡门前。再过几个小时阿比盖尔就要到达城堡了。白雪打扮成卖花女，潜入城堡，往她认定是王子住的地方走去，一路躲避着卫兵。她已经离得很近了，真的很近了，可她在黑暗的走廊里绊了一下。一个年轻的卫兵从角落那边探出头，他神色一下紧张起来，以惊人的速度扑向她，轻而易举就把她抓住了。卫兵将白雪公主拖进地牢，相信她就是个普通的贼，根本不听她说什么。

从被锁在牢房的那一刻起，她就开始寻找越狱的方法。能撬锁吗？还是爬墙？她不知道，可她必须出去。她一定要阻止王子的婚礼。

"放松点，妹妹。"一个声音传过来，"你只能待在这儿，直到他们放你出去。"

她往旁边的牢房看去，只见那个粗嗓门的人盘着双腿，懒洋洋地靠在角落里。

他蓄着胡子，长一个光头。他笑笑，友善地朝白雪挥挥手打招呼。

"很高兴认识你。"他说。

"我不用他们放我出去。"白雪说，"我要自己想办法出去。"

"哦，那好啊。你随便吧。你会找到办法出去的。"

她在牢房里来回踱步，那人看了一会儿，问道："你叫什么名字？"

"白雪公主。"让一个普通罪犯知道她的名字，又有什么关系？

"就是那个白雪公主吗？"他突然兴趣大增，"王后通缉的那个白雪公主？"

"正是。"她说。

"嗯，我是'不高兴'。"他说着站起来。

"我也替你不高兴。"

"不，不。"他挥挥手说，"那是我的名字。"

"你名叫'不高兴'？"她扬起一道眉毛说，"这是什么名字啊？"

他耸耸肩说："就是小矮人的名字呗。那白雪公主又是什么名字呢？"

白雪公主只是笑笑。她一边试图在墙上找到薄弱的地方，一边跟"不高兴"聊起来。一个小时过去了，他们聊了各种各样的事，但是，她越来越担心，恐怕要在这里待上几个星期，赶不上婚礼，失去机会。"不高兴"告诉白雪，他如何被关进牢房里，白雪公主也把自己的故事告诉了他（谨慎地，有点含糊其辞）。他们谈论到爱情、失恋和遗憾。

"不高兴"说起他曾经爱过的一个女人，眼睛亮起来，他非常遗憾自己错失良机，失去了她。

"可是，爱情带来太多痛苦，"她说，"不值吧？"

"爱情确实会造成痛苦。""不高兴"说，"但是值。痛并快乐着。"

"有这样的事？"

"有啊。我可以保证。"

"我愿意的话，可以忘记爱。"她说，她把从侏儒怪那里得到魔水的事告诉了"不高兴"。

听到有这样的事儿，他觉得真了不起。可是，过了一会儿，他又摇摇头。"不对，这样不对。"他说。

"为什么不解救自己呢？"白雪问。

"因为这不会是真的。因为，爱总会深深埋藏在你心里，困扰着你。你不能假装真实的东西是不真实的，不管你记忆里的是什么。给我痛苦，不要隐瞒真相，我任何时候都会接受。"

"嗯。"白雪应道。

她更加紧张着急，又开始试着在墙上找到什么出路，直到"不高兴"告诉她，节省力气更加明智。

"如果你真想出去，"他说，"放松点。等十分钟吧。"

"等待有用吗？"白雪公主问。

"等着瞧。"他说，"我有好朋友。"

她筋疲力尽，偷偷寻找越狱的出路已经够累了，加上她这么多天的旅途奔波……跟侏儒怪的交易，一路狂奔到城堡……她让自己坐下来，闭上眼睛，几乎同时，她陷入了深深的睡眠。

★ ★ ★

"喂！妹妹！"

她醒过来，看见"不高兴"和另外一个小矮人站在她牢房里，两个人都在朝她笑。

"她真好看。"那个她不认识的小矮人说。

她揉揉眼睛，站起来。

"怎么回事儿？"她问，"这是谁？你们怎么把门打开的？"

"这是精灵鬼，我朋友。""不高兴"用大拇指指着另一个小矮人说，"他来帮我越狱，现在我们一起救你。走吧。"

越过他们头顶，白雪看见一个看守躺在地上，显然不省人事了。

"可你为什么要救我呢？"说着，她赶紧跟着两个小矮人跑出牢房。她一边灵活地从看守身边跨过，一边纳闷他们俩是怎么搞定看守的。

"因为我听了你心碎的故事，同情你，妹妹。""不高兴"头也不回地说，"我们都经历过这种事。天哪，我憎恨爱情，但是我也醉心于爱情。"

"安静点，你们俩。"精灵鬼悄悄说。他把他们带到这层楼的一道隔栅，指着下面一架梯子说："过来。下地下墓穴。走吧。"

她迅速跟着他们下去了，生怕卫士们看见他们。不过，他们很快就到了城堡下面，在墓穴间弯弯曲曲的通道里穿行，精灵鬼在前面，打着火把给他们引路。

他们使劲跑，直到白雪公主喘不过气来。她压根儿不知道他们这是上哪儿去，但她信任他们，信任"不高兴"，因为他没有抛下她。他们本来可以把她留在那里，睡个永生永世都不醒。

来到一个交叉路口，精灵鬼停下来。"你想找王子？"他问她，白雪点点头。

"走那条路。"他说着，指指一条长长的通道，"在尽头，你会看见一架梯子。从那儿上去，就是你想去的那个塔楼了。"他拍拍伙伴的肩，"咱们从这边走，到城堡外面。走吧！"

"不高兴"朝白雪笑笑。

"再见了，妹妹。"他说，"祝你好运！"

说完，两个小矮人跑了，把她一个人留在黑暗中。

她朝着黑暗说了一声："再见。"

她没有再浪费一秒钟。

★ ★ ★

玛丽·玛格丽特说凯瑟琳怀孕了之后，在一阵难堪中，雨停了。大卫很是震惊。玛格丽特后悔自己的轻率，可这也有好的一面，至少大卫原来是不知道的，他并没有明知如此，还继续追她。他自我意识比较差，但他不是恶人，这她必须承认的。而且他思绪也很混乱。

她拿起鸟笼。"走吧，"她说，"咱们把她送回鸟群吧。"

他们沉默着，走回玛格丽特摔倒之前去过的那片草地。她心有余悸地看看山沟，和她差点滑下去的那片泥泞。他找到了她。他找到她，并且救了她。这——

"玛丽·玛格丽特，"他说，"我们必须——"

"嘘。听见没有？"她说，他们一起抬头看去，"鸽子群！"她嚷起来。"它们刚才一定是在等暴风雨过去！它们来了！"玛格丽特激动地跪在湿湿的草地上，打开笼子。她把鸽子捧出来，摸摸它的脑袋，然后把它举起来，鸟喙朝向天空。

就这样，让它看看天空，别的都不用做，鸽子从她手中扑腾而去，快速升空，它一边似乎带着欢乐般，使劲扇着翅膀，一边加入它的大家庭。

玛丽·玛格丽特喜笑颜开。她好久都没有这么开心了。

大卫也在看着鸽子，他走近玛格丽特，伸出胳膊想搂着她。

"大卫，不。"她说，"别这样。求求你了。"她挪开身子，双臂搂住自己，"我们不能这样。这是不对的。"

"我们两个刚刚都承认了，你怎么能说不呢？我不明白。"

"因为，即便如此，你还是选择了她，大卫。如果你这么爱我，为什么还不离开她呢？"

"我也不知道。因为，我跟她也有过一段生活。因为两条路似乎都是对的。"

"你不可能两条路都走。"

"不管我选哪条路，都会感觉一条路是真的，另一条不是。"

"无论如何，有人会受到伤害。"她说，"你这样不可能谁都不伤害，大卫。你就是不愿意接受现实。"

他沉思着低下头，然后抬头看着天空。"我无法不想你。"他干脆地说。

"我也没有办法不想你。"她说，"但是，我们必须忘掉对方。我们不得不这样。没有别的选择。"

★ ★ ★

白雪公主手里没有火把，她在漆黑的墓穴中摸索着，尽快走着。用不了几分钟，她就在通道尽头找到了梯子，精灵鬼说的一点没错。她甚至没有试试梯子有没有腐烂，就朝着另外一道隔栅透出

童
话
镇

的光亮爬上去了。谁知道呢，说不定婚礼正在举行，哪里有时间考
虑安全。

来到梯顶，她推开沉重的柳条隔栅，爬出去，来到一个院子。
她冲过开阔地带，准备从一座塔楼脚下的大门进去，她知道王子的
房间就在那个塔楼。然而，还没来得及进去，就听到从院子另一头
远远传来一片喊声。她转过身，正好看见让人心碎的一幕：在三百
码开外的地方，"不高兴"和精灵鬼显然被城堡卫士包围在一个角
落了。就在她惊恐地看着的时候，精灵鬼朝城堡入口处突围而去。

他没有成功。

高高的警卫塔顶上射下一支箭，飞过来，击中精灵鬼的胸脯。
"不高兴"惊声尖叫，离得远远的白雪公主，听到这刺耳的尖叫也
感到浑身发冷。

"不高兴"跪在倒下的朋友身边，依然身处险境。白雪公主毫
不犹豫地往那边跑，一边跑，一边从墙上抽出一个火把。她跃过一
堆倾倒的木桶，来到包围着她新朋友的一群人身后。就在卫队长下
令杀掉"不高兴"的时候，白雪公主来到马厩旁边第一个干草垛。
她怒目圆睁，在干草垛上举起火把，朝他们嚷起来。

等他们转头看见她，白雪马上命令道："放他走！"

静默。

"我说放他走。"她重复道，"不然我会把城堡烧个精光。"

她看上去一定很可信，因为，卫队长轻轻摆摆手，让"不高
兴"离开城堡，永远不要再回来。"不高兴"悲愤交加，眼睛都哭
红了，他又看一眼倒在地上的朋友，然后抬头看着白雪公主，微微
点点头：谢谢你。他转过身跑了。

"这姿态不错啊。"卫队长说着朝她走来。"不过，你的威胁
也没什么用，你不觉得吗？"他举起一只手臂，白雪公主皱起眉

头，搞不懂他是什么意思。

听到另一支箭呼啸着从警卫塔射下来的时候，她明白了。她做好死的准备，可是，只觉得火把一下子从手中被夺走。原来，火把被箭射中，远离了她和干草垛，带走了她讨价还价的筹码，也带走了她存活的任何希望。

"我相信乔治国王想跟你谈谈，亲爱的姑娘。"卫队长说，"不介意跟我走一趟吧？"

★ ★ ★

"你要告诉他，你不爱他。"乔治国王说，"说你从来没爱过他。这是我的条件。很简单，你同意吗？"

白雪公主站在这个人面前，反抗的勇气渐渐消失。刚才他们把她拖上楼，来到他的私人住处。他在那里等着，已经穿好参加婚礼的服装。他高傲冷漠，一副无所谓的样子。她恨他，憎恨他所代表的一切。而且她已经看出来，他赢了。

"如果我拒绝呢？"她问。

他耸耸肩，戴上一只装饰用的骑士手套。"那我就杀了他。"他说，"对我来说，反正都一样。"

"你自己的儿子？"她不可置信地说，"就是为了泄愤？为了政治？"

"他不是我儿子。"乔治国王秘而不宣地说，不屑与她对视，"而且，是的，在这样的大事面前，政治压倒爱情，每回都一样。考虑到你也是王室出身，我很惊讶你连这都不懂。"

白雪公主无计可施，也没有绝招。她不能发出神秘的记号，或者隐秘的信号，因为这只能意味着王子会来找她，而那就意味着他会死。她不但要拒绝他，而且还要说服他离她远远的。她不得不伤

害他。

她真的这样做了。国王"允许"她偷偷溜进王子的住处，他正在那里为自己的婚礼做准备。白雪公主伤心地去了。她悄无声息地进了他的房间，藏在窗帘后看了他一两分钟，每过去一秒钟，心都裂开小小的碎片。他动作缓慢，叹息着看看窗外，等待着。等待着她。

"詹姆斯王子。"她不知不觉地说。

他一下子转过身，白雪公主现身了。

"你来了！"他喊着走向她。他上来拥抱她，她让他抱住，在他怀里浑身绷得紧紧的。过了一会儿，他终于退后一步，困惑地看着她。"这么说，你收到我的信了。"他说。

"是的。"

"于是，你来告诉我，你也爱我。"他说，"不然的话，你为什么来呢？你怎么了？"

"不是的，詹姆斯。"白雪公主说道，她不让自己用她以前对他的称呼，只是叫他一声白马王子，都会感到心痛。"我来做的事正相反。我来告诉你，我不爱你，从来没有爱过。你……搞错了。"

就好像她再次目睹利箭射入精灵鬼的胸膛，不过，这次她是射手。她的话让他一下子颓丧了。他倒退一步，看着她。

"我对你没有一点感觉。"她单调而毫无感情色彩地说，"跟阿比盖尔结婚吧。跟她幸福生活吧。忘记我。我不爱你。"

"我不相信你。"他终于无法抑制愤怒和痛苦，"你——如果你真这样想，就不会来了。"

"是真的。"她说着朝门口走去，"相信我，是真的。我不想你浪费生命，以为我爱你。"

她转身离开房间。

她走出门外，离得远远的，才失声痛哭。

白雪公主慢慢走在回森林的路上，又一次摇摆不定，反复想着是否把魔水喝下去。现在爱的伤痛更深了。她觉得自己快受不了了，尽管带着伤痛活下去更加"真实"。一想到婚礼马上就要举行，他们俩到此结束，她永远不能再见到他——她是哭着离开城堡的。

白雪公主正抽泣着，只听到小路旁边的树丛里传来一个深沉的嗓音："喂，妹妹。"

想着心事的她吓得往后跳了一步。她看见几个移动的东西从林木覆盖的地方冒出来，缓缓地围住了她。

惊魂甫定，她才意识到，这里面有一张熟悉的脸："不高兴"的脸。两人拥抱了。见到熟人，不管是谁，白雪公主感到宽慰。

"你找到他了吗？""不高兴"问她，"说清楚了吗？"

"我找到他了。"她说，"但是没把应该说的说出来。"

"你会没事的，对吧？"他热情地笑着，用一只胳膊搂着她。看见她又要哭了，他说："没事。来，来吧。见见我的朋友。六个都在这儿。我给你们介绍一下，你就别想伤心事儿了。我们要是不找点什么笑话，就都要哭了。"

"真对不起。"她说，"精灵鬼。我——我尽顾着想自己的——"

"没事儿，没事儿。我们会记得他，怀念他。有的是时间。现在，咱们先相互打个招呼吧。"

她对他们所有人笑了，他们也都朝她露出笑脸。然后，"不高兴"将他们的名字——告诉她。

★ ★ ★

"不高兴"把白雪公主带到七个小矮人住的宽敞的小屋——一个有朋友的地方，一个有人陪伴的地方。时间一天天过去了，她尽量调整自己，适应新的生活，但是每天夜里，她都会想他，想象着他的新生活，心里越来越痛苦。

一天早上，"不高兴"朝她的房间跑去，带着让他无比兴奋的消息：婚礼没有举行！王子离开了城堡，应该是去找白雪公主了，他把阿比盖尔一个人留在婚礼上了。乔治悬赏要王子的人头。整个王国都乱套了！白马王子，她的真爱，此刻正在寻找她！

"他走了！""不高兴"嚷嚷着，满脸笑容地看着白雪公主。她还在床上，刚刚醒来。他走到床边："王子离开了阿比盖尔，正在找你呢！快起来！你们可以在一起了！"

白雪公主皱起眉头。

"这不是你朝思暮想的吗？""不高兴"不解地问。然后，他看看床边桌上的小瓶子。

空了。

"谁？"白雪公主问，"哪个王子？"

"不高兴"来晚了。

她把魔水喝了，脑子里的记忆消失了。

"不高兴"伤感地朝她笑了。"唉，妹妹啊。"他说，"你顶不住了，是吧？"

"我不明白你在说什么。"她说。

"没事儿，"他说着拉过她的手，"没事儿。"

★ ★ ★

玛丽·玛格丽特和大卫设法相互避开。他们都没去小餐馆。但是他们俩迟早又会碰面的。

事情发生在一个星期二。

不是七点一刻，而是七点三刻。

准确地说，是七点四十六分。

他们在老奶奶那儿遇见了。开始，大卫尽量假装没有看见她，可他试图转身离去的时候，又于心不忍。最终的结果是，两人并肩站在街上，各自拿着一杯咖啡，心里都完全能够感觉到对方的存在。他们都为了对方而改变自己的时间，可是改变之后，两个人的时间最终还是一样的。

他们一起走了几步。大卫说："我想方设法不见你。"他摇摇头，"咱们怎么才能不见面呢？"

"很明显，咱们做不到。"玛丽·玛格丽特说。

"这可是个难题。"

"你说的没错。"她说，"可不是吗。"

他们相互看着。

"她没怀孕。"大卫说。

玛丽·玛格丽特认真听着，似乎要说什么。但她没说话，手中的咖啡掉在地上。两人都没低头去看。

然后，大卫的咖啡也掉在地上，他们俩相互靠近。

期待良久的一吻，从来没有过的神奇美妙。

Chapter 9

表里不一

寒冬降临小镇，带来各种各样的意外事故和紧急事件。艾玛忙得几乎见不着玛丽·玛格丽特。瑞金娜越来越想方设法不让她接近亨利，她只能在避开瑞金娜的时候见到亨利。这里一小时，那里一小时，可时间从来都不够。她惦记着孩子，但是在这个镇子上，没有什么事情是简单的。有瑞金娜在就不可能。

不过，她一直在忙工作，现在她是镇上的一分子了。这跟以前不一样。她很高兴，真的。但是，跟秋天她刚刚来的时候相比，情况已经变了，当时她在童话镇唯一的理由，就是保证亨利的安全。现在是什么状况呢？她沉浸在某种既让人感到舒服，又让人有点沾沾自喜的状态中。有根基，会不会就是这种感觉呢？有根基的生活与被囚禁，这两者有区别吗？冬天让她昏昏欲睡，有一种安全感。随着时间的流逝，她在这里成为一个正常人了。

玛丽·玛格丽特、露比和阿什莉准备搞一个情人节的女生聚会，艾玛告诉她们，她不能参加聚会了。回警署的路上，艾玛收到调度中心的电话。

"出什么事了？"她问。

有人好像刚刚看见什么人私闯戈登的家。

"我去处理。"她说着合上手机，扔掉咖啡，一路小跑，朝镇子东面奔去。过了整整五分钟，才来到戈登的家，一座坐落在镇东头的又高又细的宅子，这地方住的是镇上最富有的家庭。因为宅子的前门敞开着，一位邻居报了警。艾玛到的时候，门还是开着。

她掏出枪，走进去。

戈登家里到处都是古董和古董家具：壁柜、写字桌、美人椅，

童话
镇

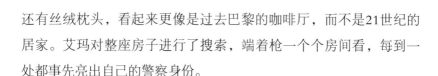

还有丝绒枕头，看起来更像是过去巴黎的咖啡厅，而不是21世纪的居家。艾玛对整座房子进行了搜索，端着枪一个个房间看，每到一处都事先亮出自己的警察身份。

从楼梯上走下来的时候，艾玛听到脚步声，她的心开始怦怦跳。有人从前门进来，这会儿正走进前厅。她悄悄从厨房穿过，站稳脚步，转身面向客厅，手中的枪随时准备射击。

"不许动！"前脚还没踏进房间，她就厉声说道。

她面前的人转过身，用枪指着她；她压下枪机，感觉到扳机压在手指上。她控制着没把扳机拉到底。

"斯旺女士。"闯进来的人说。

是戈登先生。

艾玛放下枪，舒了一口气。戈登也放下枪。

"真没想到，闯入我家的是你。"戈登说。

"你有持枪许可证吗？"艾玛看着他的枪问道。

"当然有。"他说，"你的枪有许可证吗？"

"别做作了。"她一边把枪装起来，一边说。

她指着房间角落一个砸烂的玻璃柜子说："看起来，这不速之客在找一样东西。我接到电话，就赶过来了。房子里现在没有可疑的人。"

戈登这回没说什么。他站在那儿看着玻璃柜。

过了一会儿，他终于说："我明白了。"他咽了一下口水，"就这样吧。"

"就这样吗？"艾玛说，"那我很抱歉打扰你了。"

"我不是这意思。"戈登说，"我向你道歉。家里被人入侵了，我整个人都惊呆了。"他喘口气，朝她笑笑，"不过，我可以给你提供非常有力的线索，因为我知道丢了什么。我相信，你要找的人名叫莫。莫·弗兰斯。"

"好吧。"艾玛说，"我会调查他。"她满腹狐疑地看着戈登，"你特别怀疑是他，有没有什么理由？"

"我想这事儿还要填表什么的吧。"他说，"喝杯茶吧？"

★ ★ ★

想到要跟姑娘们一起去玩儿，玛丽·玛格丽特十分兴奋，尽管这只是替补了她真正想做的——约上她爱的男人过一个正常的情人节。但那是不可能的。

她正走在路上，大卫小跑着追上来。"我要跟你谈谈。"他朝她喊道。

意识到他打算在大庭广众之下跟她说话，玛丽·玛格丽特的脸色变得紧张而愠怒。那天亲吻之后，他们更加谨慎，想方设法避人耳目。她可不愿意让人说是破坏别人家庭的第三者。她无法相信他会如此肆无忌惮。

"我觉得我们不该——"

"我不要你去参加这个女生聚会。"他说，"我就是不要。没别的。"

玛丽·玛格丽特愤怒了："想想你的现状，你真以为有权利告诉我应该怎么做吗？"

"是的，我没这个权利。"他承认道，"不过我还是不希望你去。考虑到我们的现状。"

"那就对不起了。"她说，"可我在情人节无事可做，没有人约我出去，所以我准备自己找乐子。"她摇摇头，"我累了，大卫。这样神神秘秘的，让我烦透了。我不想再这样做了。"

"我也不想这样。我觉得你这是在惩罚我。"

"真好笑。我天天都有这种感觉，是你在惩罚我。"

"这是从何说起？就在那天，我们还——"

"我不知道，大卫。可能我觉悟了。或者，我也许想起什么了，想起我应该有自尊。我不得不想，如果我给你机会，你会永远这样下去。"

"不是这样的。"

"不是吗？"

听到这话，大卫看上去垂头丧气，但是她并没有替他难过。她替自己难过。她走开了。

★ ★ ★

回到警署，艾玛给戈登打了个电话，很快他就到了，眼睛里露出迫切的目光。她把戈登带到她的桌前，给他看在莫·弗兰斯家里发现的东西。

事情做得真是很草率。莫·弗兰斯居然用一个枕头套去偷戈登的古董，这太可笑了，或者说，他可能就是一个白痴。她拿到搜查证之后，搜查了他的家。没什么特别的。枕头套还装得满满的，就放在他家厨房的桌子上。没有弗兰斯的踪影。

"不在这儿。"戈登往桌子上看了一会儿说。

那堆东西里有灯和大烛台，九件瓷器，几个烟盒，还有些珠宝。

"这些不是你的东西吗？"艾玛有些吃惊地问道。

"是我的。"戈登恼火地说，"但不是所有东西。他拿走了一件十分特别的东西。对我来说，非常珍贵的东西。"他从她身边擦过，朝门口走去，"我希望你知道怎么做好你的工作。"

他这是生的哪门子气？艾玛在纳闷。

"要是告诉我你在找什么，也许对我有帮助，戈登。"她看着戈登气哼哼地走开。即使是对戈登，这事儿也够恼火的。"我一点头绪都没有。给点提示怎么样？"

"没什么，"他回头说，"请你找到弗兰斯先生。找到他，就迎刃而解了。"

"你跟他什么关系？"

"一个顾客。"

"敌人？"

"顾客。"

他停住脚步，稍稍偏过脑袋，斜眼看着艾玛。

"如果你找不着他，我就自行处理这件事。"

"别做傻事，戈登。"她说。

"多谢提醒，"他说，"我从来不做傻事。"

★ ★ ★

天色渐暗，黑暗的夜色覆盖了童话镇。艾玛费劲力气也找不到莫·弗兰斯。她在镇子上开着车来回转悠着，真希望格林厄姆还在，能帮帮她。他找人很有点窍门，不是吗？没有了他，一切都不一样了。

艾玛还能依稀感觉到他们的亲吻，那最后一吻。

玛丽·玛格丽特在兔子洞酒吧跟露比与阿什莉汇合。阿什莉给她们讲些婴儿的逗人故事，有时这宝贝儿还真缠人呢，玛格丽特跟她们俩一起笑着。露比说起自己约会遇到的麻烦，抱怨在童话镇遇到个好男人真难，玛格丽特认真听着。她想告诉她们一点有关大卫的事，说说跟人秘密幽会有多让人懊恼。但还不是时候，她不能就这样把大卫给卖了。她喜欢露比，可是，假如她承认跟大卫有私情，恐怕明天早上整个镇子都会知道。

"你怎么样啊，玛丽·玛格丽特。"阿什莉问道，露比似乎聊完了。

"我怎么了？"

"你的爱情生活啊。"阿什莉说，"跟惠尔医生有什么新进展吗？"

"谢天谢地，没有。"玛格丽特皱着眉头，喝了一口饮料，"那是个天大的错误。"

"我觉得你们俩凑在一起，也很好玩嘛。"露比说，"他也许挺讨厌的，可也是讨厌的帅哥啊。"

"我就是——"但是玛格丽特没有说完。她简直不相信自己的眼睛：酒吧另一头，大卫走到吧台，坐在阿奇旁边，两个人聊起来，他暗中朝她这边看了一眼。

"怎么了？"阿什莉说着顺着她的目光看过去。"嗯……"看见大卫，她说，"这两个在一起，有点古怪。"

"我觉得他们不是约会吧。"露比说着，两个人乐了，"不过，要真是那样也挺好玩的，是吧？"

"不过，他不跟凯瑟琳过情人节，你不觉得有点怪吗？"阿什莉说，"他在这儿干什么？"

玛丽·玛格丽特又要了一杯。她当然知道，他是到这儿来看着她的。

她整个晚上都没理他。

到了该走的时候，玛格丽特拿起自己的东西，跟姑娘们说声再见，离开了兔子洞——她们俩抗议着，但是她已经疲惫了。大卫跟了出来，她就知道他会这么做。走过几个街区之后，大卫喊她一声，玛格丽特转过身。

等他追上之后，玛格丽特说："我看见你在里面了。真让人毛

Chapter 9 / 表里不一

骨悚然。"

"毛骨悚然？什么意思？"他问。

"我不需要你跟踪骚扰我。"她说，"事情本来就够糟糕了。大家会怎么想？"

"我不知道。"他说，"我似乎也不在乎。"

"我还在乎呢。"她双臂抱在胸前，"这是个小镇子。而且我们做得不对。"

大卫把这话听进去，点点头，从夹克里掏出一张卡，递给玛格丽特。

"这是给你的情人节卡，"他说，"拿着吧。"

尽管她知道不应该，玛格丽特还是接过卡片，打开来看。

她看看上面的字，皱起眉头，将卡片举起来，看着大卫："凯瑟琳，我像小狗一样爱你？"

大卫有些吃惊。"真不好意思，给错了。"说着，他将卡片从她手里抢过来，伸手从夹克里掏出另外一张卡片。"在这里，在这里，是这张。"

她拿过第二张卡片，但是没有打开。

她伤感地看着大卫。

"这行不通。"她说，"咱们俩都知道。"

"我们可以做到的。只要给我时间。真的，玛丽·玛格丽特。"

她叹了口气："你应该回家去陪凯瑟琳。"

"我正准备回去呢。但是我想祝你情人节快乐，这很重要，真的。"

"那好，谢谢了。"她生硬地说，"也祝你情人节快乐。"

艾玛这一天过得有点离奇。花了几个小时寻找戈登丢失的财物之后，她觉得戈登的动机很可疑。有迹象表明戈登在搞鬼，莫·弗兰斯不仅仅是他的"顾客"。

在办公室里与戈登不明不白的交谈之后，她带着一叠文件去了小餐馆，文件都是与戈登先生在童话镇及其周边地区的许多产业有关的。艾玛开始挖掘他持有的产业，从中寻找与弗兰斯的关联。她正在努力看着极其乏味的税收记录数据表，抬起头来，只见亨利朝她微笑着。

"你在干吗？"他问。

"工作呢。"她喝口咖啡说道，"你怎么没在家里待着？"

"我妈又在忙她的工作。"他说着，侧身坐到她对面，"咱们俩现在老是见不到面了。"

艾玛看着他。他说得对——瑞金娜设法阻止他们两人接近，而现在，她一点时间都无法给他，这更加让人沮丧。

"你想听侏儒怪的故事吗？"

"我现在真没心情，孩子。"她抬起头看看，皱起了眉头，"你的书呢？"

"我正好想起这个故事。"他飞快地说。

"我真的没有——"

"但是这故事很疯狂的。"说着，他瞪大了眼睛，"有个王国要侏儒怪去帮忙，他就去了。结果他们说要他结束魔怪之战，因为这场战争太危险了，而作为交换，他要求跟一个美丽的年轻姑娘结婚——"

这时，艾玛在文件里有了新发现，她举起一只手。

戈登在乡下有间房子，一间小木屋。

这是她不知道的。

她有一种直觉。莫·弗兰斯失踪了，戈登也没了踪影。

她决定去调查一下。

"不好意思，孩子。"她说，"我要去调查点东西。"

"真的啊？"他有点失望。

"下次吧——我保证。"她说。

艾玛开车来到镇子边上，然后按照警车上原来就有的那张布满灰尘的地图，拐进一条陈旧的泥土路。她总是觉得有点……这件事有点不对头。不是有一个人在撒谎，而是所有人都在撒谎。事件背后有不为人知的故事。她能感到这个故事的缺失。

她拐过一个弯，看见那辆车了。

莫·弗兰斯的车。

她的直觉是对的。

她举着枪走进小木屋，一眼看见一个恐怖的情景：戈登像疯子一样，狂揍莫·弗兰斯，而弗兰斯已经浑身是血，不省人事。

艾玛拦住戈登，制止了他，而他似乎一看见她就收手了。艾玛叫来救护车，对戈登以袭击他人罪立了案。救护人员将弗兰斯飞快地送去医院，还不知道他能不能活下来。

艾玛和戈登在回警署的路上没怎么说话。

★★★

"我知道你在想什么。"艾玛在说，"我欠你一个人情，而如今你在我的牢里。你不想在我的牢里待着。我说的没错吧？"手续都办完了，艾玛坐在桌前，吃着一个三明治。戈登在牢房里，安静地坐着，听着她轻描淡写地说着。平时她不会这么多嘴多舌，也许这是在尽量变坏事为好事吧。

"需要帮忙的时候，我自然会接受的。"他终于开口说话了。

艾玛咬了一口三明治，认真看着他。然而，她还没来得及回应，就听见前门响了，两人都抬起头看过去。镇长和亨利进来了。

"我在想，你会不会愿意跟亨利在一起，待上一小时。"瑞金娜说。

艾玛吃完三明治，看看瑞金娜，然后回头看看戈登："让我猜猜看。我陪亨利，好让你跟他单独谈谈。"

瑞金娜耸耸肩。"也许吧。"她说，"你想，还是不想。"

艾玛点点头说："我愿意。真的。"她又看看戈登，"你觉得这样行吗？"

"当然。"

"好，下不为例。"她对瑞金娜说。

她跟亨利走了。

开始几分钟，他们俩没说话。艾玛试图想象，这两个非常奇怪的人，正在牢里说些什么。他们是敌人，这是很清楚的，但是艾玛知道，他们之间的关系不仅仅是敌对，还有别的。跟他们的过去有关，有不可告人的秘密。

"这是怎么回事，"最终，是艾玛先开的口，"这两个人之间？"

"什么意思？"

她摇摇头说："我也不清楚，亨利。真是怪诞的一天。"

"戈登干什么了，被关起来了？"亨利问。

"他打人。"艾玛说，"他伤害一个人，让我给抓住了。"

"什么人？"

艾玛看着他，眯起眼睛。"莫·弗兰斯。"她说，"那个卖花的。"

亨利点点头，他好像早就知道一样，但是没说什么。

"怎么了？"艾玛说。

"说了你也不相信。"亨利说，"我为什么要告诉你？"

"就当给我解闷吧。"

"好吧。"亨利说，"还记得吧，我告诉过你，侏儒怪获得法力之后，就变得有些邪恶了。"

"记得。"

"儿子贝伊走了，他一个人孤孤单单的。那之后不久，他就遇到一个女孩儿，爱上她了。他差点就又变好了。"

"差点儿？"

"是啊，"亨利说，"他可以选择的。就在她亲吻他之后。然而，他选择继续做有法力的强人，而不愿意爱上女孩儿，做个正常人。其实，失去贝伊的时候，他也是这么选择的。"

"他儿子死了吗？"

"没有。"亨利说，"他去了别的什么地方。"

他们沉默着又走了几分钟，来到学校。这是一个寒冷安静的夜晚，树上的叶子落光了，寒风中树枝喀喀响着。波士顿的夜晚不会如此静谧。

"贝拉 。"亨利说。

"什么？"

"就是他爱上的那个女孩儿。"亨利说，"可是他拒绝了她。然后她就回家了，她爸觉得她没法再嫁人了，所以就把她给关了起来。"

"她后来怎么样？"

"自杀了。"亨利说，"反正王后是这么说的。"

艾玛又想到戈登揍莫·弗兰斯的情景。她听到戈登喊什么来着？"你把她赶走了！"

"让我猜猜看。"艾玛说，"莫·弗兰斯是那女孩的爸爸。"

"这还用得着问吗？"

艾玛摇摇头。她不得不承认，这孩子幻想中的生活拼凑得还真不错。这里面还真有些智慧，也很真实。他对这个镇子非常了解，即便他还不知道自己的洞察力。

"爱是不容易的。"艾玛说着把一只手搭在他肩上，"做父亲的也不容易。"

亨利抬起头看着她，然后点点头。"我猜是吧。"他说，"我猜真是这样。"

Chapter 10

爱 的 磨 难

　　每回艾玛·斯旺解决了一个难题，似乎就会又有两个难题出现。她与瑞金娜冲突不断吗？现在的确处于缓和局面，但是谁知道下一步会如何发展。戈登与弗兰斯的案子呢？没错，她找到了戈登的产业，弗兰斯先生在医院，伤情稳定。可是，戈登雇了一个律师团队，莫名其妙地就脱身了，他差点把人给打死，却逃避了惩罚，仅仅受到了象征性的处罚。她开始想起来，为什么寻找逃犯比执法本身要更加吸引人。找一个人是简单的。当把整件事放在一起处理的时候，那就要复杂得多。

　　她还是不明白戈登与卖花人之间发生了什么。不过，她已经接受现实，认为自己永远都不会知道真相了。

　　还有，亨利的书在暴风雨那天给弄丢了（或者，根据亨利的看法，瑞金娜利用那场暴风雨，趁机偷了他的书）。他的"城堡"被大风刮倒了，还没等有人去清理现场，瑞金娜就让推土机开进去，把废墟夷为平地。她一直不喜欢亨利有一个属于自己的地方，她痛恨这个地方，因为这是艾玛和亨利的地方，他们能在这里聊天。她是不是明知亨利的书就埋在沙土下面呢？艾玛不知道。艾玛觉得，瑞金娜明知故犯并不奇怪，不过，如果这故事书现在埋在垃圾场下面，纯粹是运气不好，她也不会感到惊奇。

　　没有了他的故事，亨利很沮丧。不过艾玛寻思着，这对他也许是件好事。她答应会帮他找书，但是至今没有特别努力去找。在他们的关系中注入更多的真实，更多的实话实说，这也是艾玛乐意的。

　　然而，一天下午在小餐馆见到亨利，艾玛忍不住让他给她讲个故事。他愁眉苦脸的，她想，也许讲个故事能让他想起那本书，振作起来。亨利抬起头，多少有点兴趣，问道："哪个故事？"艾玛回答说："我也不知道，有关爱情的吧。"

"我有没有跟你讲过，白雪公主喝了那魔水之后，王子是如何让她重新想起他的？"

"我觉得没有。再说说，是什么魔水？"

"就是让她忘记她曾近认识王子的魔水。"亨利说，他的嗓门提高了。艾玛很高兴看见他又有点活力了，但是她没有笑，因为她知道这一笑，可能会让他停下来。她很认真地点点头。

"想起来了，"她说，"是侏儒怪为她配的魔水。"

"对。她住在小矮人那儿的时候，把药喝了，因为乔治国王对她说，如果她阻止了婚礼，他就会把王子杀了。"

"可怜的姑娘。"

"是啊！"亨利说。

"但是，不管怎么说，王子还是去找她了。"

艾玛听着亨利把剩下的故事说完。王子找到小红帽，在她的帮助下，终于找到了白雪公主。然而，白雪公主不记得他了，更倒霉的是，她根本就不理睬他，因为她现在一门心思只想杀了王后。王子试图阻止她——拦了好几次。最后，当白雪用箭射向王后的时候，王子扑上去挡住了箭头，也救了白雪，以此证明他真真正正是爱她的。直到这时，他那一吻才足够强大，能够打破魔咒，让白雪公主想起来他是谁。

"这么说，"艾玛问道，"从此以后，她就不再想杀王后了？"

"她还是恨她，"亨利若有所思地说，"可是她再次拥有了爱情，而这是更加重要的。"

"于是，他们从此就幸福地生活在一起了？"

"才不是呢！"亨利说，"这才刚开始呢。因为，就在他们似乎无忧无虑了的时候，乔治国王的狗腿子追上他们，又把王子抓走了。"艾玛发现自己想多问几个问题，可是就在这时，亨利站起来了。"我要上学了。"他说，"如果我还有那本书的话，我会把书给你，这样你就可以自己看了。"

艾玛笑了。"我还在找呢。"她说，"别放弃希望，没到时候呢。"

亨利走了，艾玛喝着咖啡，叹了一口气。她真的开始爱这个孩子了。

她正在收款台付账给露比，只见那个陌生人趾高气扬地走进餐馆，摩托车头盔夹在胳臂下。这可不是她现在想见的人。艾玛朝他冷冷地点点头。

"嘿，"他说，"我正是来找你的。"

她翻翻白眼，从露比那儿拿过找回来的钱，露比看他一眼，回头朝艾玛笑了。

"我希望能请你喝一杯，像你上回答应的一样。"他说，"你看怎么样？"

"这里有个麻烦，"艾玛说，"我不跟我不知道名字的人约会。个人原则而已。"

他又点点头，垂着眼帘。"这很公平。"他说，"奥古斯特，奥古斯特·W.布斯。"

"W代表什么？"她问。

"韦恩。咱们是不是成交了？"

"不。"艾玛说，"我觉得不行。"

"可你现在没理由不跟我约会了。"他说，"今天下午，我就在门外见你。"他指着餐馆门口，又给她一个笑容。

他没等她回答，而是直接从她身边走过，出门上了摩托车，开走了。

他这是自信，还是让人讨厌的自以为是？艾玛说不准。她还站在收款台，想着这事，抬头看见玛丽·玛格丽特在餐馆角落的柜台那儿，看着她，好奇地咧着嘴笑。

艾玛走过去。

"我不知道你在这儿。"艾玛说，"你像个强盗似的躲在这里。"

"你在聚精会神听亨利讲故事，我不想打断你们。更重要的是，刚才那人是谁？"艾玛坐下的片刻，玛格丽特问道。

"我正想搞清楚呢。"她说，"我不知道。我们没什么。"

"你说没什么就是有事。"玛格丽特说，"如果真的没事，我们就不会在这谈论这件事了。"

"先别说，你在这里面干什么？"艾玛问，"如果不了解情况，我会说你在躲避。"

"没错。"玛格丽特喝着咖啡说，"我在躲避。"

"躲避什么？"

她深深吸口气。

"是这样。过去的几个星期，"她说，"大卫和我在——"

"——你们俩好了，我知道。"艾玛说。她朝露比点点头，露比知道是什么意思：再来点咖啡。她有些日子没在餐馆里逗留这么久了。

玛丽·玛格丽特大惊失色："你怎么……？"

"太明显了。"艾玛没等她说完就说，"我是警长，还是你的室友。不过，就你那些所作所为，我猜就算我是瞎眼的宅女，也能知道。"

"我可不知道是那么明显喔。"

艾玛耸耸肩。"是啊，"她说，"哎，你准备怎么办啊？"正在这时，露比把咖啡放在她跟前，艾玛笑笑表示感谢。

"不是我想怎么办，"玛丽·玛格丽特说，"是大卫想怎么办。他要告诉凯瑟琳。今天。"

"和盘托出？"艾玛说，她不得不佩服。她觉得他没这胆量。她替朋友担心，大卫似乎终究是个典型的善于摆布他人的高手。很明显，不管是不是曾经昏睡不醒，是不是洗脑重来，如果你像头猪一样对待男女关系，这德行就永远不会变。

"和盘托出。"玛丽·玛格丽特说，"把一切都说出来。"

"是什么让他走出这一步呢？"

"凯瑟琳告诉他，她想搬到波士顿去。"玛格丽特说，"她想去读法律。所以，似乎一切都逼上门了。"

"他以前也曾经信誓旦旦的。"艾玛说，"现在弄得你在镇上偷偷摸摸的。小心点，玛丽·玛格丽特。"

"知道，"她说，"知道，我会的。"

★ ★ ★

课间休息时间，玛丽·玛格丽特随着一大群学生在走廊里走着，正在这时，手机响了。多数情况下她不会接的，但这是大卫打来的。

"哎——你，嗯，你告诉她了吗？"玛格丽特问道，她尽量显得不抱太大希望。

"嗯，很糟糕。"他说。

"很抱歉会这样。"她回答，尽量让自己听起来很同情的样子。

"不，真的——真的是糟透了。"

"可是，你把真相告诉她了——所以现在我们可以收拾残局，我们可以在一个真实的基础上重新开始了。"她说着，觉得如释重负。尽管周围还有很多人，她停住脚步，闭上眼睛，体会着这种感觉。终于，他们终于可以在一起了。

在回答她之前，他似乎有点怪怪地停顿了一会儿。

"哎，我想见你。等你在学校忙完了，我能过来吗？"

"当然。到时见！哎，大卫？你做得对。"

他们俩都挂了电话。

等玛格丽特睁开眼睛的时候，脸上的笑容变了。先是变成困惑的微笑，然后，笑容完全消失了。

凯瑟琳径直朝她走来。

"凯瑟琳，我——"她没能把话说完，凯瑟琳一扭身，狠狠地抽了她一个耳光。

玛丽·玛格丽特往后一缩，没被打得那么重，但还是眼冒金星。走廊里很多学生，还有其他老师，看见玛格丽特挨了一巴掌，一下子静下来。突然之间，谁都不动了，大家都在看着。

"咱们聊聊吧，"玛格丽特说，"不是在这里。"

"我可不管我们说的话对你有多难堪。"凯瑟琳说，"你做的事是不可原谅的。不可原谅。换作我的话，简直无法心安理得。大卫也一样。你们两个人一起苟且吧。"

"凯瑟琳，"玛格丽特说，"我们俩谁都不是故意的。事情就这样发生了。我们知道，现在唯一能做的事就是告诉你，以免——"

"告诉我？你以为他是这样做的吗？他没有告诉我。他一个早上都在向我撒谎，说我们之间没有感应。哼，你知道怎么回事儿吗？他说得对，我们确实没有，因为他在忙着跟你建立感应，忙不过来啊。"她摇摇头，轻蔑地哼了一声，"他从来都是个懦夫，你应该知道，不会因为跟你在一起，他就会改变的。"

可是，玛丽·玛格丽特还在想着凯瑟琳前面说的话，没留意有关懦夫的说法。

"他没有——他没有告诉你？"她问。

"没有。"她说，"他没有。如果他对你也撒谎，那太好了。现在你也知道被欺骗的感觉了。"

显然，凯瑟琳说够了，她二话不说，转身大步走向大厅，从她来的方向走出去了。

★ ★ ★

那天晚些时候，艾玛愤愤然，再次站在老奶奶小餐馆外面——她好像注定要在这里待一辈子似的——等待奥古斯特的到来。

她不能相信，自己居然把这一切都答应下来了。她还没看见他，就听见摩托车引擎的轰轰响声。

他从西边顺着中心大街开过来，在她身边停住。"嗨，"他说，"不知道你会不会来呢。"

"我一向守约。"她说。

他笑了，给她一个备用头盔。"来吧，"他说，"我想带你去看点东西。"

"你开玩笑吧。"

"什么？"

"第一次约会就……是不是贴得有点太近了？"她说着看看摩托车。

"如果你不介意，我也不介意。快点，你一定会开心的。"

艾玛摇摇头，叹口气。"好吧。"她说，"开稳当点。"

他们朝东走，开上出镇子的路，但是在路标牌之前——这路标牌已经很有名气了，因为似乎很多人的车开到这儿，都会出点意外，奥古斯特放慢速度，抬起前轮，闯进树林里。他拐进树林里的时候，艾玛在后面把他抓得更紧了，她说："你不是要我吧？我可是警长啊！"但是他没理她。

只过了几分钟，他们就来到一片开阔的地方。再开一分钟，奥古斯特停住摩托车，熄了火。

他们下了车，奥古斯特带着艾玛爬上小山，来到一口古井前。她以前从来没有到过这个地方。

"这井不错，奥古斯特。"她说，"你还真知道怎么逗女孩儿高兴啊。"

"你失望了？"他问。

"你说喝一杯，"艾玛说着往井下看看，"我相信你说的是喝酒。"

"下回吧。"他说，"这回，有更加重要的。"他走到井边，伸手拉过那条旧绳子，开始往上拽。"你知道吗？据说这口井是很特别的。有一个传说——说是这井里的水是从一个古老的地下湖过来的，而那个湖有魔力。"

"好啊，"艾玛说，"你听起来跟我那孩子似的。"

"聪明的孩子。根据传说，喝了这水，会让你重新获得某种东西，某种失去的东西。"

"作为一个陌生人，你对这个镇子知道的还真是不少。"

"而你作为警长，却知道得很少。"

"你以前来过童话镇吗，奥古斯特？"她好奇地问。

这家伙有点特别，好像所有事情都是游戏一样。他从井里拽出一个水桶。她看见他从口袋里拿出两个锡杯子，然后把两个杯子分别放在井沿上，往里面到了几口水。

"我知道这些，道理很简单，"他说，"我看了牌子上的字。"

他朝那边点点头，艾玛看过去，有一块牌子，故事就写在上面，都在那儿。她咧嘴笑了，摇摇头。

"不过，你真的相信魔法吧？"她问。

"我是个作家，不抱任何成见。"

"那当然，但是魔法呢？"

"我相信水，"他说，"水的力量是强大的。与时间一样古老的文化都崇拜水。水流淌过所有地方，将我们相互连接。除了水，还有什么是有魔力的呢？"

"有点证据会更好。"她说，"用来支持你的观点的证据。"

"证据未必能够引导我们走向真理。"

"真的吗？"

他们盯着对方，看了一会儿。艾玛不得不承认——她觉得在空气中有过电的感觉，虽说不想，却也无法控制。

他递给她一个杯子，举起另外一个杯子，说了几句祝酒词。

"你做你的怀疑派，我做我的信奉者。"他说，"无论如何，水是好喝的。"

"干杯。"艾玛说。

"干杯。"

他们碰碰杯，一饮而尽。

★ ★ ★

童话镇其他地方的情况可没这么令人愉快。学校放学了，玛丽·玛格丽特走回家，她跟凯瑟琳之间的冲突依然让她感到震惊。同样让她震惊的是，她得知大卫向她撒谎了。他不但不敢把真相告诉他妻子，还对她说谎。为了保护自己，他两边都撒谎。现在，谎言造成了更严重的后果，他根本无法挽回。

她怎么会走到这步田地？就在这短短的时间里，仅仅是一两个月之前，一切都……至少一切都过得去。可是，艾玛来了，然后大卫醒来……她不明白。她感到这个世界从来没有这么清醒，这么刺激，但是也更加危险了。相对这更加真实的现实，她不知道自己是不是更愿意面对不那么真实的平静。

拐过一个弯，走上中心大街，她撞上了老奶奶。

"您好，老奶奶，"她微笑着说，"对不起，我在想事儿呢。"

"没什么，亲爱的，我——"老奶奶正要道歉，可是看清楚她是谁之后，就停住了，"噢，是你。"

"你说什么？"玛丽·玛格丽特说。

"你应该感到羞愧。"老奶奶凑近她，摇摇头，鄙视着她，玛丽·玛格丽特不敢相信老奶奶会如此蔑视她，"你的所作所为是不可原谅的。"

"可是我——"

可是，老奶奶气鼓鼓的，不再看她，继续走她的路了。

濒临绝望的玛丽·玛格丽特低着头，走回家去。

★ ★ ★

她透过窗户看见了——"荡妇"。

有人把这两个字写在她的车上，这会儿大卫正在外面，使劲儿想把字擦掉。太好了。他知道要对此负责任。是的，这不是他写的，但这是他的谎言造成的。他知道这一点，所以他想弄干净。笨拙地做着表面功夫，而这早就无济于事了。

她来到街上。

"谁干的？"她问。

他吃了一惊，转过身，用恳求的目光看着她。

"我不知道。我不知道怎么会有人知道。"

"那我告诉你吧。"玛格丽特说，"他们都知道了，因为你太太今天到学校去，给了我一耳光。当着全校人的面。"

听了这话，他想了一会儿。她想象着，他那诡计多端的脑袋里在盘算着：我的谎言是如何被揭穿的？

"对不起。"他说，"这件事里，受到伤害的人不应该是你。"

"她告诉我，大卫，"玛格丽特双臂抱在胸前说，"她告诉我，你什么都没跟她说过。她说你没有把我们的事告诉她。"

"我搞不懂，"大卫说，"那她是怎么知道的？"

"到这会儿，还问这样的问题就错了。"玛格丽特说，她让他的厚颜无耻给惹火了，"你应该问自己的是，你为什么以为撒谎是你应该做的？还同时对我和凯瑟琳撒谎。看没看见谎言造了多少孽？你无法将妖灵重新装进瓶子里了，大卫。"

"我也无法控制大家对这件事的反应啊。"大卫争辩道。

"不错，可是，你可以控制你自己的行为。你撒谎了，这一切就是你的谎言造成的。这就是为什么整个镇上的人都觉得我是荡妇。"她朝车上的字迹点点头，又沮丧地摇摇头。

大卫把抹布扔进水桶，双手抱头靠在她的车上。

"我以为，"他说，"她会就此离开镇子。我不想毫无缘由地伤害任何人。"

"现在，所有人都受到伤害了。"她说，"想想吧。"

"事情可以走上正轨的，"他朝她伸出手说，"只要一点时间。"

"别碰我，大卫，你无法解决这个问题。"

"你在说什么？我不明白。"

"很简单，大卫。结束了。我们没戏了。你搞砸了。"

他可怜地笑了一下，玛丽·玛格丽特面不改色。她无法替他难过。现在做不到。

"你以为我在开玩笑吗？"她说，"不是的。你必须承担后果，永远。"

她让他站在那儿，大踏步走回公寓。

★ ★ ★

隆冬，缅因州天寒地冻，而这是最冷的一天。今年没有多少雪，但是气温却在零度以下。奥古斯特在警署把她放下之后，艾玛踏上回家的路。她筋疲力尽，同时还在为玛丽·玛格丽特担心。整个镇子都在议论那个桃色新闻，事情开始变得不堪了。她以前也见过这样的事——她自己曾经就是引起争议的中心人物，这样的事她都不愿意去回想，哪怕是点滴记忆。

过马路的时候，一辆旧的小卡车轮胎后面，有什么东西抓住了她的目光。一堆肮脏的落叶下露出一件东西。

艾玛皱皱眉头，蹲下来查看，她简直不能相信自己的眼睛。

是那本书，亨利的书。就在大街上。

她站起来，拍掉书上面的灰，翻了翻书，翻到亨利给她讲过的，戈登与那个女孩儿的故事，看了看书里面的插图。

她不知道这是怎么回事儿，但是她把这东西找到了。至少，亨利会开心的，而这就会让她自己也高兴。她转身又朝警署走回去。

然而，找到书的高兴劲儿没有维持多久，她一走进警署大门，紧急呼叫就接二连三地响起来。先是一个开车的人，然后是大卫，接着是瑞金娜。

凯瑟琳失踪了。哪儿也找不到她。

她的车，空无一人，在镇子边上的一条沟里。

她人间蒸发了。

Chapter 11

谁 是 真 凶

艾玛做了她唯一能做的事情：组织搜索。凯瑟琳·诺兰失踪后，第二天早上，好像整个镇子都出动了，他们三十个人一排，像篦子一样梳理树林子，希望能发现她的踪迹。大卫，还有玛丽·玛格丽特也去了，不过他们相互离得远远的。艾玛无意中听到很多镇上居民在悄悄议论，心里很难过。为什么玛丽·玛格丽特的名声遭到践踏，而大卫——一个男人，一个婚外恋心甘情愿的参与者，却没有人在乎？

　　她不感到奇怪，但是心里很不爽。

　　他们俩都有错，受罪的却是玛丽·玛格丽特。

　　搜索没有任何结果。

　　寻人的事一直没有进展，直到一天早上，悉尼·格拉斯，镇上报纸的前编辑，曾经与她争过警长职位的人，出现在她的办公室。他带来很有意思的信息。

　　艾玛知道，暴风雨之后，悉尼被瑞金娜解雇了，可她不知道为什么，而且说老实话，她也不想知道细节。她怀疑与竞选警长失败有关，但是，她也怀疑还有更多的内幕。这个人总是令她反感，不仅仅因为竞选的事，还因为他写的那些有关她过去的破烂文章，他对瑞金娜唯命是从的样子也让人生厌，不管怎么说，他过去总是那个样子。

　　不过，自从被解雇之后，悉尼把很多时间花在喝酒上，在老奶奶餐馆和兔子洞酒吧。有一天夜里，艾玛发现他酩酊大醉，大半夜的，在中心大街上胡言乱语，于是她不得不"护送"他回家。显然，他也钻进了自己的兔子洞。因此，当他手里拿着一个暗褐色信封，走进艾玛办公室，说他这儿有大卫·诺兰"真实"的通话清单时，艾玛深表怀疑。

"相对什么而言？"艾玛问，"相对伪造的清单吗？"

"正是如此。"他说，"你手上的清单是做过假的。"他把信封递给她。

"你这是在告诉我，警察的清单是错的，"她说，"而你，一个报纸前编辑，有正确的清单？"

"没错。"

艾玛拿过信封，看看里面那张纸，跟她传唤电话公司送过来的官方清单很相像，但有一个明显区别：格拉斯的这份显示，在凯瑟琳最后一次被人看见之后一小时，大卫与凯瑟琳之间有八分钟的通话记录。

艾玛仔细掂量着。这些记录是格拉斯伪造的吗？如果是，为什么？另外一种可能是什么？难道是电话公司把造假的清单给了她吗？假如情况是这样，是谁干的，又是为了什么？

"你指望我把这份当作是真实记录，把那一份当成是假的，凭什么？"

"因为，我没有不可告人的目的。"悉尼说。

你没有才怪呢，艾玛想。

问题是，当艾玛亲自到电话公司去搞清楚这笔糊涂账的时候，她发现格拉斯那份清单是准确的，而她原来收到的那份——从镇长办公室发来的——是错误的。区别就在这儿。原来那份清单经过了瑞金娜的办公室，在这个过程中发生了变化。她到处打听，想搞清楚怎么会发生这样的事，可是他们无法解释，瑞金娜办公室那边也无法解释。

悉尼·格拉斯给她送来有价值的信息，这很有意思。而且，不管是什么原因，看起来瑞金娜似乎在设法引开她的视线，不让大卫成为嫌疑人。

她挺喜欢大卫，尽管在处理婚外恋方面，他简直就是个白痴。但是，她不能让自己的喜好妨碍工作，有了这份通话清单，带他到警署问话是理所当然的。现在还没有尸体——暂时还没有吧，可是艾玛心里很清楚，对失踪人口来说，几天过去了，依然没有线索，这是非常非常糟糕的迹象。于是，在矿工节集市那天晚上，趁着镇上多数人的注意力都集中到集市上，艾玛不动声色地找到大卫，让他到警署去一趟。"这不是逮捕你，"她告诉大卫，"但是，我们要谈谈那天的事。"

大卫自觉地来了，然而，他坚称自己是无辜的。艾玛也认为他是无辜的，在问话过程中，对他很客气。他说无法解释那个通话记录，肯定是搞错了。

"你不明白，艾玛。"他说，"这件事——这件事基本上就把我给毁了。"他摇摇头，揉揉眼睛，"你要知道，假如能有什么法子，别搞成现在这样……"

"有时候，不管你怎么做，生活就是一塌糊涂。"她说，"可是大卫，我本来不该这么说，不过还是要说：我相信你。我不认为你跟这事儿有什么关系。我不知道她在哪儿，或者出了什么事儿，但我不认为是你干的。"

"谢谢你。"他说，"非常感激，真的。"

"不过，我还是认为，你也许该请个律师。"

担忧的表情又回到大卫脸上。

★ ★ ★

一个小时之后，瑞金娜出现在艾玛办公室，想知道她的调查进展如何。此时，她们之间的私人恩怨似乎暂时搁置了。艾玛从没见过瑞金娜对除了她自己以外的任何事情如此关心。她跟大卫一样，真心对凯瑟琳的失踪感到难过。

"没有新线索。"艾玛说，"对不起。"

"你为什么把大卫·诺兰叫到警署？"

艾玛惊讶地看着她："你在监视警署吗，瑞金娜？"

"我看见他从这儿出去。"她耸耸肩，"现在我想知道你的看法。按照行政管理体系，我有权知道。"

艾玛摇摇头。这女人对镇子上的事无所不知，真是超级诡异。

"我问他有关通话清单的事。看起来他——"

"凯瑟琳出走那天夜里，他手机放在口袋里，碰到拨号键，打出去了。没错。"她点点头说，"他们把错误记录的事儿告诉我了。"

"这有点儿跳跃了吧。"艾玛说，"可是，我还没有得出任何结论呢。"

"拜托了，斯旺女士。他跟这事儿毫无关系。"

真有意思，艾玛想，瑞金娜在为大卫出力。她不知道这意味着什么。暂时还不知道。

"你那么肯定是因为……？"

"因为我了解他。而且我了解这个镇子。可能作为一个外来人，你有一定的优势，能够从新的角度看问题，可是，我在这里做镇长有很长时间了，了解事情的来龙去脉。"

瑞金娜对此坚信不疑，而艾玛却不喜欢她这种态度。

瑞金娜站起来。"我想说的是，我希望能看到警署办公室就这件事增加紧迫感。也许更多一点创意。是不是考虑一下镇子里那个新来的陌生人？是不是调查一下劫车的人？还有戈登？你跟他谈过吗？我要你把我的朋友找到。你倒好像根本没去找似的。"

"我们都想找到她，瑞金娜。"她说，"耐心点。我找人还是有一套的。有时事情会很棘手。"

★ ★ ★

猎人放了她之后，白雪公主逃进树林子里，除了身上穿的衣服，她几乎一无所有。她在搜寻一条新的路。孤苦伶仃，没有一个朋友能帮她的忙，真是举步维艰。有好几个星期，她露宿林中，过着勉强糊口的日子，依赖陌生人的慷慨相助，艰难度日。就在她慢慢习惯了过逃亡日子的时候，出现了新状况，并因此而改变了一切：下雪了。

还有寒冷。

还有风。

还有冰霜。

独自生活的头几个星期，日子还过得去，在垃圾中捡拾或者乞讨，只要能找到吃的。有时会有好心的农民，让她在谷仓里过夜。然而，王后和她的人开始印制通缉海报，到处张贴。白雪公主明白，人们的善心是有限的。如果她经常露面，有人会告发她的。

一天夜里，温度急剧下降，白雪在树林里瑟瑟发抖，磕磕绊绊地走着，她第一次想到，所有这一切可能会让她死于非命。她从猎人那儿逃走，就成了隐身人。如果你在逃跑的话，做隐身人也不是最糟糕的事。问题是，一旦隐身，也就没有人能帮你了。

她冻得手脚都麻木了，这时，她看到小山丘上有一处小小的农庄，一个窗户里透出一点亮光。她在一棵树旁边停下来，观察着。一个小伙子在窗前，正在跟什么人说话。离房子不远的地方，有一所鸡舍。她知道，鸡舍是睡觉的好地方。温暖，没人，到处是鸡

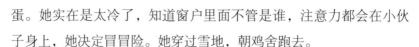

蛋。她实在是太冷了，知道窗户里面不管是谁，注意力都会在小伙子身上，她决定冒冒险。她穿过雪地，朝鸡舍跑去。

进了鸡舍，里面那股味儿让她皱起鼻子。新的来客让鸡咯咯叫起来，一阵骚动。她的到来似乎让大公鸡有点恼怒，在草堆上做出种种姿态，不过很快大公鸡也平静下来。白雪公主缩在鸡舍一个角落里，几乎马上就睡着了。

★ ★ ★

她梦见父亲，这是在王后出现之前，母亲刚刚去世，父亲带她到海边，在岩石上玩砌城堡的游戏。这是记忆中的事，一个珍贵的记忆，不过，梦中还有记忆中所没有的：父亲很开心，眺望着大海，白雪转身顺着他的目光望去，只见母亲面带微笑，从浪花中升起，她朝白雪伸出双臂，白雪心中沉重的悲痛一扫而光。他们又能在一起了，哪怕只是一天，哪怕只在此处。

她回头看着父亲。"是妈妈！"她喊道。

他点点头。"是的！"他说，"上她那儿去！"

白雪回头看着母亲，她在海里，离岸有二十英尺。她担忧地回头看着父亲。"我过不去啊！"她喊道。

"你能的！"他喊着说，"你要游过去！"

"可是我害怕！"

"没关系！"父亲喊道，"她反正是死了！我也一样！"

白雪惊醒了，眼前依稀还有父亲那捉弄人的笑脸。天亮了，鸡又开始不耐烦了。

白雪的肚子饿得咕咕叫，她坐起来，看着鸡舍里的鸡。"对不起了，"她对一只鸡说，"你有我想要的东西。"

她在鸡舍里走动着，捡起两个鸡蛋，她不想拿得太多，免得鸡

舍主人日子不好过。她轻轻把鸡蛋放进自己包里，正准备离开，这时，她听到有动静。

是脚步声。

有人来了。

她冲到鸡舍里的一个角落，弯腰藏在一些板条箱后面，心里知道，很可能一切都就此结束了，就在此时此刻。用不着王后和她的人动手。一个愤怒的农夫就够了。

有人进来了，白雪缩成一团，可是，她的斗篷碰到了鸡舍的木墙。她闭上眼睛，知道响声暴露了她。

"喂？谁在那儿？"

一个女人的声音。

白雪原来想象着是拿着干草叉子的愤怒农夫，这会儿变成了另外一个人，一个姑娘。也许是个好心人。

她赌了一把。

白雪慢慢从那堆板条箱子后面站起来。一位年轻女子，肤色白白的，穿着一件红色斗篷，瞪着眼睛看着她。

"你是谁？"红衣女子问道。

"对不起，"她说，"我在偷鸡蛋。真是对不起。"

姑娘笑了。

"嗯，你是我见过的，最老实的小偷。"

"就两只，"她说着举起两只鸡蛋，"我实在是太饿了，外面太冷了。"

"你在这里过了一宿吗？"姑娘问。

白雪点点头。

"你不知道有一只怪物般的狼在外面游荡吗？"

白雪看起来有些担心。"我想我也听说过，"她说，"不过，

Chapter 11 / 谁是真凶

我要——我要走了。我把这些留下。"她在找地方放那两只鸡蛋。

"不用了，不用了，没事儿的。"那姑娘说，"你可以拿走，我不介意。你叫什么名字？"

"我的名字？"白雪说，"我叫玛格丽特。哦，不是……是玛丽。玛丽·玛格丽特。"

"这名字可是不寻常。"姑娘说，"我能叫你玛丽吗？"

白雪公主点点头。

"来吧，你可以跟我们住在一起，我相信肯定没问题。"姑娘说，"我的名字是小红帽。"她领着白雪走出鸡舍，来到雪地上。"我刚要去井里打水。不过，跟我说说，我不太明白，你在这里干什么？"

她们踏着雪地，朝一口井走去。白雪公主没有搭理小红帽的问题，反而问道："你说的怪物是什么？"她帮小红帽取下水桶，然后她们一起将桶放进井里。

"现在是狼出没的时间，外面有杀人的狼，像小马一样大，当然比小马要凶残多了。它经常在这个地区四处潜行，杀牛，还——等会儿，这滑轮卡在什么东西上了。你能不能……"

白雪公主刚才往前走了几步，这会儿站在一个山脊上。小红帽来到她身边，白雪不禁用手捂住嘴。在她们周围，尸体像破布娃娃一样扔得到处都是，鲜血染红了白雪。

★ ★ ★

露比和老奶奶争吵仗有好几个星期了。镇子上那么多人天天都到老奶奶餐馆去，两个女人之间有麻烦也不是什么秘密了。为周六夜班的事争吵一番之后，露比卷铺盖走人，留下老奶奶一个人去应付满座的餐馆，大家都没有为此感到意外。

"早就该出事儿了。"人们嘟囔着。

"这会儿才闹翻，真让人难以相信。"

她们在争吵的时候，艾玛和玛丽·玛格丽特不安地看着。最后，露比冲了出去，尖声嚷着，她要离开镇子，到波士顿去。老奶奶没回话，露比走了之后，她做出一副根本不在乎的样子。

"哎呀，"艾玛说，"看来家里出事儿了。"

"她们俩老是吵得不可开交，"玛丽·玛格丽特说着，又拿起她的热巧克力，"我也不知道为什么。"

"对不起，我有点多嘴了。"艾玛说，"我们正在说着大卫呢。"

"我就是想确切地知道，他过得是否还好。"玛格丽特说，"本来不应该的，但是我忍不住。"

"他没事。受了点震动，担心别人以为他跟失踪事件有关系。不过他没事儿。"

"有没有凯瑟琳的消息？"

"没有。我什么线索都没有，正要回到起点，按着时间顺序，重新开始考虑。现在是一片茫然。"

"你有没有再问问波士顿那边？"

"她不在那儿，如果你是这样想的话。"

"我不明白，一个人怎么就会完全消失了呢？"玛丽·玛格丽特说，"就这么从车里不见了。出什么事儿了？人间蒸发了吗？"

十分钟之后，她们离开了餐馆。艾玛看出来，玛丽·玛格丽特聊到凯瑟琳消失的事儿，情绪一落千丈。艾玛为朋友担心，但是她也知道，她很可能不应该让人看见跟她来往太多。玛丽·玛格丽特可能有点太天真，没有意识到其实她也没有被排除嫌疑。在艾玛看来，玛丽·玛格丽特是那么单纯，对这个世界上的危险一无所知。她很独立，同时也过着与世隔绝的生活。这两种特点搁在一块儿，很不寻常。

天很冷，走到拐弯的地方，艾玛用双臂紧搂着自己。她和玛丽·玛格丽特看到露比在公共汽车站那儿站着，都感到意外。

她带着一个小皮箱，生怕人看见似的朝中心大街看。

"你知道没公交车会来的吧。"艾玛对她说，"你这是上哪儿去啊？"

"离开这里。"露比不屑于多说。

"我们都听到你们干仗了。"玛丽·玛格丽特说，"所有人都听到了，我猜。"

"是呀，那就说明你们都听到真实情况了。我真烦了她，我讨厌那个餐馆，我讨厌童话镇。我要去波士顿。"

"今天晚上哪儿也去不了。"玛格丽特说，"你是气昏头了，天寒地冻的，到我们那儿待一宿，好好想想。好好休息一个晚上吧。"

露比看看她们俩，很快就点头答应了。

"好吧，"她说，"就一个晚上。"

★ ★ ★

老奶奶，就是小红帽的奶奶，性格刚强，慷慨大方，她欢迎白雪到她们的小屋来。白雪立马就喜欢上老奶奶了，尽管她看起来似乎挺容易生气的。小红帽赶紧告诉老奶奶，她们在外面发现了什么，三个人一起又到外面去了。

老奶奶冷峻地看着水井附近的情景，天已经大亮，她到镇子里去报警。很快，几十人——甚至上百人——聚集在镇上的议事厅，开会讨论如何处理这件事。显然，当地人称作"狼出没"的时间已经接近尾声，但是镇长现在气急败坏，因为镇子上有五六个最强壮的

男子死了。很多人，男人和女人都一样，渴望复仇。大家议论着，当天晚上要组织另一支狩猎队，去找那头狼。

白雪公主在琢磨，自己到底遇上什么事了。她有些想在夜里悄悄溜走，这可能是最好的，可是又考虑到狼的威胁。再说了，她也知道，这些人在为自己的麻烦操心，是不会找她的麻烦的。

"我就知道一件事：昨天晚上绝对是最后一次屠杀！"

人群里传来赞同的喝彩声。很多人站起来，喊着："杀了那畜生！"

"假如我跟狩猎队再多待十分钟，我现在也会在死去的人中间！"镇长喊道，"假如我当时半途折回去了呢？也许我能把那畜生给杀了！"

"你肯定会失败。"一个声音在说。

白雪，还有小红帽，朝左边看看。说话的是老奶奶。

白雪看出来，小红帽为祖母的话感到羞愧。她留意到汤姆金镇长在四处看，想找到话是谁说的。他的目光与小红帽的相遇，逗留住了，他朝她笑笑。小红帽转过脸去。

"这个家伙比你想象的要强大得多。"老奶奶说，"更加强大，更加精明。你不会有机会的，镇长。不要出门，把门锁紧，把孩子藏起来，不要管你的牲口！这就是我的忠告！"

老奶奶的忠告引来一片挖苦和喝倒彩的声音。

"你的忠告我们以前就听说过了，卢卡斯寡妇。"镇长说。

"是啊，你听过。"老奶奶说，"可是我还没告诉过你，我是怎么知道的。"

大家静下来了。老奶奶站起来。

"将近六十年前，我还是个孩子，有六个粗壮得像橡树一样的哥哥，每一个都在第二次魔怪之战中身经百战。我父亲比他们都要高大。有一回，狼出没的时间到了，他决定出去与狼决战。当然，那时不是这只狼，但是一样可怕。他们是为了我才去的。他们出去，是为了保护我。"说到这儿，老奶奶差点说不下去了，小红帽抬起手，握住老奶奶的手。

老奶奶继续说道："本来我应该去睡觉的，但是我爬到屋顶，躺在屋顶的茅草中间，去看他们。他们把那畜生给包围了，七个人一起，手里的长矛都对准它。接着狼开始动了……开始扑上来，不是朝着人扑，而是扑向长矛，用牙咬住，折断矛头。他们用长矛断裂了的木棍去捅那畜生，但是没有用。狼撕裂他们的喉管，动作很快，他们谁都没来得及喊一声，更没来得及祈祷或者道别。"

人们全神贯注地听着。老奶奶回想起当时的情景，久久地看着他们。

"狼望着我，眼睛黑黑的，好像根本不存在一样。那双眼就是这个世界的两个黑洞。然后，它走开了。你们见过一只野兽转身走开，好像根本没把你放在眼里的样子吗？如果现在这只狼跟它一样，那就是无法战胜的。它只要在我们的世界里存在，就已经胜利了。你不应该去杀它，而是应该躲着它，只能这样。"

说完，老奶奶放开小红帽的手，提醒她要穿好红斗篷，然后对两个姑娘说，她们该走了。

回到小茅屋才是晌午时分，老奶奶告诉小红帽和白雪，她要躺一会儿。"别走远了。"她说，"天快黑的时候，别在外面待着。答应我。"

"我答应你。"小红帽说。

老奶奶刚把自己的房门关上，小红帽就拉起白雪的手说："走吧。"

★ ★ ★

一天到晚等着出事儿，玛丽·玛格丽特厌倦了。

第二天早上，露比和艾玛还没醒，她收拾了一个袋子，到镇子边上的树林去了，一心想找到凯瑟琳。

她记得，有好几百人一起帮着找的时候，艾玛是怎么命令他们排成一条长队往前走的。然而，现在是一个人，很难有什么高效率的方法。她把车停在发现凯瑟琳的车的地方，重新检查一下指南针，决定在树林里随意曲折行进，这样做跟按照某种规则去找，效果应该是一样的。她朝着森林出发了。

她找了两个小时，不时回头看看，以自己的车为坐标，重新调整方向。她一边找，一边想着大卫，还有瑞金娜，想着镇子上有谁居然能够伤害凯瑟琳。大卫吗？不可能。她相信瑞金娜做得出这样的事，可是有什么理由呢？她看不出来。这样就意味着，罪犯看起来很正常，没有什么危险，是某种精神变态的人。她想到惠尔医生，或者悉尼·格拉斯。她可以——

她停住脚步。

大卫站在十英尺开外的地方，目光呆滞。

"大卫？"她一边说一边朝他走去，"你在这儿干什么？"

奇怪的是他似乎不认得她。他从她身边走过，嘴里说着："是我。"

"我知道是你。你看起来不对劲啊。"

"我在找她。"

"大卫，听我说，"玛丽·玛格丽特说着，跟在他身后，"艾玛不是真的怀疑你，不管她是怎么说的。凯瑟琳没事儿的，她肯定在什么地方，我们只要——"

他只说了一句话："我在找。"

玛丽·玛格丽特停住脚步，大卫继续走着，一具僵尸似的。

"大卫？"

"我在找，"他又说，"我在找。"

★ ★ ★

亨利和露比一起坐在警署，列数着童话镇上的各种就业机会，希望能帮露比找到一份新工作。艾玛坐在自己桌前，脑子里回顾着凯瑟琳失踪的过程，可是没有任何进展。她看着儿子在做热心人。他建议做销售，露比说没兴趣。他建议骑自行车做信差，露比说自己笨手笨脚，做不来。"其实我什么也做不了。"露比说，"问题就在这里。"

"我相信一定有你能做的事。"亨利说，"也许你还不知道罢了。"

"除了餐馆里的事儿，我什么都没做过。"她说，"生活里应该还有别的吧。"

电话铃响了，露比拿起电话。听了一会儿之后，她让打电话来的姜女士放心，她听到的"脚步声"是阿奇的那只胖狗，不是小偷。姜女士谢谢她，露比挂了电话。

"不管怎么说，"露比说，"我真希望我有什么一技之长。"

艾玛笑了。

"看来你还真有呢。"

亨利和露比一起转过头，艾玛耸耸肩。

"你看，你需要工作，我这儿需要个帮手。我的经费里有雇人的费用。要不你过来做行政？"

"噢，不行，"露比说，"我可做不了警察。"

"我是说接电话，帮帮忙什么的。"艾玛说，"你不用朝谁开枪的。"

"哦。"

"我需要一个人，怎么样？"

露比想了一会儿，然后笑着点点头。"我看行。"她说，"谢谢，艾玛。谢谢你给我个机会做点别的。"

"不客气。"艾玛说，"你第一件工作可以是，去老奶奶那儿，给我们弄点午餐来。我饿坏了，又没时间。"

"没问题。"

露比拿起手提包，朝门口走去。然而，她还没够着门把，门一下子打开了，玛丽·玛格丽特疲惫不堪地闯进来。

"我刚刚在林子里看见大卫。"她说，"他在找凯瑟琳。"

"她不在那儿啊。"艾玛说着摇摇头。

"他出毛病了。"她说，"他……糊里糊涂的，不知自己身在何处。"

★ ★ ★

小红帽带着白雪走进森林，两人谈论着狼和老奶奶的故事。小红帽似乎对白雪的过去不感兴趣，也没有提出任何问题，这让白雪挺高兴。她听着这位新朋友说自己如何被老奶奶庇护着，无法脱身。小红帽还把彼得的事儿都告诉她，说他们俩如何计划将来在一起。

"就是昨天晚上在窗前跟你说话的那个小伙子吗？"白雪问道。

"你看见了？"

"我当时躲在林子里呢。"她说，"我听到你们说话的声音。他似乎蛮吸引人的喔。"

小红帽调皮地朝她笑了。"是啊，"她说，"我们相爱了。我们准备在一起，但是必须离开这个地方。"

"为什么？"

"因为在这里没有我们要的生活。"她说，"我们属于更大的地方。城堡，宫廷。我们生来就不是在泥里打滚的。这里危险，充满暴力，人们心胸狭隘。"

宫廷里的事有多暴力、多危险，那里的人心胸有多狭隘，白雪可以说出很多，可她没说出来。

"彼得是什么样的人？"白雪问。

看着小红帽的脸，听着她一一列举爱人的优点，白雪笑了。她在想，自己有没有可能遇到能让她有这种感觉的人呢。希望如此吧。

"不过，我担心他今天夜里想去猎杀那东西。"小红帽说，"我担心他受伤。这就是为什么，我们要赶紧去找到狼的足迹。"

她又朝白雪调皮地咧嘴一笑，这回的意思可是完全不同了。

"什么？"白雪说，"我们不能——"

"哎呀，别这样，会很好玩的。"小红帽说，"再说，白天我们是安全的。到了半夜，狼才能拥有它所有的威力。"她笑了。看着她一副漫不经心的模样，白雪十分惊讶，也有点佩服，她喜欢这姑娘。

"我是追踪能手。"小红帽说，"我知道怎么去找。这样我们就能在它的洞穴或者窝里找到它，然后直接把猎人带到那儿去。"

"我不知道，"白雪说，"似乎很危险呢。"

"来吧，玛丽。"小红帽说，"冒点险吧。"

你要是知道我冒过多少险就好了，白雪想。

她们踩着雪，踏过一片开阔地，小红帽告诉白雪如何寻找足迹。她们在有可能发现足迹的地上搜寻了差不多一个小时。白雪偶尔会喊小红帽过来，把草地上的各种足迹指给她看，小红帽会解除她的迷惑，"那是一只鹿"或者"肯定是只狗"。白雪开始累了，双脚都冻僵了，这时，小红帽把她喊过去，说："这就是狼怪留下的足迹了。"

小红帽指着的足迹大得好像龙的脚印。白雪简直不敢相信自己的眼睛。

"看，看这里。"小红帽说着，带白雪顺着足迹走去，"看看足迹之间的距离有多大。"

"这东西有多大啊？"白雪公主说，她目瞪口呆地看着狼的步履之间的跨度。

"很大。"小红帽说，"绝对很大。走吧。"

★ ★ ★

她们跟着足迹走了四分之一英里。有一阵子，狼似乎在往什么地方跑，可是在她们爬上一座小山丘的时候，狼足迹之间的距离渐渐小了。白雪说："我们是不是又要接近小茅屋了？"后来，狼爪印的尺寸似乎越来越小了，她们俩给弄糊涂了。

"是在缩小吗？"白雪问道，她们俩都在急急忙忙地走着。

"不知道呢，我——"小红帽停下来，指着前面，"快看。"

狼爪印不是在缩小，而是在改变形状。

"这是什么怪物啊，小红帽？"白雪问。

她这么问，是因为已经很明显了：爪子印变成了靴子印。抬爪落地之间，狼似乎变成了人。

"这怪物不仅仅是头狼。"

她们继续跟随着足迹，翻过小山，回到山谷。两个人都没说话，小茅屋出现在眼前。

足迹直接延伸到小红帽的窗户。

"我不明白，"白雪说，"昨天夜里还有谁会在你窗前？除了彼得？"

小红帽用手捂着嘴，没说话。

"小红帽？"

"没有别人，"她说，"只有彼得到过这儿。"小红帽瞪大眼睛，看着白雪，"彼得是狼。"

★ ★ ★

露比带着三明治回来了，艾玛看看她说："先别打开。玛丽·玛格丽特回去了。我们准备去树林里找大卫。"

露比一脸惊讶，亨利抬头看看艾玛，会意地咧嘴笑了。

在这之前，艾玛让玛丽·玛格丽特平静下来，把她送回家。然后，亨利打开他的故事书，给她看小红帽的故事，还说："你看，她内心总是在挣扎，感觉自己一无是处。看哪！其实你应该让她做点事。她还会追踪呢，看到了吧？"

"亨利，眼下我们正在进行真实的调查。"她说，"有人真的是失踪了，遇到麻烦了。这会儿，我不想你过于纠缠魔咒这些东西。"

"可是，我就是说露比能帮忙而已，"他说，"我了解她。"

"好吧。"艾玛说，"行啊。"

于是，她让露比跟她一起去。

★ ★ ★

艾玛和露比来到镇子边上凯瑟琳的车失事的地方，朝北走，进入了树林。大卫的踪影无处可寻，还有两个小时就天黑了。

"麻烦了。"艾玛说，"如果他在外面什么地方，他又有什么毛病……"

"不过，他会有什么毛病呢？"露比朝树林子里看去。

"我也不知道。"艾玛说，"上次昏迷留下的后遗症？搞不懂。我只是知道，玛丽·玛格丽特好像挺害怕的。"

"其实我不应该到这儿来。"露比说，"我很可能会把这件事也搞砸了。"

艾玛喜欢露比，也想消除她的焦虑，可是她现在没时间，顾不上这些，她后悔把她带出来了。露比在凹凸不平的地面上小心翼翼地走着，好像从来没到过树林里似的。更让人揪心的是，她似乎一心想着自己的麻烦，而不是手头的任务。艾玛吸了口气，忍着没让露比回到车上。两个人在这儿，毕竟比一个人强。

"等会儿。"

艾玛转身，看着露比，她正朝森林里望去。

"怎么了？"

"我听见他了。"

"真的？"

"嗯，或者……什么动静。我知道他在哪里。"她看着艾玛，眼中露出完全不同的神情。艾玛觉得这眼神显露出些许的……饥饿感。"你没听见吗？"

艾玛没来得及回答，露比就跑开了。她在林子里不顾一切地朝什么东西跑过去。"喂！"艾玛一边喊，一边跟在她身后跑去，"等等！你上哪儿去啊？"

"他在这儿呢，快来！"她回过头大声喊道。

她们一路跑着，艾玛越来越落到后面。她上气不接下气，正要停下来，只见露比在远处停住脚步，蹲在地上。"怎么了？"她喊道，"是什么啊？"

可是，露比用不着回答，因为艾玛很快就看到了。大卫人事不省，蜷缩着身子，倒在一棵银枫树旁。

★　★　★

"他身上有擦伤，有划破的地方，脱水，这都是可以想象的。"惠尔医生说，"头上的伤口很浅，也不会造成这种状况。他这是精神科的毛病。"

他们在医院。艾玛和惠尔医生站在大卫病房外面。大卫醒过来了，可他说想不起来自己去过树林。艾玛感觉情况糟透了，但暂时她也没什么可说的。

她和惠尔医生回到病房。"我们会把情况搞清楚的。"艾玛对大卫说，"你先在这儿待着。"

"好像没这么回事似的。"大卫说，"我是说，我知道事情发生了，因为你告诉我是这么回事。可这会儿，这一切好像亨利的故事一样，似是而非。"

艾玛转向惠尔医生："在这些……发作的时候，他在多大程度上是……正常的？我是说，他这次发作的时候跟人说过话。"

"什么都有可能。"惠尔医生说，"在相似的情况下，比方说在安眠药物作用下，人可以做各种事情，烹饪、聊天、开车。"他耸耸肩，"很难说。"

"你想知道，我会不会打了那个电话。"他看着艾玛，"或者做过更多别的事。我明白了。你是说，我绑架了她，甚至可能杀了她，而自己根本就不知道。"

"别紧张，大卫，"惠尔医生说，"没有人这样说。"

"我们只是想把问题搞清楚。"艾玛加了一句。

"可是，这也就能够解释了。"大卫说，他满面愁容，"这就可以解释，为什么我看上去不是在说谎，因为我根本不知道自己在说谎。"

"别说了，大卫。"艾玛不用回头——她太熟悉这粗鲁的大嗓门了，是瑞金娜。"你为什么会在这里？"这声音继续着，艾玛想这是对她说的，"他为什么没有律师在场？你向他宣读了他的权利吗？"

"没有。"艾玛说，"因为他没有被捕，我们只是谈话。"

"是这样。"

"你来这里干什么？"艾玛问。

"因为我依然是他的紧急情况联系人。"瑞金娜说。

"我以为改成凯瑟琳了呢。"大卫困惑地说。

"是的，呃，"瑞金娜说，"她目前失踪了，所以又转成我了。"她走到床边，"我来这里提供支持，还有保护，如果你需要的话。"她看着艾玛，"你为什么不集中精力去找凯瑟琳？"

为什么她一心要护着他，艾玛感到奇怪。

"缅因州很大呢。"艾玛说。

"这间病房已经找过了，"瑞金娜恶声恶气地反唇相讥，"现在出去找她吧。"

★ ★ ★

在候诊室里，艾玛给露比打了个电话。她突然想起一件事。

"我要你出去替我查一件事。"艾玛说，"马上就去。上一次大卫梦游的时候，最终去了收费桥。我在想，我们会不会碰到好运气。你要去那儿看看。马上去。"

"我吗？"露比说。

"你在树林子里干得不错，露比。"艾玛说，"这件事你能够做的。如果找到什么，就给我电话。用我的车吧。钥匙在我桌子上。"

露比果然找到了。艾玛接到电话之后，立即回到树林，法医小组很快也到了。有人给了露比一杯咖啡，她拿着咖啡，坐在车里，看上去有点失魂落魄。最后看了一眼露比从河边找到的盒子，艾玛从陡坡走上来，钻进车里，坐在乘客座。"干得漂亮。"她说，"第二次了。"

"我还不清楚是不是想做得这么好呢。"露比说。

"我知道。"她说，"但这是一个重大突破。"

脑子里留下那样的印象，她也并不感到开心，可是，她说的是真心话。现在，等检验室报告送回来，工作就可以往前推进了。至于盒子里装着的东西……她可以理解为什么露比会对着电话尖叫。

她伸出手，拉着露比的手。"今天的事儿，"她说，"要谢谢你。"

露比点点头，勉强露出笑容。

艾玛想不出更多的话说了。

★ ★ ★

尽管彼得不愿意，但是小红帽跟他说，她相信他就是那头狼，必须要有人看着，而她会整夜都跟他待在一起。然后，为了糊弄老奶奶，白雪公主还是答应穿上小红帽的斗篷，假扮小红帽待在卧室，以免老奶奶来查看。虽然明知不对。

两个姑娘道别之后，白雪穿着红斗篷，在小红帽房间里睡着了。

夜半时分，老奶奶过来了。

"小红帽，宝贝，"老奶奶说，"你要起来了，我——"

白雪完全醒了，她尽量把自己藏在被子里，可是谁也骗不过老奶奶，她留意到有什么不对的，伸出手去拉白雪公主，让她转过身来。看清楚不是小红帽，老奶奶瞪大了眼睛。"你们都干了些什么啊？"她低声说。

"我们没想做坏事。"白雪抗议道。

"她上哪儿了？"老奶奶问，她的语气如此急切，白雪一下子紧张起来。她从床上坐起来，说了彼得的事儿。

"她跟那个小伙子在一起？"老奶奶问，"现在吗？"

"是啊。"白雪说。

"老天爷在上。"老奶奶说，"快，带我去。"她伸手拿起她的十字弓，"马上，姑娘！"

★ ★ ★

两人匆匆走在夜幕中，白雪使劲走，尽量跟上老奶奶。她似乎知道什么——然而，让白雪犯糊涂的是，老奶奶不断说着："那可怜的小伙子。"

"您不明白，"白雪说，"他就是那只狼。我们看见足迹了。那头狼也是个人。"

"他不是狼，姑娘。"老奶奶说，一边哼着表示她的不满。

白雪瞪着她，意识到这意味着什么。

小红帽，小红帽是狼。

这会儿一切似乎很明显，但是，不知为什么，当时从来没有……

"您早就知道？"白雪问，她依然在老奶奶身后快步走着。

"我当然知道。她母亲也是狼，后来狩猎队把她杀了。我想，也许小红帽没有遗传吧，可是，她十三岁的时候，就开始变了。我付钱给一个巫师，要来那件斗篷，能让她不再变。可是她没穿斗篷，还设法离开了家，到外面去了。"

"您为什么不告诉她呢？"

"我不想她有负担，那是一个非常可怕的负担。"

她们来到一个农夫的围墙，老奶奶停下来，等白雪公主指路。白雪朝一个方向指去。

"您也是，对吧？"白雪说。

"嗯。"老奶奶应了一声，她在嗅着空气，"我现在能闻到她的味儿了。涂了银的箭头能制住她。我们现在是从顺风方向过去，所以还有机会。"

她们是有机会，可是年轻的彼得却没机会了。等她们赶到的时候，完全变成一头狼的小红帽，已经屠宰了自己的爱人。白雪公主把斗篷扔出去，盖住了她，老奶奶避免了用箭射杀自己孙女的悲剧，但是对于小红帽，悲剧已经发生了。她醒过来，发现自己浑身是血，白雪公主和老奶奶从地上把她扶起来，这时，她才知道真相。也许她宁愿被银箭头射中，立刻死去，至少在那个特别的时刻，她是这样想的。看到死去的彼得，她大叫一声。知道彼得是自己杀死的，而且她的那个计划就是杀死情人的罪魁祸首，她更是大喊大叫。

可是，没有时间悲叹悔恨了，今后有十几年、几十年的时间去悲叹。在当时，老奶奶和白雪必须把她弄到安全的地方。因为，就在小红帽哭喊着要扑向彼得毫无生命的身体的时候，她们已经可以听到狩猎队走过来的声音。

她们赶紧开始行动。"把她带回家，保证安全。"老奶奶说，"他们已经离得很近了。"

白雪和老奶奶四目相遇之际，白雪明白了。老奶奶能随时控制自己身体里的狼。她要回到现场，保护她们。

　　"明天早上，"老奶奶说，"我们在家里见。"

　　不用说，老奶奶活下来了。

　　狩猎队的人却没有。

★ ★ ★

　　听说大卫被找到，已经回去上班了，玛丽·玛格丽特到动物救护站去找他。他是安全了，这没错，可是他还没好。

　　一点也没好。

　　玛丽·玛格丽特看到他的时候，大卫在后面的办公室里来回踱步。"我不知道发生什么了。我对什么都没把握，玛丽·玛格丽特。谁知道呢，也许是我把她杀了。"

　　"你没有杀她。你根本没这个本事。"玛格丽特说，"况且，她会活着回来的。等着吧。"

　　他沮丧地摇摇头。"我为什么会给她打电话呢？"他问道，"这说不通啊。"

　　"一定会有个解释的，"玛格丽特说，"如果是——"

　　救护站的门打开了，大卫去了外面的入口处。过了一会儿，他重新回到办公室，艾玛跟在他身后。

　　她朝玛丽·玛格丽特点点头。

　　"我们在河边找到一件东西。"她说，"在收费桥附近。"她脸色沉重地看了看大卫。

　　"是什么？"大卫问。

　　"我不知道怎么说才好，所以只能直说了。"艾玛说，"是一颗人的心脏，装在一个珠宝盒里面。我们认为是凯瑟琳的。"

玛丽·玛格丽特抓住一张椅子的扶手，感到房间里暗淡下来。她闭上眼睛，让自己镇定下来。大卫跌坐在椅子上，靠着桌子，灰心丧气。"肯定是我干的。"他说着，眼泪差点落下来，他伸出双腕，"给我戴上手铐吧。"

艾玛看着他。

"快点啊！"他说。

"我不能，大卫。"她说，"盒子里面有个指纹。不是你的。"

大卫和玛丽·玛格丽特望着她，糊涂了。艾玛转向玛格丽特。

"是玛丽·玛格丽特的。"艾玛说。

最 黑 暗 的 时 刻

白雪公主把魔水喝下去，在魔水的作用下忘记了白马王子。之后那几天，她躲在七个小矮人那里，记忆一片空白。小矮人们发现，失去记忆是有副作用的。白雪不像是……不像她自己了。实际上，她异常愤怒，一天到晚都那样。

　　对所有事情、所有人都感到愤怒。她也不太明白为什么。

　　"不高兴"有个推测。

　　他花了一个上午观察白雪公主用扫帚追打蓝鸟之后，然后去找其他小矮人，告诉他们，必须有所行动了。

　　"什么行动？"喷嚏精问。

　　"不知道。"他说，"总得做点什么吧。我们要跟她谈谈。"

　　他们跟她谈了。小矮人们赞同"不高兴"的意见，认为帮助白雪的最好方法是，大家坐下来，把事情说开。大家一起去说。他们一致认为，友谊，加上让她感到安全的谈话场所，对成功干涉是至关重要的。他们作好计划，邀请了一位特别的客人。一切就绪之后，"不高兴"来到白雪的房间，问她能不能到厨房去。

　　"为什么？"她戒备地说，"我在这里很好。"

　　"那里有些人，""不高兴"说，"想跟你聊聊。"

　　白雪有点不明白，不过她的态度最后还是缓和了。

　　然而，在厨房里，她一眼看到小矮人们个个满脸的严肃，就对"不高兴"发脾气了："这是怎么回事？"

　　"不高兴"举起双手说："妹妹，妹妹。我们是你的朋友啊。我们只是想跟你聊聊。"

　　"聊什么？"

"聊聊你最近的表现啊，"他说，"自从喝了魔水之后。"

"那魔水不是问题。"白雪公主冷笑道，"真正的问题是，我跟一伙小矮人住在一起，而那个杀了我父亲的女人，却在我的城堡里昂首阔步，过着本该是我的生活。就是这个女人，还企图把我也杀了。我生气吗？没错。我怒气冲天。"

"把气撒在朋友身上可不公平。"蟋蟀吉明尼说，他也来参加他们的谈话。

"你说得对，"白雪说着陷入沉思，"你说的一点都没错。"

"有进步。"吉明尼嘟囔着。

"我应该把气撒在她身上，"白雪公主说，"把她杀了。"

★ ★ ★

艾玛立案拘留玛丽·玛格丽特，至少也是一件很难堪的事。尽管玛丽·玛格丽特一直在宣称自己是无辜的，艾玛还是按程序给玛格丽特拍了警方存档照片，该办的手续都办了。艾玛告诉她，她只是履行职责，因为指纹是确凿证据。也许她是无辜的，可艾玛知道，现在袒护她，以后会带来严重后果。她才不会匆忙行事，危及玛格丽特的利益。归根到底，还是要弄清楚凯瑟琳到底出什么事了。要做到这点，她需要时间。

雪上加霜的是，露比离职了，与老奶奶重归于好，回餐馆干了。这就意味着，艾玛又是一个人在办公室里，没有什么人能跟她谈谈案子的事儿。至少是没有她喜欢的人。

瑞金娜打过电话，说她想参加审问。立案手续办完之后几分钟，瑞金娜就来了。玛丽·玛格丽特同意她在场，还说她不需要律师。

"为什么要律师？"她问，"我是无辜的。"

艾玛提问的时候，玛丽·玛格丽特神色镇定，还透露了关键的新信息：那个盒子是她的珠宝盒。她不知道盒子为何会被埋在河边，她肯定不知道凯瑟琳的心脏怎么会跑到盒子里去，但珠宝盒确实是她的。她说她不打算假装那盒子不是她的。

玛丽·玛格丽特留在审讯室，艾玛和瑞金娜到外面去商量玛格丽特说的话。

"没人指控布兰切特小姐是个坏人，"瑞金娜说，"但是，她是一个被伤了心的女人。这种事？能让你干出无法形容的事来。"

"不高兴"从来没有想到，白雪公主是暴力型的，可是，目睹她如何解除一个王后黑骑士的武装，还暴打他一顿，他佩服得五体投地。他们在离小矮人窝棚五英里的地方。"不高兴"一直跟着她。他知道，白雪公主闯进王后的城堡，无异于自杀，但也不知道怎么才能制止她。黑骑士出现在路上，试图恐吓她，白雪公主可不吃这一套。她三下五除二，不费吹灰之力，就用她从窝棚里拿出来的采矿镐子把骑士横扫在地，逼他说出王后所在之处，然后嘲弄他一番后，让他走人了。

她正在试着穿上骑士留下的盔甲，"不高兴"从林子里出来了，说："你疯了吗？你以为这样的'伪装'能骗过谁吗？"

"你在这儿干吗？"她说，"你在跟踪我吗？"

"没错，我是在跟踪你。因为我不想看着你被杀死。"

"不会的，"她坚定地说，"再说了，王后罪有应得。"

"也许是这样，但是正义未必总是在意是不是罪有应得。"他说，"你这么愤怒，是因为你失去了记忆。"

这话让白雪停了一会儿。"你什么意思？"她最终说。

"我是说，我有一个更好的主意。""不高兴"说，"咱们去

232

找侏儒怪，把你的记忆要回来。”

★ ★ ★

艾玛把玛丽·玛格丽特重新关进牢房，跟她说自己要出去几个小时，然后就朝她们住的地方赶去。不是去打个盹，冲个澡，或者换身干净衣服。她要做的，是把那地方搜索一遍。

根据玛丽·玛格丽特的说法，有人进了她们家，偷了她的盒子，可是检查了两扇门的锁，都没有发现撬门的痕迹。只有两套钥匙——她一套，玛丽·玛格丽特一套。这里面一定有什么蹊跷。

她在玛格丽特房间搜寻一番，一无所获，正要进自己的房间，听到敲门声。

这可是星期一中午，她想。她检查了一下枪，拉开保险拴。

“谁啊？”她透过门喊出去。

“是我！”

是亨利。

“你来干什么？”她拉开门对亨利说。亨利满脸笑容地走进来。

“这有点像咱们第一次见面那回，是吧？”他说。

“你为什么不去上学？”艾玛问。

“我病了。”

“你没病。”

他叹口气，把背包扔到沙发上。“我自己写了病假条。”他承认，“可是我必须帮你。玛丽·玛格丽特没有罪。这对眼镜蛇行动真的很重要。”

“这不是眼镜蛇行动，我反复告诉你过。”艾玛说，“这是现实生活。”

“都一样。”

艾玛摇摇头。"好吧。"她说，"你病了。那么，你就帮我搜查这个地方吧。"

"我们要找什么？"

"我还不知道。"她说，"任何不正常的东西。"

她回到自己房间，开始在窗户附近查看有没有撬窗户进来的痕迹。过了大概五分钟。这里什么都没有，她想，那是因为没人——

"我觉得我找到什么了！"

艾玛走出起居室，发现亨利趴在地上，扒拉着茶几下面的通风口。她皱起眉头，把茶几挪开。

"下面有东西。"亨利说。

"我看见了。"她推开亨利，仔细查看通风口的隔栅，然后去厨房拿来螺丝刀，不一会儿就把螺丝钉起出来，拿起了隔栅。天花板上的灯照亮了长方形的通风口，她能看见那件东西的形状了。

"天哪。"她说。

亨利没说话。

艾玛从茶几上的纸巾盒里抽出一张纸巾，将手探下通风口，捏着猎刀刃，确保刀把没有碰到任何东西。

"去老奶奶餐馆那儿。"她说，"在那里等我去接你。"艾玛眯着眼看看，刀刃上是血吗？

"可是我——"

"去吧，亨利。"

两个人都看着那把刀，艾玛语气缓和了一点："马上去吧。"

★ ★ ★

镇子另一头，艾玛在警长办公室，难过地透过牢房的栅栏看着她的朋友。"我们现在找到凶器了。"她说。猎刀已经装起来，放

在物证柜里。对于她朋友而言，前景十分暗淡。

"放在暖气通风口？"玛丽·玛格丽特喊道，"我都不知道怎么打开那东西。"

"那么就是有人进了我们家，栽赃陷害。"

"你不相信我吗？"

"我相信你，玛丽·玛格丽特，可是我要有证据，才能找到正确的方向。到现在为止，所有证据都指向错误的方向。"

"你在说什么啊？"玛丽·玛格丽特说着，跌坐在牢房里的板凳上。

"我在说，可能是时候请个律师了。"

"这主意太棒了！"

艾玛和玛丽·玛格丽特回头，看见戈登站在门口，双手姿势优美地拿着手杖。他点点头，算是打了招呼。

"你来干什么？"玛丽·玛格丽特问。

"提供法律服务啊。"戈登说着走了进来。"我能把话说得非常令人信服。不信问问斯旺女士。不久之前，我发现自己就坐在那张板凳上，可现在，瞧瞧，一个自由的人。"

"收买法官还是有用的。"艾玛说。

"确实，确实。"他说，"不过，布兰切特小姐，我一直在关注你的案子，我相信，明智的做法是，让我做你的辩护律师。马上，我也能让你很快从这牢房里出来，获得自由。"

"我要有空间去做我该做的，戈登，这才是她需要的，不是——"

"谁也没拦着你啊。"戈登说，"我只是提出来，帮她——"

"请你走吧。"

戈登和艾玛都朝玛丽·玛格丽特看去。

"我看，你应该重新考虑一下，布兰切特小姐。"戈登说。

　　"这不是对你说的，戈登先生，"她说着，用无情的目光盯着艾玛，"是对警长说的。我现在想跟我的律师谈谈。私下里谈谈。"

　　艾玛好奇地看着她，耸耸肩，转向戈登。

　　"好吧，你赢了。"她说，"我希望你把她的最大利益放在心上。"

　　"我当然会的。"戈登说着，朝玛丽·玛格丽特笑了，"我最近一直在这样做。"

　　他们谈了十五分钟。戈登走的时候，玛丽·玛格丽特感觉好多了。戈登值得信赖吗？绝对不。但是，她知道戈登是瑞金娜的敌人，而且她肯定瑞金娜在力图陷害她。所以，在这个案子里，敌人的敌人就是她的朋友。

　　玛丽·玛格丽特在牢里独自待了片刻，艾玛就回来了。艾玛朝她点点头，但是没有问戈登的事儿。其实，她也没时间提任何问题，几分钟之后，大卫来了。

　　玛丽·玛格丽特静静地看着大卫。大卫提出要求，要跟她单独待一会儿。艾玛叹口气，朝玛格丽特看看。

　　"你现在很有人气啊。"她说，"你在意吗？"

　　"不在意，"她说，"我要跟他聊聊。"她当然愿意了。除了戈登，大卫是镇子上唯一替她说话的人。

　　艾玛回头对大卫说："给你十分钟。"

　　"我需要和她单独见面。"

　　她点点头。"行。我去弄杯咖啡。"她说，"记住，十分钟。"

　　艾玛走了。大卫深深吸一口气，走向牢房，玛丽·玛格丽特双手握着牢房栅栏，充满希望地等着。

“你来了。”她说。

“我要跟你谈谈。”他说，“我确实给凯瑟琳打过电话。我们俩聊过。她告诉我——玛丽·玛格丽特，她告诉我，她愿意我和你在一起。她祝福咱们俩。”

“真的？”

他点点头。

“不过，还有别的。”他说，“我还想起别的事儿了。”

玛丽·玛格丽特等待着，依然充满希望。对自己要说的话，大卫几乎无法启齿。

“我想起你曾经说过的话，”他说，“说是想杀了她。我必须问问你，你跟凯瑟琳失踪有关系吗？”

他们互相瞪着对方。玛格丽特简直不相信自己的耳朵。撒谎的人应该是瑞金娜，捏造事实的人应该是瑞金娜。这——这根本就说不通啊。

“你的通话清单曝光的时候，大家发现你在林子里到处乱转的时候，人人都以为你杀了凯瑟琳的时候……我一直支持你。我从来没有怀疑过你。可是，现在一切都指向我的时候……你真的以为我能做出那样的事吗？”

大卫把手伸向栅栏：“我现在什么都不知道了。”

“滚出去，”玛丽·玛格丽特说，“你真是让人难以相信，大卫。”

“可是我——”

“滚，别让我见到你。”

★ ★ ★

玛丽·玛格丽特辗转反侧，在牢房里度过了难熬的一夜。有一件事她可以肯定：不管正在发生的是什么事，瑞金娜是幕后操纵者。她没有证据，不能证实，但是她知道。她要做的是找到确凿证据，而在此期间，她需要几个人——几个就行——能让她坚守信念。

艾玛越来越担心她没办法让她的朋友重新获得自由。实验室报告回来了，证实盒子里的心脏是凯瑟琳的。现在已经是凶杀案调查了。跟玛丽·玛格丽特一样，她也相信幕后人是瑞金娜，可时至今日，瑞金娜每一步都略胜一筹。所以，她决定去找一个人，她已经逐渐把这人看作是能够改变局势均衡的筹码了。

"我需要你的帮助，戈登先生。"艾玛对他说。她站在戈登的当铺里，他在柜台后面，一脸怪笑。

"是吗？"

"是的。"她说，"玛丽·玛格丽特遇到的事儿，我觉得是瑞金娜在背后搞鬼。可我就是无法证实。"

"我能帮什么忙呢？"

"我不知道怎么才能对付她。"她说，"真是不知道。"

戈登笑了。"你很谦虚。"他说，"我佩服这种精神，斯旺女士。而且你的谨慎是对的。她是个危险的女人，非常危险。"

"那就告诉我，"艾玛说，"告诉我怎么打败她。"

Chapter 13

制帽人的把戏

艾玛和戈登商量了两个小时，渐渐形成一个计划。当艾玛觉得胸有成竹的时候，他们返回牢房，准备把计划告诉玛丽·玛格丽特。

　　出问题了：玛丽·玛格丽特不在那儿。

　　跟他们打招呼的是亨利，他拿着那本书，背靠警署办公室的门坐在外面。一看见他们就说："你们的计划太棒了！"

　　"什么计划？"艾玛说，"你在这儿干吗？"

　　"我是来跟玛丽·玛格丽特聊天的，不过后来我知道是什么情况了，所以就决定在这儿等你们。"

　　艾玛皱着眉头看看戈登，然后两人从亨利身边走过，进了办公室。看到空无一人的牢房，艾玛心里一阵恐惧，浑身发冷。

　　"看起来，布兰切特小姐已经自己采取行动了。"戈登说，"这进展挺有意思。"

　　亨利跟在他们后面进来了。

　　"亨利，"艾玛说，"你干了什么？"

　　"我没干什么啊。"他说，"我以为是你干的呢。这不是你的计划吗？"

　　"不是。"艾玛说，"不过，可能是别人的计划。"

　　"有可能，要不然就是她自己逃跑了。"戈登说。

　　"法庭提审是明天早上八点。"艾玛说着，走过去检查牢门，"她现在是逃犯，麻烦大了。"

　　"那你要在明天早上八点前把她找到。"戈登说。

　　"我能帮上什么忙吗？"亨利说。

　　"回家去，孩子。"艾玛说，"这事儿已经很严重，你不应该

在这里面瞎掺和。"

"布兰切特小姐的未来已经十分危险，这你是知道的。"戈登说，他用洞察一切的目光平静地看着艾玛，"但是，我还要提醒你，如果你帮助她被人发现了，你的将来也好不到哪儿去。"

"我不管。"艾玛说着把自己的东西收拾起来，"我宁愿丢掉工作，也要帮助朋友。"

"即便是涉及到执法不公吗？"

"即便如此又怎样。"

"真有意思，"戈登说，"友情。"

"你有过朋友吗，戈登先生？友情会改变很多事情的。"

"是啊，"他说，"我听说过。"

"这么说你也明白。"

戈登点点头。他对此是肃然起敬，充满疑虑，还是仅仅觉得好笑，艾玛说不准。

★ ★ ★

时候不早了，但是艾玛决定，还是要去收费桥附近看看。她不知道玛丽·玛格丽特逃到哪里去了，但是没有人帮助，她不会走得太远，很有可能就躲在树林里。收费桥对她有特别的意义，也许她会上那儿去。

她驾着警车，朝童话镇郊外驶去，心里在为朋友担心。在一个急转弯的地方，因为想着事儿，她没留神，差点撞上一个人。

她只是一眼瞥见一个人在路上趔趄着，扑倒在一旁，躲开碾过来的车。

艾玛停住车，下来朝那人跑去。在灌木丛里，她见到一个从来没见过的男人，在那里坐直了身子，握着脚踝。看见艾玛，那人点

Chapter 13 / 制帽人的把戏

点头说："你好。晚上出来散散步真不错。"艾玛见这人高高瘦瘦的，长得有点特别，但是挺帅，穿着比镇上多数人都正规些。

"真对不起。"艾玛说，"你受伤了吗？"

他扶着树站起来，然后试着让脚踝承受点重量，不过，看起来还是不太行。

"至少让我送你回家吧。"艾玛说。

"我没事儿，没事儿。"他说着，摆摆手让她闪开，一瘸一拐地回到大路上，"真的没问题。"可是很明显，还是有问题的，他走一小段距离都很费劲。

"你家有多远？"

"大概一英里吧，"他说，"在那边。"

"你走不了一英里。"她说，"来吧，我开车送你，别傻了。"

他叹口气，似乎明白过来了。"好吧，"他说，"有道理。你叫什么名字？"

"艾玛·斯旺。"她说着伸出手，"我是警长。我想咱们没见过面吧。"

"是警长啊！"他笑着喊道，"没有，我觉得没见过面。我不太出门。"他跟她握握手，"不过，能认识你，真好。我是杰弗逊。"

＊ ＊ ＊

杰弗逊把他的私人车道指给艾玛看的时候，艾玛有些惊讶——这是离镇子边上不远的一条旧的私家路，她过去从来没留意过有这么一条路。他们穿过林子，来到一道铸铁门前，过了这道门就是他家。他住的地方真够令人赞叹的，古典风格，皇家气派，巨大无比，像圣诞树一样灯光璀璨。艾玛不能相信自己的眼睛。这人住在荒野中的大宅子里，像个贵族一样俯视着童话镇。她怎么会不认识这家伙呢？

艾玛搀扶他来到门口，当他请她进屋的时候，艾玛答应了。她不得不承认：她很好奇。她不想跟他讲任何有关玛丽·玛格丽特的事情，所以只是告诉他，自己出来找一条丢失的狗。他似乎没有什么疑问。

"你一定有个大家庭。"她说，潜台词是：一个人不会需要这么大的地方吧？

"不，这儿就我一个人。"他说着，跛着脚走进前厅。

艾玛跟着他进了一个豪华漂亮的大起居室。

"说起你正在找东西，"他说，"你在外面找你的狗，是吧？我相信我能帮上一点忙。我知道，你有那华而不实的导航定位系统，还有别的什么，而我是个业余地图绘制师……"他在一张拉盖书桌上窸窸窣窣地翻找着，转过身来的时候，手里拿着一张卷起来的地图。他瘸着脚走过艾玛身边，在钢琴顶上将地图展开。"这张地图有附近树林子的很多细节。"他说，"请拿去用吧。"

"嘿。"艾玛看着地图赞叹了一声。

"要喝点什么吗？喝点茶暖暖身子吧？"

艾玛目不转睛地看着地图，惊叹着那上面不可思议的细节，还有那精巧的制作工艺。她开始细看她去过的地方，想起在那些地方发生的种种事情。当初他们找大卫的时候，要是有这张地图就好了……

她抬起头。杰弗逊不在房间里，但她能听见他在厨房里的动静，杯子磕碰的声音。几分钟之后，他拿着一个托盘出来了，上面放着茶。"我想，你可能愿意暖和一下再出去找吧。"他说。

艾玛心不在焉地拿起一个杯子。"这张地图真是不可思议。"她一边喝着茶，一边说，"你很有天赋。"

"谢谢夸奖。这是我一个业余爱好。"

"那你是做什么工作的呢？"她问道。

"噢，这儿做点，那儿做点，"他说，"各种各样的。"他慢慢坐到沙发上，"来，来，"他说，"坐下吧。"

艾玛又看了一眼地图，然后走到沙发那边，坐下来。也许是过去几天的压力，也许是缺乏睡眠，反正她突然觉得累了，非常之累。

"其实，我真该走了，"说着，她深深陷入沙发里，懒洋洋地看着他，"我该——"

"你愿意在这儿待多久都行。"

莫名其妙地，她手中的茶杯掉了，滚到地毯上。她盯着地毯上的湿印，摇摇头。通常我会想办法弄干净……她想着。

"真的，没事儿。"杰弗逊在说，他的声音似乎从房间另一头传来，拉长了，远远的。

她皱起眉头，眯眼看着他，他整个人都在拉长。

"你是……"她试着说话，可是，什么地方出毛病了，她从沙发上滚下来，躺在地上，模模糊糊地意识到自己被人下了药……是他……

"你是谁？"她好不容易说出来，可是整个世界在渐渐变灰变暗。

★ ★ ★

她梦见一个人——一个父亲。父亲和女儿。

就他们两个人。

做父亲的勇敢，自信，强壮。可是他也在躲藏。躲着王后。

他和女儿一起玩耍。

他们是安全的。

安全，直到王后回来。

　　艾玛醒过来，房间里只有她一个人。

　　她在同一个房间里，脸朝下趴在沙发上，双手被捆在背后。过了一会儿，她才想起发生过的事情。她一下子警醒起来：遇到麻烦了，也许是大麻烦。她使劲扭动身子，挪到沙发边上，费力地将身子转过去一点，刚好能看见，刚才掉在地上的杯子还在那儿。她眼睛盯着房门——她不知道杰弗逊在哪里——同时让自己坐起来，滑到地板上，把一个抱枕弄到杯子上面，然后伸脚用鞋将杯子弄碎。她捡起一块杯子碎片，用力割手腕上已经嵌入肉里的绳子。

　　很快，她就给自己松绑了。

　　她一站起来，就在房间里四处打量，寻找武器——她的枪在车里，最终看中了壁炉旁边支架上的拨火铁棒。她能跑吗？肯定能。可是，这样做感觉不对。她正要去找那个精神病，突然注意到窗边的望远镜，镜头对着下面的童话镇。她再次看看房门口，然后从望远镜看出去。

　　她不寒而栗。

　　望远镜正对着警长办公室，聚焦清晰。

　　杰弗逊一直在观察她。

　　她深吸一口气，决定先不去想这个发现说明了什么。她慢慢潜入过道，用持剑的姿势，拿着拨火棒。

　　她看见一个半开着的门。还没走到门边，就听到里面的动静——铁器相碰的声音——她从门缝里看进去，里面的情形让她一下子瞪大了眼睛：在黑暗的房间里，她看到杰弗逊的剪影，他在磨剪子，看上去是一把很大的剪子。

她退后一步，吸了口气，正要冲进去，又听到另一种声音。

是啜泣声。

她决定去看看，于是从杰弗逊所在的房间退出来，也不知道这个时候放弃奇袭的优势是否明智。可是，啜泣声又传来了，她不能置之不理。她转身朝另一个关闭的门走去，声音似乎就是从里面传出来的。

悄悄地，小心翼翼地，她扭着门把，推开门。

房间中间放着一把椅子，除此之外几乎没有别的东西。椅子上，双手捆绑，嘴巴被堵着，眼睛里惊恐万状：是玛丽·玛格丽特·布兰切特。

艾玛冲进房间，放下拨火棒，立刻替玛格丽特将堵嘴的东西取出来。"你怎么会在这里？"玛丽·玛格丽特轻声说。

"我还要问你呢。"艾玛也悄悄地说，她开始解玛格丽特手腕上的绳子。"这家伙是什么人？"

"我压根儿不知道。"她盯着门，悄声说道，"我正在林子里跑着，他一把抓住我，就把我带这儿来了。"

"你受伤了吗？"

"没有——你呢？"

"没有。"艾玛说，"你怎么从牢里出来的？"

"有人从窗户扔下来一把钥匙，"玛丽·玛格丽特悄悄说，"我想了一下，觉得如果继续待在牢里会出麻烦的。我也不知道，反正是慌了。"

"谁把钥匙放那儿的？"

"不知道。"

就是这家伙，艾玛刹那间想起来。这就全对了——最重要的是，他一直在观察着警署和监狱。可是，他为什么要把她们俩都弄到这里来呢？

　　她拉出绳子，最后一个结解开了。接着，她弯下腰去解玛丽·玛格丽特脚上的绳子，她的脚也被捆起来了。"我只知道我们必须逃——"

　　"艾玛！"

　　"你们好啊。"门口传来一个冷静而令人不安的声音。艾玛快速转过身，只见杰弗逊的黑影站在那里，过道的灯光从他背后照进来。他手里拿着枪，是她的枪。

　　"枪是在你停在外面的车里找到的，希望你不介意。"他说，"用刀可能会弄得一团糟。"

　　"我已经叫了增援。"艾玛说。

　　"你没有给任何人打电话，"他说，"没人知道你在这里。因此，你现在要照我说的去做。把她重新捆起来。"

　　艾玛试图找个脱身之计，可一时又想不出来。她需要时间。于是，她点点头说："好吧，你别紧张。"

　　"捆紧。"杰弗逊说，"紧紧的。"

＊＊＊

　　杰弗逊把艾玛带回那间她看见他磨剪子的房间。一进去，他就把灯打开了，艾玛顿时眼花缭乱。

　　帽子。

　　很多很多帽子。

　　壁橱上全部是大礼帽，全部是黑色的，每顶帽子占着一个有背光灯的格子。房间当中是一张长长的桌子，上面摆满了一捆捆的布，还有剪刀、夹具和模具，——这是制帽人的工作间。

　　"我不知道你是谁，"艾玛转身面向他说，"或者你在干什么，但是如果你伤害她，或者伤害我，你是不能逃脱惩罚的。"

"伤害她？我实际上是救了她的命。"

"这话怎么讲？"

"她想离开童话镇。企图离开童话镇的人会怎么样，你是知道的吧？"

"知道，"艾玛说，"他们离开了。"

"不对，他们走不了。"他说，"他们会大祸临头，这是魔咒。"

艾玛摇摇头。"大祸临头，魔咒？你听起来就像是亨利。"

"如果他讲的是魔咒，那他就是个聪明的孩子。你应该听他的。"

原来如此，艾玛想，他是个疯子。

"你的表情暴露了你的想法。"他说，"我知道你是怎么看我的。不过，让我给你讲个故事吧。"

"好吧。"艾玛说，她觉得，让他说总是好的，让他说，一直说下去。

"从前，有一个人，他活着只有一个目标：为了他女儿。他们一起在林子里生活，他有办法维持生活，帮人修修补补，在市场卖点东西。他们不算富有，但也很充实。"

"听起来挺不错的。"艾玛说。

杰弗逊露出了讽刺的微笑。"是不错，"他说，"可是在这种故事里，好事总不会长久的，不是吗？这个人当然会有不可告人的过去，而且当然要为此付出代价。最终。"

"他过去是干什么的？"她问，"洗手不干的皮条客吗？"

"不是。"他说，"他拥有一件非常特别、非常有威力的东西，而且还知道怎么去用。很久以前，他曾经替一个很坏很坏的女人做事。有一天，这个女人来到他家，跟他说，要他帮忙。要知道，他手里那件东西，能开启去另一个国度的门道。而她要上另一个地方去，实际上，是去仙境。"

"仙境？"艾玛说，"这我可没想到。"

"你当然不会想到。"他说，"可是那个人想到了。要知道，在仙境里，各种千奇百怪的魔法都是可能的，这个女人需要特别的魔法。她要重新得到失去的东西，而这件东西就在仙境，红心女王看守着呢。"

"代价是什么？"艾玛问。

"什么？"这问题似乎让他感到突然。

"代价呀？"艾玛说，"这些故事里总是有代价的。"

"对，"杰弗逊说，"是的。呃，一开始，这个坏女人承诺，他女儿会永远平安无事。但是有代价，正如你非常正确地指出的，而且比他预想的要大得多。"

"后来呢？"

"他上当了。"杰弗逊说，"她背叛了他，得到她需要的东西后，把他留在仙境了。"

"他无法回家与女儿团聚？"

杰弗逊十分缓慢地摇摇头。"是的，"他说，"他回不去了。"艾玛看见他眼中流露出真实的悲痛。这家伙，她想，真是彻底疯了。

她正想着，杰弗逊抬头看着她笑了："你瞧，他给逼疯了，在仙境那里，因为他回不去了。"

艾玛等着。

"那么，后来呢？"她问。

杰弗逊点点头："当然了，你想知道结局。所有好故事都会有个好结局。"

"他再也没回去？"

"我要你给我做顶帽子。"杰弗逊说。

艾玛看着他，他正注视着她，好像认为她能明白他在说什么。"你说什么？"

他用枪在房间里指了一圈，然后指着自己的脑袋。"你觉得怎么样？"他说完，放声大笑。

"对不起，可是，你绑架我，就是要我给你做顶帽子？"艾玛问。

他把一只手搭在艾玛背上，把她领到一条板凳，然后走到桌子对面，枪一直对着她。

"没错。"他说。

"这么多帽子还不够吗？"

"我的帽子没用。一向都有这个问题。但是你有魔法，而这个世界缺的就是魔法。"

我明白了，艾玛想，这顶帽子跟那个入口有关系，在他的故事里是这样。

"我被困在这里好几十年了，想方设法，想做出一顶帽子，跟我以前那顶一样——有魔法的帽子，能把我送回童话王国的帽子。你看，我仔细考虑过，这个世界是没有魔法的，可你有魔法，艾玛。也就是说，你能做出有魔法的帽子。"

"我不会做帽子，更别说有魔法的帽子了。"艾玛说。

"试试看吧。"

艾玛看看他。他看起来有毛病。在林子里的时候，他至少表面上是心智健全的，可是现在——怎么，好像有点精神错乱了。艾玛害怕了。为自己，也为玛丽·玛格丽特感到害怕。

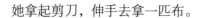

她拿起剪刀，伸手去拿一匹布。

"你其实知道没有魔法这么回事儿，"她说，"是吧？"

"当然，当然，"他说，"在这个世界里，每一个无知的人似乎都能肯定这一点。"他哈哈一笑，"只不过，当有人因为自己的原因，需要奇迹出现的时候，情况就不一样了。我说的对吗？到那时，这个世界的人就太愿意相信魔法了。"

"你为什么老是说'这个世界'呢？"她问，"你不是这个世界的人吗？"

"我当然不是，"他啐了一口，挺生气的，"我是被困在这里的，可我不是这里的人。刚才的故事你没听吗？"

"那你是哪儿的人？"

"我跟这个倒霉镇子里的其他人一样，他们是哪儿的，我就是哪儿的。"他一边说，一边用枪指点着，加强语气，"而且，我还与我的小女儿分离了。"他摇摇头，"魔咒不是对谁都一样的，斯旺小姐。"

艾玛决定顺着他的话说。

"不过，我以为所有人现在都在这里了。"她说，"你女儿不在这儿吗？在这儿的什么地方？在这儿就好了嘛，不是吗？"

"是的，她在这儿。"他沮丧地说，"她不记得我。她在另外一个家庭里生活。她——"

门铃响了。

杰弗逊脖子一扭，朝过道看去。"待在这里。"说完，他大步走出去。艾玛听见他在外面把门锁上了。

她看了看房间四周，知道她必须弄出点动静。这是她的机会，也许是唯一的机会。

Chapter 13 / 制帽人的把戏

★ ★ ★

艾玛听到杰弗逊在门口跟谁说了几分钟。然而，她不能大声叫喊——这样可能会给玛丽·玛格丽特带来危险。

听到奥古斯特摩托车打火的声音，艾玛泄气了。很快，引擎的轰隆声消失了，杰弗逊又进来了。"好险！"他一边嚷嚷着，一边大声笑着。她看着他拍了几下手。"可是化险为夷了。"他说。

暂时而已，她想。

"干活儿吧。"他说，"在你让帽子发挥魔力，送我回家之前，你和你的朋友白雪公主不能走。"

★ ★ ★

于是，艾玛做起帽子来，尽量把轮廓做得跟杰弗逊以前做的帽子一样，感觉做了好几个钟头。她不知道自己在干什么，但是她知道会有机会的，一定的时机，一定的地点。他太情绪化，太神经质，没有足够的理智让绑架成功。她只需要有耐心，不断试探。

几个小时之后，黎明已过，她看到机会了。

杰弗逊离开房间，然后，拿着她夜里看到过的望远镜回来了。他一边在窗前安放望远镜，一边独自咯咯地笑，然后说道："你不相信我，是吗？"

"相信什么？"

"格蕾丝的事儿啊。"他说，他用望远镜瞄着童话镇看，"我要给你看看。"

知道他手里还拿着枪，艾玛放下了剪子。"好吧。"她说着走到窗前。

"她就在那儿，"他说，"你看。"

艾玛看过去。晨光中，她可以透过厨房窗户看到一个小房间，里面有个年轻姑娘坐在桌前，跟父母一起吃早餐。

"你认为这是你女儿？"她问。

"我知道她是。"他说，"在这里，她名叫佩琪。"

艾玛其实认出了这个女孩儿——她见过亨利跟她在学校外面聊天。她的名字确实叫佩琪。

"在你的世界里，她叫格蕾丝吗？"她问。

他怀疑地看着她："你是说，那个你不认为真实的世界？"

艾玛耸耸肩。她现在知道了——相信他，这就是接近他的办法。"我猜，我也无法确定了。"她说，"我知道我很想相信。根据亨利的说法，那个世界里面有个女人是我母亲。我希望这是真的。这还不够吗？我不能肯定，不过，我愿意听你们说。"

他点点头，走到望远镜旁边。他看着窗外说："这么说，你愿意信。我告诉你吧，如果你与自己的孩子骨肉分离，你一定愿意信的。"

艾玛忧伤地笑笑："对此我也略知一二呢。"

她朝桌旁走去，杰弗逊朝窗户又走近一步，双手攥在背后。"所以，你知道吧，有时你必须相信，因为只有信，你才能不疯掉。"

"也许吧。"

艾玛朝望远镜跨了一步。

"那么，你现在明白，为什么我一定要那帽子发挥作用了吧。"他说着，眼睛盯着他"女儿"生活于其中的家。

"明白。"艾玛说，"我明白。"

他还想说点什么，可是没机会了。就在这时，艾玛用望远镜击中了他的脑袋，他失去知觉，瘫倒在地。

艾玛一把拿过枪，径直去找玛丽·玛格丽特。她冲进房间，开始给玛格丽特松绑。"怎么回事儿？"玛格丽特正说着，她比上回遇救的时候更加紧张，"怎么——艾玛，艾玛！"

可惜，警告来得太晚，而杰弗逊动作又太快。他一拳打过来，艾玛身子倒向一边，枪脱手而去。他一边愤怒地吼着，一边把她压在地板上。艾玛伸手抓住唯一能够得着的东西：他的领巾。领巾被扯下来了，她惊恐地看到，一条长长的伤疤环绕着他的脖子。

杰弗逊把艾玛摔在地上，从她头顶伸过手去把枪捡起来。

"砍掉她的头……"杰弗逊说道，脸上露出疯狂的笑容。

他用枪对着艾玛。

艾玛想：这回死定了。

接着，像慢镜头一样，一件东西摆动起来。是玛格丽特，她挣脱了捆绑她的绳索，手里挥舞着一件战锤似的东西。

不，是长柄木槌。

她一槌击中杰弗逊背后，他向前踉跄着，手中的枪掉在地上。等他转过身面对玛格丽特的时候，她已经准备好了。艾玛目瞪口呆地看着，玛格丽特飞脚踢中杰弗逊的胸口，只见杰弗逊飞快朝后倒退，双臂风车似的摇晃着，径直倒向窗户。

玻璃破碎，杰弗逊发出最后一声喊叫，然后，转眼间消失了。

两个女人扑向窗户，朝下看去。

房子坐落在山顶，离地面有很远的距离。艾玛望下去，预计会看到令人毛骨悚然的一幕。

然而，什么都没有。没有尸体。

只有一顶高礼帽。

★ ★ ★

艾玛和玛丽·玛格丽特在外面寻找杰弗逊，哪怕是一点点痕迹。已经是早晨了，太阳慢慢升起，照耀着童话镇。艾玛累极了。

"他是谁？"玛丽·玛格丽特轻声说，她双臂搂着自己，看着远处的童话镇。

"一个孤独的人。"艾玛说，她朝玛格丽特笑笑，"也许更有意思的问题是，你是什么时候成为跆拳道黑带的？"

"我也不知道自己是怎么回事。"她回答道，抬头看着破裂的窗户。然而，她似乎看到了别的什么东西，"艾玛，你看。"

艾玛朝玛丽·玛格丽特指着的方向看去，她的车停在一个车库后面，藏在防水布下面。

"怎么样，警长，"玛格丽特说，"我猜你现在要把我带回去吧？"

艾玛叹口气。

"跑吧。"她说。

"什么？"

"我不会拦着你。"

"跑也无济于事啊。"

"我不能确定法庭传讯能解决什么问题。"艾玛说，"重要的是，你要作出选择。作出选择的是你，不是他们。你是我的朋友，在我的生活中，朋友一直就是我的家人。"她把手搭在玛格丽特的肩上，"我是认真的。我不会抛弃你。"

玛丽·玛格丽特笑了。

她们来到艾玛的车旁，拉开防水布。"人人都以为是我杀了凯瑟琳，"玛格丽特说，"但其实不是我。尽管如此，我还是认为我

Chapter 13 / 制帽人的把戏

们能赢的。我不想逃跑。"

艾玛点点头说："很好的选择。"

她的朋友玛丽·玛格丽特还没有脱离险境，还远着呢，可是，她们驾车往镇子上开的时候，艾玛感觉到一阵新奇的平静。两人都没有说话。玛丽·玛格丽特将额头靠在车窗玻璃上，看着窗外，好像她们是一家人出游，经过长途旅行之后，这会儿正接近终点。艾玛相信朋友，相信她是无辜的，她知道玛格丽特做不出伤害凯瑟琳的事。不管结果好坏，她们俩都会风雨同舟。

"那么，你觉得，"玛丽·玛格丽特说，她没有转头看艾玛，"他是个疯子？"

艾玛想说，当然了。但是，她知道玛格丽特问的不仅仅是这个人的事。艾玛曾经有过一个想法，哪怕是一瞬间，觉得这一切都是真的，亨利的那些故事不是故事，而是历史。她有点渴望这是真的，可是理智告诉她，这样想是在犯傻。不过，这会儿艾玛头一回想到，如果玛丽·玛格丽特相信她有个女儿，有个真正的爱人，有一段经历告诉她生活中有爱，那该多好。可能会非常令人心动呢。

"我是这么想的。"艾玛平静地说。

"是啊，"玛格丽特说着，终于转过头看着艾玛，"我也这么想。"

 Part 3

失 而 复 得

Chapter 14

冤 家 路 窄

他们及时把玛丽·玛格丽特带到法院，之后不久，艾玛心情沉重地又把她关回牢里。情况不太好——法官裁定证据充足，可以进一步作为谋杀案审理。玛丽·玛格丽特保持沉默。现在，她还是要为凯瑟琳谋杀案负责。

　　"咱们俩都累坏了。"艾玛说，"你睡吧。我回家睡去。过几个小时，再来看你。"

　　垂着头的玛格丽特点点头。

　　"别灰心，玛格丽特。"艾玛说，"别灰心。"

　　艾玛慢慢走在中心大街上，经过在杰弗逊宅子里极度刺激、极度兴奋的一夜，她现在脑子里稀里糊涂的，体力也透支了。然而，她不感到疲劳，反而觉得紧张忧虑——她怀疑自己能否睡得着。她在考虑是否去散步，是否回到收费桥那里找新的证据，做些任何能救玛格丽特出狱的事情。不过，看到亨利坐在小餐馆里，喝着那杯早晨上学前的热巧克力，她笑了。她走进餐馆。有时候现实世界真让人受不了。

　　"嘿，孩子，"艾玛说，"真愿意见到你。"

　　"我知道你来干什么。"亨利说，"你是来听故事的。"

　　"也许是吧。"艾玛说，她朝露比点点头，要了杯咖啡。看着亨利在翻书，艾玛回想起与杰弗逊在一起那会儿，他要她接受他的说法，相信这些故事都是真的。她在佯装相信的那一瞬间真的相信了，那种感觉真好。

　　"你有没有想过，"亨利说，"为什么瑞金娜那么恨白雪公主？"

"是啊。"艾玛说,她懒得去纠正亨利,让他用玛丽·玛格丽特的真实姓名。她更加感兴趣的是,问问亨利有关杰弗逊的故事,或者说那个疯癫的制帽人。不过,鼓励他编故事,她做不出来。听他讲故事挺好,可是如果反过来求他讲故事,那她就成了疯妈妈了。

"这是很久很久以前的事了。"亨利指着书上一幅插图说,"要回到瑞金娜还是女孩儿的时候,那时她与一个马童相爱。"

"瑞金娜也知道如何去爱吗?"

"哈哈。"亨利说,但他不是在笑。艾玛想:我对这孩子的感情太不以为意了。毕竟,是瑞金娜把他养大的。事情不像她愿意想象的那么简单。

"那么这马童后来怎么了?"她说,"跟白雪公主有什么关系呢?"

"瑞金娜的妈妈特别特别坏。"亨利说,"而且她有魔法。一开始她是个农民,后来嫁给一个人,是有钱的贵族。她下决心,终有一天要让她女儿当上王后,拥有终极权力。后来,有一天,瑞金娜在外面骑马,一个小姑娘骑着马从她身边疾驰而去,完全失控了。猜猜是谁?"

"嗯……白雪公主?"

"没错!"亨利大声说,"后来瑞金娜救了她,白雪公主的父亲,就是国王,高兴得向瑞金娜求婚。"

"哎呀,"艾玛说,"就是说,马童倒霉了。"

"差不多吧。"亨利说着给她看另一张画:一对年轻人在马舍里,两个人都恐惧地瞪着一个邪恶的女人,"不过,瑞金娜坚决不答应,要跟马童在一起,她妈就当着她的面把马童杀了。"

艾玛皱起眉头。"天哪,"她说,"太可怕了。这本书真的是给孩子看的吗?"

"给所有人看的。"

"可是，我还是不明白为什么瑞金娜要恨白雪公主。"艾玛说，"有什么瓜葛呢？"

"白雪公主无意中把马童的事，告诉了瑞金娜的母亲。"亨利沉重地说，"这就是为什么那个当妈的在马舍里找到他们俩。所以，瑞金娜总是认为，她唯一的真爱是因为白雪公主才最终死去的。"

"这……真让人难过，难以置信。"

"就是嘛。你知道还有什么是更糟糕的吗？"

"什么？"

"瑞金娜没有告诉白雪公主，丹尼尔最后死了。白雪公主永远都不知道，事情会弄得这么糟糕。"

艾玛还有更多的话要说——那么，瑞金娜后来怎么样了呢？接着发生什么事了？可是小餐馆外面的喧闹让她分心了。若干人在人行道上跑着，街对面似乎在聚起一群人。艾玛眯眼看看，站起来对亨利说："先等等，亨利。"她一路小跑出了门，来到街对面。

大概有二十来个人围在一起，艾玛看不见中间是什么。"出什么事儿了？"她说着朝他们走过去，"是什么——"

她突然停住脚步，瞪大眼睛，让眼前的情形惊呆了。

这完全是不可能的。

可是，莫名其妙的，又确实发生了。

凯瑟琳坐在巷子当中，衣衫褴褛，瘦骨嶙峋，浑身上下脏兮兮的，仰着头盯着大家。

她还活着。

没过多久，救护车来了，艾玛让他们把凯瑟琳送去医院。去医院之前，艾玛还要赶紧办一件事。她径直去了警署。

艾玛走进警署，玛丽·玛格丽特还在小床上睡觉，不过艾玛关上门的时候，她醒了过来。"怎么了？"看见艾玛大步走过来，她问道。

"你自由了。"艾玛说，"我要撤销对你的指控。凯瑟琳还活着。"

"她还——什么？"玛丽·玛格丽特坐起来说，她还有点虚弱无力，"你能这么做吗？"

"我也不知道，"艾玛说，"可是，我就准备这么做了。"

"她怎么会活着？"

"她还活着，因为她从来就没有生命危险。"艾玛说，"反正没有真正的危险。"这仅仅是直觉，可是，这种感觉在她脑子里变得越来越清晰。

她打开牢房门，玛格丽特走了出来。"回家，休息一下，把自己收拾干净。我还有一大堆问题，不过有一点是肯定的：你没有杀任何人。"

"可是你早就知道这点了。"玛丽·玛格丽特说。

"是的，"她说，"我早就知道。"

艾玛来到镇子另一边的医院，惠尔医生刚刚给凯瑟琳做完检查。大卫也在那儿，坐在病房外面。他看上去状态很差。

"她怎么样？"艾玛问。

大卫抬起头，朝她点点头。"我想她没事儿吧，我也不清楚。"他说，"这件事……"他没说下去。

"你怎么样？"

"不知道。"他说，"高兴，难过，茫然。她还活着，我真是松了一口气。"

"这是实在话。"艾玛说。

"你——你知不知道玛丽·玛格丽特现在怎么样？"

"她还好。显然，她也松了一口气。但是，我想这件事给她造成了很大的精神创伤。你也能想象。"

"我想跟她聊聊。"大卫说。

"我知道。"艾玛没再多说。

"你说，我该怎么做？"意识到艾玛不会再说下去了，大卫又问。

"也许，在这个时候，最好是什么都别做。"艾玛说。她没有把两个人心照不宣的真相说出来：玛丽·玛格丽特不想见大卫，在他那么轻易就对她失去信心之后。

大卫点点头。

他明白了，艾玛知道。也许他不愿意去想，但是他明白了。

她走进凯瑟琳的病房。

惠尔医生正在跟凯瑟琳说着什么，听了一会儿，艾玛明白了，他正在跟凯瑟琳说他的手表。"……这依然是唯一没有日本配件的瑞士表，比别的表贵，因为——"

这家伙怎么回事儿啊？艾玛想。

意识到艾玛站在病房里，他停下来了。

"斯旺警长，"他朝凯瑟琳做了个手势，"正如你所见到的，她醒了。"

艾玛走到凯瑟琳床边，没理睬他。

"凯瑟琳，我是艾玛·斯旺。"她说，"我们在欢迎大卫回家的聚会上见过。"

"我记得。"凯瑟琳说，"你是警长。跟玛丽·玛格丽特住在一起。"艾玛听出点感情色彩，但不是高兴的色彩。

"没错。"她说，"不过，我对谁都一视同仁。我不想占用你太多时间，但是，如果你能想起来发生了什么事，或者能给我们提供任何帮助……"

凯瑟琳点点头。

"我想不起来其他的了。"她说，"我出了车祸，我记得安全气囊弹出来。等我醒过来，我已经在黑暗中，在某个地下室。我谁也没看见，但是有食物和水。那之后，我也不清楚，我猜我被下药了吧。"

惠尔医生点点头。"我们还在尽量把药从她体内排出。"他说，"不过她是服用了麻醉剂，肯定的。"

"我醒过来，在镇子边上一片地里，然后就开始走。"凯瑟琳说，"我只能告诉你这么多了。"

"你没看见任何人吗？"艾玛问，"没听到声音，闻到什么香水味儿？古龙水？没有任何细节？"

"没有。我希望我能帮上忙，尤其是……我不在的时候，大家都以为我死了？是这样吧？"

艾玛看着惠尔医生。"谁在多嘴多舌？"她说。

惠尔耸耸肩。

我不喜欢这家伙，艾玛想。

"我想她有必要知道。"他说，"她早晚会在报纸上看到有关她心脏的报道，不是吗？"

"对不起，"凯瑟琳问，"我的心脏？"

"你这会儿不用为这些细节操心。"艾玛赶紧说，她不知道如何向她解释，说曾经在一个盒子里发现了她的心脏，"重要的是你现在平安无事了。不过，我们现在可以确切地知道，有人在DNA测试结果上做了手脚。"

"DNA测试结果？"凯瑟琳问，"你在说什么啊？我真的不明白。"

"别担心，"惠尔说，"你的心脏还好好地在应该在的地方呢。警察发现了一个心脏，当时以为是你的。"

真是能说会道，艾玛想。

凯瑟琳被这个细节惊得目瞪口呆，她转头问艾玛："谁会这么做呢？"

"想陷害玛丽·玛格丽特的那个人。"艾玛说，"我们还不知道是谁。"

凯瑟琳摇摇头。"为什么呢？"她说，"为什么有人会去做这样的事呢？"

"不知道。"艾玛说，"暂时还不知道。"

★ ★ ★

那天晚上，祝贺玛丽·玛格丽特获释的聚会上，来了很多人，连奥古斯特也受到了邀请。

艾玛喝着宾治酒，看着奥古斯特与大家应酬攀谈，心里琢磨着这个新近来到镇上的怪人。她猜不透他。

她走过去的时候，亨利和玛丽·玛格丽特正好碰到一块儿。亨利告诉玛格丽特，有一张卡要送给她，是学校里全班孩子送的，卡上写着："您没有杀诺兰太太，我们太高兴了。"

"哎呀，太谢谢你了，亨利。"她坦然接受了孩子们的贺词，"请转告所有人，我很快会回学校的。"

“我还有一个铃铛送给你，”他把一个小盒子递给她，“上课用的。”

艾玛笑了。等她抬起头，发现戈登在望着她。戈登朝房间一个角落点头示意，她走了过去。

她决定跟他把话说清楚。“我不知道你跟瑞金娜在干什么，但是我知道，这件事不像你所假装的那样干净利索。整件事是你们两个搞鬼捏造出来的。我不知你们是怎么做的，或者为什么，可我知道这里面有鬼。”

“你怎么可能会认为，我跟瑞金娜之间达成了任何协议呢？”

“我不知道，”艾玛说，“就说是直觉吧。”

“直觉不是证据，”戈登说，“而你还是警长呢。”

“是不是你让凯瑟琳突然出现的？”

“你这么说，好像我有魔法似的。”戈登说。

“有时你似乎真有。”艾玛说。

“这我就不懂了。”戈登说，“你是不是在说，我既与瑞金娜联手，又跟她对着干？”

“我不知道。”艾玛说，“也许你想通过曲线达到目的。”

“也许吧。”戈登说，“在我这儿，总是很难说的，是吧。”

“是的，难说。”

“让我问一个完全不同的问题。”他说，“你对那个新来的人怎么看？那个奥古斯特？你信得过他吗？”

艾玛朝奥古斯特看去，戈登也看过去。

“我开始信任他了。”

“他的全名是奥古斯特·韦恩·布斯。”戈登说，“显然是个假名。”

艾玛沉默了一会儿，然后说：“作家会用笔名。我不担心奥古

斯特。"

"这么说，你信得过他。"

"我不知道是不是信得过他，"艾玛说，"但是跟对你的信任比起来，我对他的信任要多得多。"

"哦，你应该更加信任我，斯旺女士。"戈登说，"我总是说话算数的。"

"这话你也总是在说。"艾玛说。

"确实，"戈登说，"因为这是实话。"

★ ★ ★

第二天早上，艾玛坐在小餐馆里。从玛丽·玛格丽特获释到现在，她还是第一次有机会静静地享受一杯咖啡。也不知道为什么，她并没有像预想的那样放下心来。没错，她的朋友脱离危险了，凯瑟琳也安全了，但是她看到的太多，也感觉到有很多拐弯抹角的交易，这让她无法感觉童话镇似乎就此"清理完毕"了。别的不说，她现在知道这个地方有多烂。而且，她至少知道，悉尼·格拉斯——《童话镇每日镜报》前编辑，再次在早上八点就喝醉了。他就坐在角落里的位置。

她摇摇头，希望他不要做出什么事，致使她要把他送进监狱。他声称，瑞金娜将他解雇是因为选举的事，可是，艾玛怀疑这不是事情的全部。她能确信的是，悉尼对瑞金娜是一片痴情。她以前也有所怀疑，他深夜酗酒给抓起来的时候，有时胡言乱语地提到"她"，或者"那个女人"。格拉斯从来没有清晰地透露他在说谁，不过，艾玛觉得这已经很明显了，尤其是他那么心甘情愿地做瑞金娜的走狗。两个人似乎闹翻了，但艾玛信不过他，她永远不会相信他。

不幸的是，格拉斯很快也看见艾玛了，没过一会儿，他就踉踉跄跄地走到艾玛的卡座，自顾自坐下来了。

"格拉斯先生，"艾玛说，"这可不是喝醉酒的最佳时机。"

"任何时候都是喝醉的最佳时机。"格拉斯说。他点一下头，似乎在向自己肯定这个看法。

"你有什么事吗？"

"我想向你解释一下，"格拉斯说，"这个镇子有各种各样的秘密。"

"这对我不是什么新闻。"艾玛说，"不过，还是谢谢。"

"我可不能肯定你知道所有秘密，"格拉斯说，"别那么自以为是啊。"

"让我猜猜。"艾玛说，"你准备告诉我更多秘密。"

"可能是一个，"格拉斯说，"一两个吧。我知道你在想什么：瑞金娜在那个女人身上做了手脚，而且我还知道你在想别的什么：戈登也跟这事儿有关系。我没说错吧？"

艾玛没说话，只是盯着他看。

"看来我没说错。"

"我只是很高兴她平安无事，悉尼。"艾玛说着站起来，"我希望你也平安无事。"她在桌子上放下几块钱，格拉斯看着钱，面无表情。

"希望永存。"格拉斯说，眼睛还盯着钱不放，"必须这样。"

"希望挺好，"她说，"但我喜欢证据，还有真相。"

听到这话，他点点头。"还有一件事，斯旺女士。"他说。

"说吧。"

"情况要发生变化了，"他说，"再次发生变化。你会得到真相。但是，你还需要得到另一个信息。"

"我们又在说凯瑟琳吗？"

悉尼摇摇头。"不，"他说，"我们在说万能钥匙。"

艾玛扬起眉毛。

"我在听呢。"她说。

"有一套万能钥匙。"悉尼说，"在瑞金娜手里，能打开这个镇子上所有的门。"

"这太荒谬了。"

"我知道，"他说，"但是荒谬不等于不是真的。"

"你为什么要告诉我？"

悉尼一声叹息，重新看着桌面。"我不知道，斯旺女士。我很矛盾。"

"关于什么？"

"关于很多事情。"他说，"咱们很快会再见面的。"

★ ★ ★

从监狱出来之后，玛丽·玛格丽特几乎没有时间想心事。聚会之后那天，她搞卫生、休息，尽可能理清过去几天所发生的事情。大卫占据着她的心，这是不用说的。他如何那么轻易就背叛了她，他如何总是临阵退缩。多少次了，她对他那么有信心，给了他那么多信任，而他给她的回报是什么？犹豫、疑虑、怀疑。她知道必须跟他谈谈，但不知道是什么时候，或者该说些什么。

然而，大卫让她无法再回避了。一天晚上，他出现在她公寓外面的人行道上。

她在黄昏时分出门，还没关上门，他就走过来了。

见到他，玛丽·玛格丽特几乎没有任何反应。看着他的脸，她觉得内心一片空白。

"走开。"她终于开口说道。

"我必须跟你谈谈。"

"那就说吧。"她不耐烦地说，开始在手提包里掏东西。

"我要向你道歉。"

"没错。"

"我现在懂了。"大卫说，"我没有相信你，而我应该信任你。"

玛丽·玛格丽特吐了口气，停下手来。其实，她想说的话很简单，并非难以启齿。

"我永远不会忘记那一刻。"她说，"你受到所有人的打击，朝后倒去，只有一个人，你以为会在那儿扶住你，可他却不见了。"

"真的对不起。"大卫说。

"你本该信任我。"玛丽·玛格丽特说，"我不管表面的证据如何。"

"我不是神，"他说，"那陷阱做得很好，我犯了大错，我缺乏信念。"

玛格丽特摇摇头，看着大卫身后，看着镇中心的钟楼。"有时候，我觉得有些势力企图将我们俩分开。"

"什么样的势力？"

"我不知道。"她耸耸肩说。是的，她可以说出一些人的名字，但是可能事情不是这么简单？是不是这段感情本来就行不通，她却在上面强加一个故事呢？"我只是知道，每次我们走近了，似乎就会有什么东西毒害我们的关系。我们之间有美好的时刻，我不想这些时刻被令人糟心的时刻所取代。就是那种感觉。"

"但是，玛丽·玛格丽特，"他说，"我——我爱你。"

可是这话没有力量，缺乏应有的感情色彩。

"我知道，"玛格丽特说，"就因为这样，才让人那么伤心难过。"

★ ★ ★

艾玛累坏了。过去几天里，她一直隐隐约约觉得将要看透什么——极为接近真相，可让人沮丧的是，就是无法看清。那颗装在盒子里的心脏，已经完全无法闹明白了，除非是一个解释：瑞金娜。艾玛不明白动机，也不清楚手段是什么，可是她了解这个人。

瑞金娜走进警署的时候，大概是四点钟。艾玛见到她有些意外，而她的话更加出乎意料："你的案子马上会出现重大突破，但是在此之前，我想让你明白整件事的来龙去脉。"

"赶紧说，我都等不及了呢。"

瑞金娜点点头。艾玛无法相信，跟这个女人斗了这么多个月，现在她站在这里，来自首了。她不信，不过，这不等于她不开心。

"悉尼，"瑞金娜转向门口，喊了一声，"你现在可以进来了。"

看着悉尼·格拉斯低头走进来，艾玛的好心情变成了困惑。瑞金娜伸出手臂等着他，好像她是带着儿子到邻居家道歉的母亲。

"来吧，悉尼，"瑞金娜对他说，"把你告诉我的，再跟警长说一遍吧。"

悉尼怯懦地抬起眼。

这到底是怎么回事儿啊？艾玛想。

"是我干的。"悉尼说。

艾玛等着听下文。

她看看瑞金娜，又回头看看悉尼。"你干什么了？"她问。

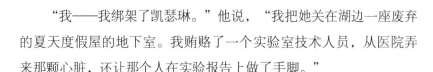

"我——我绑架了凯瑟琳。"他说，"我把她关在湖边一座废弃的夏天度假屋的地下室。我贿赂了一个实验室技术人员，从医院弄来那颗心脏，还让那个人在实验报告上做了手脚。"

艾玛惊呆了。她无话可说。

"还有另一件事呢。"瑞金娜再次提醒他。

"我从瑞金娜那里借了万能钥匙，把刀子栽赃在你们公寓里。"

"我的钥匙，"瑞金娜摇摇头说，"听到这些，我不能不感到受到了侵害。"

艾玛终于说出话来了。"你想让我相信，这是你干的……有什么理由呢？"这不可能是真的。她回想起那天早上在餐馆里见到悉尼。这两人之间一定有什么鬼，也许是没有回报的爱情，或者金钱方面的安排，或者别的什么，反正是有鬼。

"我本来打算做把她救出来的那个人，"他语调平淡地说，"那样我就会有一个大新闻，能够借此返回报社。甚至写本小说，改编成电影。"他耸耸肩。她是不是在他脸上看到一丝笑容呢？"这是我成名的途径，我想。真是愚蠢。这是——我知道这听起来很疯狂。"

"哦，我倒不知道是不是疯狂。"艾玛说，"假的。我听着就觉得是假的。"

"我有去那座房子的地图。下了楼，在地下室，你会找到锁链和别的东西。很多指纹，到处都是证据。"泪水在他眼眶里打转。但艾玛觉得是……假的。

"我能跟你说两句吗？"艾玛对瑞金娜说，然后站起来说，"悉尼，你待在这里。"

艾玛走出办公室，瑞金娜跟在后面。关上门之后，她转身面对镇长，双臂抱在胸前说："我还从来没听过这么一大堆扯淡的话。"

"我相信你这话不对。"瑞金娜说。

"那个可怜的家伙。我知道你在背后搞鬼,我明白这个游戏是你做主,他也由你做主,这里有你在幕后操纵的制度。可是,我准备玩一个完全不同的游戏,瑞金娜。而且,这是个你会输的游戏。"

瑞金娜开口要回应,可是艾玛给惹火了,她打断了瑞金娜。

"我所关心的只是我的孩子,瑞金娜。仅此而已。我不管你会怎么样,我也不管我会怎样。你是个精神变态的人。你过去企图夺走我所爱的人,现在,我要夺走你所爱的人。"

瑞金娜倒退一步。艾玛心满意足地发现,瑞金娜明白了,明白她说的是什么。瑞金娜抬起手,抓住脖子上挂着的吊坠,拧起来。她害怕了,艾玛想。

"我要夺回我的儿子,瑞金娜。"艾玛说,"你挡不住我。"

Chapter 15

新来的陌生人

这天是玛丽·玛格丽特回去上班的日子。奥古斯特一大早就来了，要在她们公寓的门上装一个看起来挺吓人的新锁。艾玛感到有些意外，显然是亨利建议这样做的，他们俩最近常在一起混。奥古斯特进入这个镇子有点神秘，而且现在艾玛一说话，他就朝她咧嘴笑。不过无论如何，艾玛还是觉得他越来越讨人喜欢了。她也觉得有个结实点的锁，不是什么坏事。被人用那把刀栽赃的事儿，还压在她心上呢。

　　下一步——跟瑞金娜正面冲突之后，艾玛昨天夜里已经下了决心——要雇戈登对瑞金娜提起监护权诉讼。随着凯瑟琳失踪案的结案，艾玛把事情看得更加清晰一点了。她在这里是为了亨利，为了好好培养他长大。亨利住在瑞金娜家里，这已经不再合情合理了。那个女人是邪恶的，只能这样说。

　　"你准备好了吗？"玛丽·玛格丽特问，"我是说照顾他，如果你赢了？"

　　艾玛看着她，没有回答，而是朝门那边看去。

　　"看起来好像更合适用在一个城堡。"奥古斯特眼看要把锁安装好了，艾玛看着巨大的锁说道。他自豪地看看门，然后点点头。

　　"谁也别想进这个地方。"他说。

　　就在这时，艾玛的对讲机里传来亨利刺耳的声音。"红色警戒，红色警戒！眼镜蛇行动紧急呼叫！"他大声叫道。

　　"怎么啦？"艾玛对着对讲机说。

　　"警长办公室见！"亨利喊道。

　　艾玛扬起眉毛，看着玛丽·玛格丽特。"有任务。"她说，

"祝你好运。"

奥古斯特跟艾玛一起走了。来到外面，他问艾玛，跟她一起去警署行不行。艾玛步履匆匆地在人行道走着，她古怪地看他一眼，问："为什么？"

"我以为你一点都不相信什么眼镜蛇行动。"他一边说，一边使劲跟上她的步伐。脚跛得更厉害了。她已经见过几次，也不知道他是怎么回事。

"我不信。"她说，"但这是跟亨利沟通的一个途径。"

奥古斯特点点头。"与瑞金娜的监护权之争不会解决任何问题的，你应该知道吧？"他说。

"你来是装锁的，不是来提出忠告的。"

"你要纵观全局，艾玛。"他说，"只有这样你才能明白，在跟瑞金娜打交道的时候，面对的是什么。"

"是吗，新来的？怎么会这样？"

"这事儿是说不清的。"他说，"今天别上班了，我带你去看。"

"你要干什么呢？"她问，"带我去神秘魔幻游吗？"

"不是。"他说，"不是那么回事儿。但是，我想请你凭借信心行事。"

"是吗？我们又要去喝点井水吗？"

"不。这次是严肃的。一件重要的事情。"

艾玛停下脚步，他也停下来了。

"你是什么人？"她问，"说真的？"

"只是一个关心镇子的居民。"

"没错，奥古斯特，没错。"

剩下的路上，他们没有说话。艾玛已经不想听他神秘莫测的议论了，她宁愿他坦白交代，把他知道的告诉她，因为他确实知道些什么。可是，这会儿话已经说得枯燥乏味了。

到了警长办公室，他们看到亨利坐在艾玛的桌前，正在仔细研究摆在面前的那本书。

"什么紧急情况啊？"艾玛对亨利说。

"书里面有个新的故事！"他嚷道。

艾玛走过去看看，说："怎么可能？"

"肯定是这本书丢了的那会儿，有人加进去的。"亨利说，"我也不知道。也许有人试图告诉我们更多有关魔咒的事。"

"那个新故事是关于什么的？"艾玛问。

亨利看看奥古斯特，然后又看着书。"木偶匹诺曹。"他说，"是关于匹诺曹的，但是没写完。"

"来吧，亨利。"艾玛说，"我陪你去学校。"她看了奥古斯特一眼，示意你该走了，然后帮亨利收拾好东西，"你可以在路上说给我听。"

★ ★ ★

"奥古斯特就是匹诺曹，"亨利说，"你不觉得这太明显了吗？"

"嗯，"艾玛说，"不觉得。"

"你说他为什么跛着脚走路呢？"

"因为腿疼？"

"不是的。"亨利摇摇头说，"那是因为他正在变回木头。因为他现在被困在一个没有魔法的世界。"

艾玛点点头。"没错。我们是在一个没有魔法的国度。"

"对啊，"亨利说，"所以他就遇到麻烦了。"

他讲了匹诺曹故事的大概情节，艾玛觉得听起来很熟悉——牵线木偶、木偶匠人葛派特、鲸鱼，等等——直到亨利讲到衣柜的故事：蓝仙女让葛派特设计一个有魔法的，像门一样的衣柜，躲避巫后的魔咒。

"等等，"艾玛说，"这个故事与其他故事连在一起吗？"

"当然了，都连在一起的。"亨利说，"他们要葛派特帮忙做那个衣柜，拯救你，拯救白雪公主，保护你们不中魔咒。可是，葛派特在放你进去之前，悄悄把匹诺曹塞了进去，让他也能到达安全的地方。他让匹诺曹保证，好好照顾你。"

"我明白了。"艾玛说，"只有小宝宝艾玛和小宝宝匹诺曹。"

"我想他比你大一点吧。"

艾玛叹口气。"当然了，孩子，"她拍拍亨利的肩膀说，"我留意到他有几缕白头发呢。你说得对。"

★ ★ ★

艾玛把亨利带到学校，朝玛丽·玛格丽特笑笑，回去上班了。玛丽·玛格丽特也对艾玛笑笑，等她走了，她问亨利："你跟艾玛一路走过来，开心吗？"

"她从来不相信我讲的任何故事。"他说，"不过，还是挺开心。"

玛丽·玛格丽特点点头，想着跟亨利说点什么，能让他别老是想着那本书。是她把书给他的，她为此感到内疚，不过，他也从中得到了许多乐趣。她不清楚，有了这本书，对亨利是好还是不好。

"噢，糟糕，"亨利说，他在背包里翻来翻去，然后抬头看着玛丽·玛格丽特，"我把午饭忘在家里了。"

这下可好，玛格丽特想。

"没关系，"她说，"还有十五分钟才上课。我让办公室的人给你妈打电话。"她让亨利进去，自己在外面等，一面想象着能跟瑞金娜说的气话。

几分钟之后，第一遍铃声还没响，镇长朝学校走来。玛丽·玛格丽特看着她走过来。

"你又回来上课了。"瑞金娜对她说。

"是啊，"她说，"没想到吧。"

瑞金娜没作出反应，打量了玛格丽特一会儿，她说："布兰切特小姐，有什么问题吗？"

"没什么问题了。"她说，"尽管有人费尽心机，弄得好像我干了什么可怕的事儿，可他们失败了。"她冷冷一笑，"所以，我挺好。"

"你在暗示什么吗？"

"没错，"玛丽·玛格丽特说，"但是我原谅你。即便是你不能承认你做过的事——我还是原谅你。"她摇摇头，瑞金娜无情的目光让她恼火，"如果你唯一的快乐来自于毁灭所有其他人的幸福，那么你的生活一定是充满了无法排解的孤独。这真是悲哀，米尔斯镇长，因为不管你怎么想，这样不会让你幸福的，只能在你心里留下一个巨大的空洞。"

玛丽·玛格丽特觉得她在瑞金娜的眼神里看见了什么，一闪而过，很快就消失了。

"祝你愉快，布兰切特小姐。"瑞金娜终于说道，"我相信，我们很快会再见的。"

学校铃声响起，瑞金娜走了。

艾玛离开学校就直接去了戈登先生的当铺，她决心把争取亨利抚养权的计划进行下去，彻底了结这件事。她非常害怕这件事会扰乱孩子的生活，她也知道瑞金娜会顽强反抗。但是，也许瑞金娜无意中让她看穿了她的外表，有那么一会儿，露出了本色，总之，她头天晚上的表现让艾玛觉得不能再拖延了。她知道镇上有一个律师能打败瑞金娜，尽管她并不信任他，可她也没有更多的选择。

当铺里，戈登先生在他的桌前看文件。看见艾玛进来，他打了个招呼："啊，斯旺女士。"

"我必须把他救出来，戈登。"艾玛说，"我必须让亨利离开瑞金娜。"

他若有所思地点点头。

"我必须承认，"他说，"你的用意很好。目睹她对玛丽·玛格丽特的所作所为之后，剥夺她对亨利的监护权，确实像是最好的做法。"他兀自点点头，又接着说，"然而，我不能接这个案子。"

他这话出乎艾玛的预料。

"你怎么能这么说呢？"她说，"你知道瑞金娜都干了些什么。"

"是的，可我们无法证实。"他说，"很抱歉，斯旺女士，但是我已经决定了。现在请允许我失陪，我正要出门。"

艾玛将一只手放在他桌面上，"改变主意吧。"她说。

"我知道如何选择战场，"他回答道，"这不是我们能赢的。"

"你为什么突然那么害怕她？"

"我不是害怕了。恐怕这一次，我不是那个能够帮助你打败瑞金娜的人。"

艾玛气坏了，但是戈登总是这样的——总是有点诡计。他的笑容

让艾玛意识到，他在暗示，有别人能帮忙。也许是更加合适的人。

接着，她恍然大悟。

"我猜你确实不是。"她说。

★ ★ ★

艾玛直接去了家庭旅馆，朝老奶奶要了房号，然后就使劲敲打奥古斯特的门。她听到里面有些动静，不一会儿，他把门打开了。艾玛第一个想法是：他看起来真憔悴。

"慢点儿，慢点儿，"他说，"一切都好吧？"

"不。"她说，"不好。我几乎没辙了。"

"几乎？"他歪着脑袋看着她。

"你说过，如果我想打败瑞金娜，必须要纵观全局。你还记得吗？"

他点点头。

"那好，我需要纵观全局了。给我看看吧。"

听到这话，奥古斯特脸上绽开笑容。"好啊，"他说，"我会的。"

他们骑上他的摩托车，很快就疾驰在离开童话镇的路上。艾玛抱着他的腰，头上戴着头盔，靠在他的皮夹克上。他们出了镇子边界，朝州际公路驶去，艾玛意识到，自从跟亨利一起来到镇上，她这是第一次离开童话镇。她的世界怎么可能就这样被颠覆了？她的世界怎么会变得完全不同了？艾玛心里闪过亨利有关离开童话镇的警告，但是她不相信他的说法。她不知道他们是往哪儿去，可是奥古斯特显然胸有成竹。十五分钟之后，他们以80英里的时速缓缓地朝波士顿方向开去，奥古斯特十分熟练地在车辆中间穿行着。这个人是怎么一回事？他掌握一些情况，她知道他一定掌握什么情况。

具体是什么，她很快就会知道。

★ ★ ★

奥古斯特驾着摩托车，没多久，他们就来到波士顿郊外。

奥古斯特开上一条被人遗忘的路，很快，他们又来到树林子里，依然远离波士顿城区。走近路边一个布满灰尘的旧餐馆的时候，他放慢了速度。艾玛都看不出来餐馆是否还在营业。

奥古斯特停下来，艾玛下了摩托车，摘下头盔。"搞什么鬼，"她看着餐馆说，"我们这是干什么？"

"故地重游。"

"拜托了，你能不能别瞎胡闹？"她问道，"我不是你某本书里的人物。告诉我，我们在这里干什么。"

"我以为你会知道的。"他说，"我以为你知道才会这么心烦意乱。"他朝餐馆点点头，"你来过这里的。"

艾玛眯眼看看餐馆，尽量回想着，过去几年里她什么时候来过这里。奥古斯特观察了她一会儿，然后伸手从夹克里掏出一张折叠起来的剪报。

文章标题是《七岁男孩在公路边捡到女婴》。

"看到照片背景里的餐馆了吧？"奥古斯特问，"就是这间。那个男孩就是把你带到这儿来的。"

她又看看餐馆，其实不用看，她知道和照片上是一样的。他说的是真的。

"你带我到当年被发现的地方。"艾玛用戒备的语气说，"这没什么大不了的。为什么呢？"

"这也是我的故事。你的和我的——是同一个故事。"

"此话怎讲？"

"找到你的那个七岁男孩，"他又点点头，"就是我，艾玛。"他指着照片上的男孩，"那就是我。"

★ ★ ★

奥古斯特带着艾玛在林子里走着，她一言不发地跟在后面。来到这个地方，让她想起父母曾选择遗弃她。她被抛弃了，像垃圾一样被扔掉了，而这么做的人是本应该照顾她的人。她一边走着，心里一边涌起过去曾经有过的怒气，多少年来，她费了多少工夫抑制这股怒气。

"我们为什么到林子里来？"她问奥古斯特，她主要想借此分分心，抑制住激荡的心潮。

"答案都在这里。"他说，"就在我找到你的地方。"

艾玛停住脚步。过了一会儿，奥古斯特回头瞧瞧，看见她不走了，就转过身来。他伸出手，用一棵树干撑住自己。

"你不是那个男孩。"艾玛说，"你知道我是怎么知道的？我不是在树林里被发现的，我是在路边被发现的。在那个餐馆附近。"

"你为什么会这么想呢？"奥古斯特问道，"是因为你在报纸上看到的？你有没有想过，也许那个七岁的男孩撒谎了，没把找到你的地方说出来？"

"我想到的是，你一直在对我撒谎。"她说，"一切都是谎言。可我一直听信你的谎言，因为我感情上有脆弱之处，而你是知道这点的。"她摇摇头，不管这个地方让她多难受，她不会在他面前哭出来，"我听够了。"

奥古斯特痛苦地朝她走近一步。"我发现你的时候，"他说，"你裹在一张毯子里。是白毯子，边上镶着紫色的丝带。毯子一端上绣着你的名字'艾玛'。"

"这个细节不在那篇文章里，是吗？"奥古斯特问道。

艾玛对自己说，他也许找到那张毯子了，他也许在公寓里见到的。

"没错，"艾玛说，"但这还是没有说服力。当初，那么多年以前，你为什么要撒谎，不把找到我的地方说出来呢？"

"为了保护你。"他直截了当地说。

"保护我？"她说，"为了防备什么呢？"

奥古斯特深吸一口气，回头跨过林间小道，走到一株大树跟前。这棵树跟周围其他树没什么区别，至少是一眼看上去没区别。艾玛看着他走过去，等他走到那里，她可以看见树是空心的。

"没有人可以知道你实际上是从哪里来的。"奥古斯特说。

"我来自一棵树吗？"

"你知道亨利那本书里的故事吧？你知道那些故事里的魔咒，还有你在其中的角色。我没说错吧。那是真的，艾玛。"奥古斯特说，"一切都是真的。咱们俩是从这棵树穿越到这个世界的，正如咱们俩是借助一个衣柜离开另外那个世界的。"

"我懂了。"艾玛说，"你是匹诺曹。难怪你那么会撒谎。"她点点头，"是你把那个新故事添加到书里的，不是吗？"她问道，"而且，我还真明白了，原先那本书丢失以后，就是你把整本书替换了。"她摇摇头，"你真是个疯子。"

"我要让你知道真相。"

"真相是，你脑子出了毛病。而且，你连谎话都编不圆，奥古斯特。为什么不给故事写个结局？"

"因为这，"他说着张开双臂，"这就是结局。我们正在书写结局，此时此刻，你和我。"

"是怎么样的结局？"艾玛问。

"以你相信我而告终。"他带着恳求的语气说。

以相信告终，艾玛想，要不然就以这家伙砍掉我的脑袋，把我埋在这里告终。

"这样的事不会发生的，奥古斯特，"她说，"拉倒吧。"

"你就——就信我吧。"他说。他越来越沮丧，艾玛真不愿意看到他这个样子。"摸摸这棵树。你所要的证据会展现在你眼前的。就摸一下，有多难呢？"

"你为什么要这样做？"艾玛说，"为什么你那么在意，一定要我看到你想我看见的真相？"

奥古斯特点点头，看着地上。"因为我答应过父亲，说我会保护你。"他说，"在我们穿越到另外一边的时候。"他深吸一口气，重新看着她，她惊讶地看见他眼里含着泪水，"但是我辜负了你。我丢下了你。"

"你在说什么呢？"

"我把你留在了寄养家庭。"他说，"我答应过要跟你在一起，然而我离开了你。"

艾玛不知道为什么，她无法解释，可是，这话让她也热泪盈眶。她使劲忍住眼泪。

"真对不起，艾玛，"他说，"我——我跑掉了。我不喜欢寄养家庭的生活。我害怕。可是，我本来应该跟你在一起的。"

艾玛不知说什么好，于是，她看着那棵空心的树。

"难道不值得试一下吗？迁就一下我。大胆尝试一下。摸摸那棵树吧。"

艾玛又看了一眼树。其实很简单。她有些希望这是真的。她希望如此，没有比这更大的愿望了。

她朝那棵树走了几步，最后看一眼奥古斯特之后，她伸出手，

童话镇

摸着树。

她闭上眼睛。

等待着。

什么都没有发生。

几秒钟之后，艾玛睁开眼睛。奥古斯特迫切地等待着。"你看见了吗？"他问道，"你想起来了吗？"

不管他在想什么，艾玛意识到，他不是在撒谎。他是信的，所有这一切。

"你看见什么了？"他问。

"什么都没有。"她说。

"不可能。"他说着，走到树跟前，也用手摸着树，"你本来应该想起来的，你本来应该相信的。"

艾玛觉得那些让她软弱的情感消失了，她又恢复了以前那种坚强不屈的个性。她的目光强硬起来，她的肩膀绷直了。"我没有。"她说着，转身离开那棵树。她开始朝餐馆走去。不过，她还有一个想法，于是，她转过身去。

"你想我得到答案，"她说，"告诉你，我刚才得到答案了。结束了，奥古斯特。我跟你，跟童话镇，跟所有这一切，结束了。"

他跟在她身后，她能听到他在灌木丛中跌跌撞撞，使劲想跟上她。"艾玛，等等。"他说，"你不明白。事情本来不应该是这样的——"

话还没说完，就听到他倒下的声音，他叫了一声，艾玛转头看去。奥古斯特躺在地上，痛苦地抱着腿。他咬紧牙，看着她。

"你的腿怎么了？"她面无表情地问。

"我本来应该保护你，"他说，"我本来应该为你而坚强。但是我没有。对此，我感到抱歉。"

"你到底在说什么鬼话？"艾玛问，"你还以为你是我的保护人匹诺曹吗？"

听到她的嘲讽，他摇摇头，然后靠在一棵树上，垂头丧气。谢天谢地，艾玛想，也许我们现在能走了。

"你不相信。"他说。

"如果你以为现在让我为你难过会改变什么，那你就错了。"

"我不是在瞎胡闹。不管你是否相信——这是真的，艾玛。我病了，我快死了。"他喘了几口气，目光有些呆滞，"你有没有去过泰国的普吉岛？"

"跟这有什么关系啊？"艾玛问。

"美丽的地方，"他说，"令人惊叹的海岛。身心放松的胜地，你知道吗？"他挠挠胡子。"我就在那里……当，当你决定留在童话镇的时候。"

"我决定留下来，你是怎么知道的，或者说你怎么会知道？"

"因为那天早上八点十五分，我腿上一阵剧痛，把我弄醒了。在童话镇，那是晚上八点十五分。听起来是不是有点耳熟？"

艾玛等着，她不知道话会说到哪儿，但是她已经准备好，不管他说什么，她都不相信。

"那就是你决定留下来的时刻，是镇子上时间开始重新流动的时刻。我本来应该跟你在一起，但是我没有。因为我当时离你有半个世界那么远，我被十分痛苦地警醒，我偏离得太远了。"说着，他慢慢地站起来，然后弯下腰，用手够到裤脚，"如果树不能让你相信，艾玛，也许这个能吧。"

他拉起裤脚，让艾玛看他长满汗毛的白白的小腿。

"你还准备否认吗？"

“我看见的只是你的腿。”艾玛说。

奥古斯特低头看去，眼睛睁得大大的。“你看不见吗？”他大声说，“你没看见我正在变回木头吗？”

证实了。这人是个疯子。那么，她又是什么呢？她跟他一起待在这里，她曾经伸手摸那棵树，希望能看见什么。愿意相信。可是，愿意相信从来不会带来什么好的结果，只能意味着你忽略了真相。

“你说得不对。”她说，“但是不管怎么说，你为什么觉得我的相信是那么重要的呢？”

“因为，这个镇子——所有人——需要你，艾玛。你有责任拯救我们。”

“我的责任？你在告诉我，我要对所有人的幸福负责任？真是胡说八道。我没有自找麻烦，我也不想要这个责任。”

“你现在不想。不久之前，你还不想要亨利呢。然后他找到你，现在你为了他，要跟人家争个你死我活。”

“为了他，是的。因为这是说得通的。他是我儿子。我也只能顾得上我儿子。就这，我还没做好呢。现在，你想我拯救其他所有人？”

奥古斯特瞪着她，没说话。

“带我回去吧。”她说，“够了。”

★ ★ ★

回到童话镇，天已经黑了。奥古斯特在她的住处把她放下来，艾玛连再见都没跟他说。想了一会儿，她干脆行李也不收拾了。有车，有车钥匙，有身上穿着的衣服，她还需要什么呢？

艾玛开车来到瑞金娜宅子跟前，停在外面的街上，然后从杂物箱里拿出对讲机。“红色警报，”她轻声说道，她吸一口气，又说一遍，这回声音大了一点：“红色警报，亨利。”

"艾玛！"亨利喊道，"出什么事儿了？"

他房间的灯开着，她抬头看着那扇窗户，笑了。她想象着他躺在床上，为眼镜蛇行动要展开下一步行动而激动不已。她想做的事情有点难度。

"我要跟你聊聊，"她说，"我就在外面。"

片刻，她看见亨利的脸出现在窗口。"是关于你和我的。"她说，"你能下来吗？"

"肯定的。"

他下来了。上车之后，他们俩静静地坐了一会儿。

"亨利，"艾玛终于开口了，"你有没有想过，是什么让我们待在这里不走呢？"

"魔咒。"他想都没想就说，"所有人都是因为魔咒而待在这儿的。"

她伤感地摇摇头："你曾经跟我说，我是不同的，我可以走。"

他点点头。

"那么，你不也是不同的吗？"她问道，"因为你是我的孩子呀？"

"是啊，"他说，"怎么了？"

"那好，我有事要问你，"她说，"行吗？"

他等着。

"你想离开瑞金娜吗？想跟我一起生活吗？"

亨利脸上笑开了花。"特别想。"他说。

这就对了，艾玛想。这事儿感觉还是对的。

"很好。"艾玛说，"那就扣上安全带吧。"

"为什么啊？我们上哪儿去？"

艾玛启动了车。"我们离开童话镇。"

 Chapter 16

血红的苹果

事情来得很快——白雪关于王子的记忆被删除了，她一心要找到巫后，把她杀了，一了百了；接着，王子终于将她唤醒，让她头脑清晰，看到心中的爱，可是没过一会儿，乔治的士兵又把王子抓去了。好像他们俩命中注定不能在一起，各种势力合谋，要把他们分开。他刚刚找到她，她就又失去了他。她不能让这样的事情再次发生。

她有一支部队。

这回，她要找到他。

诚然，她这支部队非同寻常。她有七个小矮人，小红帽和老奶奶，还有吉明尼。他们一路奔波赶到乔治国王的城堡，为的就是把王子救出来。这会儿，他们埋伏在离城堡入口三百码开外的地方，做着最后的准备。白雪再次用小望远镜仔细观察城堡入口，然后背靠在石头墙上，他们都集中在石墙后面。

"每道城垛有五六个士兵。"她说。

"我们需要空中援助。"老奶奶说。

"空中？""不高兴"说，"我正好认识能帮助我们的人。有人欠我一个人情。"

白雪还没来得及问他是怎么回事儿，就听到附近的树林中传来窸窸窣窣的声音，小矮人们和白雪都拔出武器。看到是小红帽从森林里走出来，他们都很高兴。"别射击，"小红帽说，"是我。"白雪看见她嘴边有一缕干了的血迹，决定最好还是别问那是谁的血。

"情况怎么样？"她问。

"你的王子依然活着，"小红帽说，"而且王后也在这儿。"

听到消息，白雪十分高兴，但是对王后的现身却有所担心。攻打由乔治国王的人守卫的城堡已经够困难了，王后和她的魔法，让这件事难上加难。

"这是个圈套。"老奶奶说。

白雪神色凝重地点点头。

"我们现在没有退路。"她想象着王子被锁在城堡里，任凭两个极其凶残的人摆布。"可是，如果你们谁想回去的话，我也能理解。"她说，"我不能要求你们所有人冒生命危险。"

她挨个儿地看着小矮人们，又看看老奶奶和小红帽。他们都没动。

"那就这样吧，"她说，"我们没有时间了。"她转向"不高兴"，"你那个空中支援会很有用。"

他笑了。"我有没有跟你说过？有一回我爱上了一个仙女，我们策划一起远走高飞。嘿，天哪，"他说，"真是别有天地。"他朝朋友们点点头，说了声，"我们马上就回来"，然后，匆匆而去，消失在丛林中。

"你觉得王后为什么要这么做？"小红帽问白雪。她背靠石墙，在白雪身边坐下。

"因为我小时候犯的一个错误。"白雪说，"我父亲准备娶她为妻，可是她爱着另外一个人。一个叫丹尼尔的马童。"

"后来呢？"小红帽问。

"他们秘密相爱，可是被我发现了。"白雪说，"我失信于她，没有保守秘密。就因为这样……"白雪叹了一口气，"丹尼尔不得不逃走，他们相爱的机会就这样毁了。"

"他离开她了？"

白雪难过地点点头："她再也没有见到他。"

"巫后还会在乎爱情，这我以前还从来没有想到过。"小红帽说。

"她曾经在乎过，"白雪说，"而我毁了她得到幸福的机会。现在她想毁掉我的机会。"

★ ★ ★

艾玛和亨利驾着车快速穿过镇子，快到童话镇边上的时候，亨利才开口说话。"我不想走。"他说，"我的东西——我的东西怎么办？"他看看车后座，只见艾玛的小包，"你就这么多东西吗？"

"我只需要这么多。"艾玛点点头，"我们必须离开这里，离开她。"

"不行，不行。"亨利摇着头说，"停车。"

她从来没听过亨利这样说话。他很容易激动，这没错，可是现在他听起来害怕了。艾玛不能肯定她这样做有没有错。

"你必须留在童话镇，"他说，"因为那个魔咒，你必须破解魔咒。"

艾玛摇摇头，知道他快哭出来了。

"不，我无须那样做。"她说，"我要做的是帮助你。这是两码事。"

"可是，你是个英雄啊！"他嚷起来，"你不能逃走！你应该去帮助所有人。"

艾玛想到奥古斯特在树林子里说的话，他的观点跟亨利如出一辙：先天下之忧而忧。可是，艾玛过去从来不是这样生活的，她也不准备在这个时候改弦更张。

"听我说，孩子。"她说，"我知道，要你懂得这点不容易，但是我这么做是为了你好。这就是你带我来童话镇的时候所想的，而我正在这么做。"

"我想你为我们所有人好，"亨利说，他几乎是在与她的想法进行争论，"我以为你相信了。我以为你开始明白了。"

"亨利——"

"你没有吗？"

"我不知道我原来在干什么，但是现在我看得很清楚。问题出在我们所在之处。这个地方，童话镇。"

"可是，魔咒呢，"他摇着头说，"让故事重新有个圆满的结局，你是唯一的机会了……"

她无言以对，也就不费心去安慰他了。他最终会懂的。她神色凝重地看着童话镇边缘的标记离得越来越近，第一次想到他们在波士顿的生活会是什么样子。他们可以——

"亨利！"她大叫一声。

转瞬间，亨利把手伸过来，使劲把方向盘推向一边，艾玛费劲力气，才没让车失控打滚。她校正方向，踩刹车，再把方向盘打回来，纠正车子朝右边倒去的动力。车子打着旋，但是没有翻车，最后横在路面停住了。

她看着亨利。"你想什么呢？"她说，"你差点把咱们俩都弄死！"

但是，她心一软，不再说了。亨利垂头丧气，泪水在眼眶里打转，鼻孔里冒着鼻涕泡，断断续续地说："……我们不能走……求求你……求你不要强迫我……一切都在这里……你的父母……我……你的家庭……我们不能走。别让我走。"他低下头，艾玛伸出手，把他拉到自己身边。这样不行，这样行不通，她必须找到别的出路。

"好了，"她说，"对不起。咱们不走了。"她摇摇头，"对不起。"

★ ★ ★

过了一会儿，等亨利镇静下来，艾玛调转车头，开回童话镇。她在瑞金娜家门口放下亨利，在外面开车转了好久，回到公寓的时候，已经是第二天早上。在公寓里，她看到正在厨房做早餐的玛丽·玛格丽特。

"我以为你走了呢。"见她进来，玛格丽特说道。

这下可好，艾玛想，现在她也恼了。

"玛丽·玛格丽特——"艾玛刚开口就被打断了。

"不过，也难说，既然你不屑于说再见。"她原来看着烤面包机，这会儿抬起头来，朝艾玛走了一步，火气越来越大，"你还记得我走的时候吗？我逃跑的时候？你是怎么跟我说的？我们要相互支持，我们就像一家人？"

"是的，"艾玛说，"对不起。我不应该走。"

"没错，你不应该走。经历了那么多，你为什么撒手就走呢？"

艾玛一声叹息。"我再也不想做警长了。我不想大家依赖我。我不想这样。"她摇摇头，自从来到这里，她的失败感从来没有这么强烈。

"亨利怎么办？"玛丽·玛格丽特问。

"我——我试图把他带走。"

"你劫持了他？"

艾玛从来没见过玛格丽特这么生气。而且，面对她的指控，艾玛也无法辩解。

"我是为了他好。"

"逃亡生活对他好吗？听起来像是为你好吧，艾玛。我还以为你变了呢。"

"是你想错了。"艾玛说。

"嗯，不管怎么说吧，"玛格丽特说，"为了他，你现在必须作出正确的选择。"

"那是什么呢？"

"我不知道。你是他母亲，"她气愤地瞪了艾玛一眼，"自己弄明白吧。"

★ ★ ★

白雪用小望远镜观察着城墙，直到听到一声信号：刺耳的狼嗥。时间到了，该开始行动了。

她转身对"不高兴"说："动手。"

他点点头，白雪看着"开心果"用浸透羊毛脂的破布把箭头裹上，"不高兴"点燃破布，"开心果"弯弓射箭，燃烧的箭头飞向夜空。

这是行动信号。

"冲啊！"白雪喊道。她与小矮人们，还有老奶奶和吉明尼朝城墙冲去。

就在他们往前冲的时候，白雪听到来自"空中支援"的第一阵轰炸：蓝仙女与一群伙伴从空中黑压压地飞下来，朝城堡和卫兵投下密密麻麻的五彩火球。

"快跑，快跑！"白雪喊道。很快，他们就来到城堡墙下。城墙上面，士兵们都忙着应付仙女的进攻。白雪朝老奶奶点头示意，老奶奶朝墙上射了一个抓钩，金属抓钩牢牢地抓住石墙。白雪满意地点点头，到目前为止，一切进展顺利。

白雪和她的小部队一个个顺着吊下来的绳索爬了上去，来到最矮的城垛。白雪四处观察着。所有卫兵都赶到城堡中央的院子里，朝空中射箭。

"走吧。"白雪说。

他们匆忙顺着一道石梯跑下去，很快也来到院子里。这时，白雪感到肩上有一只手，转过身，看见小红帽在他们后面。她点点头。他们全部出动了。白雪看到一百码开外有一座门，她猜王子就被关在里面。通往大门的通道上有十来个卫兵。

这回，她不用发号施令。小矮人们举着长矛，杀声震天，冲在前面。白雪、小红帽和老奶奶紧随其后。

卫兵们根本没看见他们冲过来。

他们的注意力都被空中轰炸转移了，解决他们没用多少时间。在她的身边，白雪感觉到小红帽越变越大，听到这位变成狼的朋友闯入惊恐万状的敌群。白雪也在战斗，她集中精神对付一个全身盔甲的超重男子，他动作缓慢，无法抵挡白雪短剑的急速打击。

与白雪对打的卫兵倒在地上，"不高兴"喊道："好样儿的！"又有十来个卫兵从东面涌进院子。"你的机会来了！""不高兴"说，"我们来挡住他们。"

白雪点点头，朝大门飞奔而去，她一步两级地跑上台阶，回想着上次进去的时候走过的路。

在楼梯顶上，她来到一道黑暗的长廊。照明火把被熄灭了。她气喘吁吁地看着长廊，听着周围的动静。这里只有我一个人，她想。她迈出一步。

就在此时，乔治国王从长廊中间一道门里走出来，他抽出巨大的宝剑，对着白雪的头。

"你好，亲爱的，"他说，"赶着上哪儿吗？"

白雪上前一步，举着自己小得可怜的剑。这个人，她想，给我带来太多痛苦了。她知道，她必须闯过他这一关，可是她也十分害怕。

离国王十英尺的时候，白雪看见他脚下有些动静，还没等她弄明白自己看见的是什么，只听得乔治国王痛得大叫起来。

蟋蟀吉明尼拿着细小的剑，正在刺国王的腿肚子。

"嗨！"吉明尼喊了一声，又刺过去。

国王企图用剑往下砍，但是吉明尼动作太快了，他跳到另一条腿那边刺过去。这一剑让白雪也哆嗦了一下，她看见一小股鲜血从国王腿上喷出来，他歪歪扭扭地倒在地上。

白雪跑过去。"干得好。"说着，她把乔治国王的剑踢到一旁，"快走。"

这时，传来一声呼唤："白雪！白雪公主！"是白马王子，他的声音来自长廊尽头的一个房间。

"他在这儿，"白雪说，"去告诉其他人。"吉明尼点点头，一蹦一跳地朝楼梯那边跑了。

白雪深吸一口气，然后朝爱人的声音走去。巫后依然不知在什么地方，她担心有圈套。她高高举起手中的剑，小心翼翼地踏进房间。

她看见他了。

王子双手捆绑着，站在一个壁龛里，看着白雪，眼神里交织着恐惧与希望。

她朝他跑去。"白马王子！"她喊着，"我的爱人！"

然而，直到走近了，白雪才意识到上当了。她看见的是王子的影像，仅此而已，他在一个镜子之中。也就是说，实际上他并不在城堡里面。巫后把他带走了，带回她自己的家。他们上当了。白雪将手放在镜子的玻璃上。

"王后把我带到她的宫殿了。"他伤心地说。

"可是我却正在救你。"她说。

"白雪。"王子摇摇头，他们俩都泪流满面。

"难道这就将是我们的生活吗？"她问道，"我们轮流寻找对方？"

"我们会在一起的，我知道。"他说，"要有信心。"

白雪听到巫后低沉的笑声，看着绿色的烟雾在镜子里弥漫，像云一样罩住了她的爱人。笑声越来越响，很快，白雪公主在镜中看见了高傲开心的瑞金娜。

"放了他。你要斗的是我。"很多年前，她泄露了瑞金娜的秘密，可是，白雪简直不能相信，过了这么久，这个女人依然耿耿于怀，不依不饶。她知道爱情的力量，但是，无论曾经发生过什么，她都无法想象复仇之心的力量，如此强烈的复仇之心。

"这也正是我想的，老朋友。"瑞金娜说，"你听说过谈判吗？咱们停止乱七八糟的打斗，谈一谈，就咱们俩。别带武器过来。"

"好。"白雪说，"在哪里见？"

"在这一切开始的地方。"

白雪十分清楚她是什么意思。

★★★

艾玛到了阿奇办公室，才发现门上挂着"外出午餐"的牌子。在这个镇子上，外出午餐只有一个选择：老奶奶餐馆。

她找到阿奇的时候，他独自坐在一个卡座里，吃着烤乳酪三明治和西红柿汤。

"有时间吗？"说着，她侧身坐进了他的卡座对面。

阿奇擦擦嘴说："当然，艾玛，当然。"

艾玛把头一天晚上亨利在车里的表现告诉阿奇。他认真地听着，等她说完，阿奇说："他抢过了方向盘？"他摇摇头，"他一定是没有考虑到后果。"

"问题就在这里，"她说，"我想他是知道后果的。我觉得他宁愿死，也不愿意离开童话镇。"

他点点头。"孩子喜欢稳定和有规律的生活。变化就意味没有人与他们相伴，照顾他们了。"

"我想与他相伴，照顾他。"她说，"可是，说起来容易，做起来难啊。"

"我来问你一个问题。"他说，"你跟瑞金娜之间争来斗去的，真正受到伤害的是谁呢？"

不用说，她也知道答案是什么。这孩子还能承受多少呢？

"可是，他跟我在一起不是会更好吗？"她问。

"艾玛，排除个人感情，甚至排除职业上的考虑，我觉得你恐怕无法获得监护权。"

"我是他母亲啊。"

"是的。瑞金娜也是。而且，要知道，法庭会看你进入他的生活之后，他过得怎么样。"

"他比过去更加开心了，不是吗？"艾玛带着希望说。

"也许吧，"他说，"可是客观地说呢？他逃学，偷了一张信用卡，离家出走。他让自己陷入险境。好多次都这样。因此，从法律上看……"

"在你看来呢？"她问，"你怎么想？"

"你是知道的，早些时候，我让你利用他的幻想接近他，然而，可能……"他叹了口气，"可能我错了。他在幻想中越陷越深。"

"所以，你觉得他跟瑞金娜在一起会更好。"她说。

"我没这么说。"

"你觉得，"艾玛问，"她会不会伤害他呢？"

"不会，绝对不会。"阿奇说，"她会伤害任何人，是的，但是不会伤害他。她的所作所为，不管是对的还是错的，都是为了保护他。我不是在作出什么评判，可是，从很多方面讲，艾玛，你的到来，唤醒了一条沉睡的龙。"

艾玛觉得阿奇这话说得有些古怪。

"那么，告诉我，"她最后说，"实话实说。我来了之后，亨利的情况是不是好转了呢？"

"我认为，这不是有没有好转的问题，"他说，"问题是你们需要停止冲突。如果你们两个都要在他的生活里，你们必须找出最好的办法，解决冲突。这是简单明了的。"

是啊，艾玛想，简单明了。

"好吧，"她说，"谢谢了，大夫。"她从卡座中侧身站起来。

"你没事儿吧，"他问，"你看上去好像哪儿有些疼。"

"我没事儿，"她说，"疼的只是良心。"

★ ★ ★

艾玛晕乎乎地离开餐馆，为内心的感受而郁闷。她都对孩子做了什么？她干了些什么？现在看起来，她显得那么自以为是，那么大胆，那么无所顾忌。他还是个孩子，是她的儿子，他没有能力绕过那么多的冲突和变化，而她呢，就这样闯进他的世界。原来她才是来自过去的龙。在这件事上，她是巫后。

　　这可怕的想法让她呆住了，她一脚踏下了人行道边上，几乎被一辆小货车撞倒。小货车按着喇叭刹住车，艾玛趔趄着站住了，脑子里还是晕乎乎的。

　　"艾玛！"她听到街对面有人喊她。玛丽·玛格丽特朝她跑过来，"你没事儿吧？"

　　艾玛看着她，点点头。

　　"真对不起，"这是另外一个声音——小货车司机，"我没看见你！"

　　艾玛朝他看去，是大卫。真巧。

　　"你没事儿吧？"他说着朝她跑过来。

　　"没事儿。"艾玛打起精神说，"我没看路。我真的没事儿。"

　　她感觉到大卫和玛丽·玛格丽特在两旁护着她。大卫伸出一只胳膊搂着她。"我们送你去医院吧。"他说，"你不舒服。"

　　"有没有伤着哪儿啊？"玛丽·玛格丽特问。

　　"伙计们，没有，说真的，"她把他们俩推开，"我没事儿。"

　　她大步走开了。她必须去找瑞金娜。

＊ ＊ ＊

　　国王的城堡现在是他们的了。乔治国王本人被关在地牢里，白雪、老奶奶、小红帽、蟋蟀吉明尼和小矮人们集中在国王的作战室，策划下一步行动。至少，他们认为在策划——白雪并不需要策划。她知道自己的下一步行动。她要去见巫后，不带武器，彻底结束这场冲突。

　　她的同伴当然不愿意她这样做。

"你太高尚，对自己没好处。"小红帽说，她看着白雪从身上卸下所有藏着的武器和每一片盔甲。

"不是我高尚。因为我和王后之间的事情，你们已经有很多人冒了生命危险。我不能让任何人因为我而受到伤害。"白雪说，"我不要求你们这么做。你们支持我，我要感谢你们所有人，我爱你们每一个人。不过，这是我必须做的事，独自去做。"

她从小矮人身边挤出去，再次回头看着她的朋友们，笑了。他们就是她的家人。他们很坚强，信任她，她爱他们。

"我信不过王后。"小红帽说。

"我知道。"白雪说，"我也信不过她。"

她最后笑了一下，走出门外。

★ ★ ★

这段路并不太远。白雪踏着晨光出发，黄昏前一小时，她已经走近瑞金娜在那里长大的农庄。白雪还是小姑娘的时候，有多少时光是在那里度过的啊。那些日子过后，发生了那么多事情！如今，她又来到了这里，比以前任何时候都要坚强，更加能够掌握自己的命运。即使是父亲死了之后——瑞金娜杀死她父亲之后——白雪公主还是只见树木不见森林。这个世界太大了，她感到恐惧，被吓倒了，不敢反抗，不敢要求伸张正义，在瑞金娜应该被推翻的时候，不敢去推翻她，就在当时，其实应该趁热打铁。造物弄人，无奇不有，她孤苦伶仃，落草为寇的时日，她与小矮人和小红帽的友谊，她与王子的爱情——经历了所有这一切，才让她真正找到自我，让她如今能够直接面对王后。事情往往就是这样顺理成章，真有意思。

她在农庄前系好马，步行去马厩，她知道瑞金娜会在那里等着她。

　　瑞金娜果然在。白雪看见瑞金娜站在山岗上，看着她走过去。她仰着头，步履坚定地走着，目光锁定瑞金娜的眼睛。

　　"你好，瑞金娜。"一走到她身边，白雪就说。

　　瑞金娜看着山冈下面。"你还记得我跑着追上你那匹脱缰的马吗？"她问，"你还记得我救了你的命吗？"

　　"当然记得。"白雪说，"这里看上去跟当时一模一样。"

　　"不完全是，"瑞金娜说，"这是新的。"

　　白雪朝瑞金娜指着的地方看去——一个长满青草的土堆，上面有一个简单的标记。她知道这是什么了。"一座坟？"她问道。

　　"一座坟，"瑞金娜重复道，"丹尼尔的坟。"

　　"丹尼尔？"白雪问，她突然明白了小时候所做的事情后果有多么严重，"我以为他跑了。"

　　"跑了？我跟你说他跑了，不想让你难堪。出于……出于好心。"瑞金娜啐了一口，"可是他死了，因为你。"

　　多少年了，多少年来，她一直以为丹尼尔在什么地方，平安无事。这个消息改变了一切。

　　"我……真对不起。"白雪说，"我那时候很小，你母亲——"

　　"——当着我的面掏出了他的心。因为你。因为你不能保守秘密。"

　　"而你，"白雪说，"你杀了我父亲，把他从我身边夺走。难道我们两个还没有吃够苦头吗？"

　　"没有。"王后说。

　　王后的话在两人之间回旋。过了一会儿，瑞金娜从一个黑色的包里拿出一个红苹果。"苹果代表健康与智慧，你知道吗？"她一边说，一边欣赏着手中的苹果。

　　白雪可一点都不喜欢那苹果的模样。"我怎么觉得，如果我吃

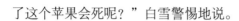

了这个苹果会死呢？"白雪警惕地说。

"不会让你死的。"瑞金娜说。"不会的，结果会更糟糕。你的身体会变成你的坟墓，在里面什么都没有，只有你的遗憾所形成的梦。"王后对着苹果笑了。

"你要强迫我吃掉它吗？"

"哦，不会的，当然不会。"瑞金娜说，"那样太野蛮了。而且那样也没用。只能由你自己选择。只有心甘情愿地吃下去才行。"

"那我为什么要吃呢？"

"因为，如果你拒绝了苹果，你的白马王子就要被杀死。"

白雪早就知道是这么回事儿，可是，听着王后说出来，她可以想象到王子之死，感觉到随后而来的痛苦。极度的痛苦。年复一年的——几十年的——痛苦。这样的话，反正也不值得再活下去了。她进退两难。

"像我说的，你要作出选择。"王后说。

"我把苹果吃了，他能活下去？"白雪问，"说好了是这样吗？"

"是这样。"

白雪点点头，深深吸了一口气。"那就祝贺你了。"她说，"你赢了。"

白雪上前一步，拿过苹果，没有丝毫犹豫，啃了一口。

她慢慢地嚼着，看着王后，等着痛苦的到来。而痛苦的来临如排山倒海，瞬间充斥了她的胸腔。苹果掉在地上，白雪觉得眼睛睁大了，腿在发抖。瑞金娜微笑着看着整个过程。

白雪最后见到的是一片片青草，她最后听到的是王后轻轻的笑声。

艾玛在米夫林路中间停下来，让自己镇静下来，然后朝瑞金娜家走去。按门铃之前，她突然意识到：这不但是瑞金娜的家，也是亨利的家。

瑞金娜把门打开，她戴着围裙，手里拿着一把烹调用的刮铲。见到是艾玛，她看上去真的是吃了一惊。

"我们必须谈一谈。"艾玛说。

"对，"瑞金娜说，"我想我们是应该谈谈。赶紧进来吧。"艾玛还记得第一次到这里来的情景，就是她来到镇子上的第一个晚上。所有东西看起来还是一样，然而物是人非，几乎一切都改变了。从厨房里飘出一股香味儿——饼，或者什么点心，房子里洋溢着温暖诱人的香味儿。闻到香味儿，艾玛心里有一种感觉，她信不过这种感觉。

"你要知道，"艾玛对瑞金娜说，她正在耐心等待着，"这并不容易。但是，我觉得这——不管我们之间是怎么回事儿——必须结束。"

"好不容易，我们有了一点共识。"瑞金娜冷冰冰地说。

"我想跟你达成协议，关于亨利。"

"什么样的协议？"瑞金娜谨慎地问。

"我准备离开童话镇。"艾玛说。

"什么？"这下瑞金娜绝对是困惑了。看到她给打了个措手不及，艾玛挺开心，尽管这回是苦乐参半。

"就是这个，——我们正在做什么？这是需要解决的问题。"艾玛指指瑞金娜，又指指自己，"我准备走，但是有条件。我依然能见亨利。来看他，跟他在一起，等等。而你要承诺不再伤害任何

人。大卫、玛丽·玛格丽特，不管是谁。"

"我从来不伤害任何人。"瑞金娜说。

"那作出承诺应该很容易。"艾玛说。

瑞金娜有些疑虑，她抱起双臂。"你认为我会相信你真的放弃了吗？"她说。

"我没有放弃。"艾玛答道，"我只是在做我一直都在做的：尽量为亨利好。我们之间停止争斗的唯一途径是……停止争斗。"

"你是对的。"瑞金娜说，"必须停止了。"

"那咱们就干脆点吧。"艾玛说，"我回波士顿。亨利归你。"

"但是你还能见他。你依然是他生活的一部分。"

"咱们坦诚点吧。我们都知道，我不在他生命中的那个世界已经不复存在。"艾玛说，"谁也无法改变这个现实。"

瑞金娜深深吸了一口气，点点头。"好吧，"她说，"你说得对。能跟我来一下吗？"

瑞金娜把艾玛领进厨房，里面的温度要高一点。艾玛必须承认，这个地方，是一个真正的家。干净、安全的家。厨房里灯光明亮，瑞金娜走到烤炉那边。艾玛看着她从里面拿出一个冒着热气，烤得香脆的苹果馅饼。艾玛想，我绝对不可能做出这么好吃的东西。

"那么，准确地说，你的建议是什么呢？"瑞金娜问。

"我也不清楚。我只知道，我们带着诚意想办法，边走边看。"

瑞金娜点点头。"不过，"她说，"他是我的儿子。"

"是啊，"艾玛说，"我所要的，是你承诺好好照顾他。还有，所有人——他，还有这个镇子里的人——都不会受到伤害。"

瑞金娜点点头。"我答应你。"

艾玛盯着她。如果有人撒谎，她一定能看出来。她看了瑞金娜好一会儿，试图看清楚她是否在说真话。

"怎么了？"瑞金娜终于忍不住开口了。

"只是想看看，你是否在说实话。"艾玛说。

"那么我说实话了吗？"瑞金娜问。

艾玛点点头。"我们达成协议了。"

看见瑞金娜的笑容，艾玛感觉有些不可思议。以前见过她的笑容吗？

"斯旺女士？"瑞金娜说，她递过装在特百惠盒子里的苹果馅饼，"也许可以在路上吃点儿吧？"

艾玛耸耸肩。"为什么不呢？"她说着拿过了盒子。

"如果今后要在对方的生活里存在，我们必须友好相处，不是吗？"

艾玛点点头。

"我真心希望你喜欢苹果。"

★ ★ ★

艾玛用对讲机呼唤亨利之后，过了十五分钟他才赶到艾玛的公寓。她坐在餐桌前，忐忑不安地等着，想象着怎么跟亨利说，她离开童话镇的时间到了。

她打开门，亨利看了一眼她的脸色，说道："没事儿吧？在对讲机里你的声音有点奇怪。"

他进屋了，艾玛想起他走进她在波士顿那间公寓时，无所顾忌的样子。跟这会儿一样，像是有激光制导似的，我行我素。她喜欢他这种个性。

"亨利，昨天……我试图把你带走……"她双臂交叉放在胸前，千万别哭，她想。"你是对的。我不能把你从童话镇带走。可是，我也不能继续待在这里。"

亨利看着她，想搞清楚她是什么意思。"我不明白。"他最后说。

"我不得不走了，亨利。"她说。

好啦，说出来了。最难的一部分过去了。利剑穿心也不足以形容她此时的感受。她内心的一部分正在死去。

"走？"亨利半晌才说出话来，"你要离开童话镇吗？"

"是的。"她说，"我跟瑞金娜谈过了，我跟她达成了协议。我还能来看你，只不过，我不会……天天在这儿。"

"不行！"他喊道，"不行！你不能相信她！"他又要哭了，看见他这样，艾玛也觉得泪水在眼眶里打转。

"我只能这样，亨利。这是为了你好。"

"你不过是害怕了。"他说，"在一场大战之前，所有英雄都会害怕的。这只是你奋起反击之前的情绪低落。"

她摇摇头。"这不是故事，这是现实生活。情况必须有所转变。你不能再逃学了，你不能再离家出走。这样做你要承担后果的。你不能——你不能继续相信这个魔咒。"

他瞪大眼睛看着艾玛，摇摇头："你真的不相信，是吗？"

"这件事就这样了，我跟她说好了。我用上了超人测谎的本领，她说的是实话。她会照顾你的。"

"她也许会，但是她想你死。"亨利说。

这让艾玛吃了一惊。

"得了吧，亨利。"她说。

"她想你死，因为你是唯一能够阻止她的人。"

"阻止她干什么呢？"艾玛说着提起了嗓门，"说真的，她到底在干什么呢？除了跟我争你的抚养权之外？"她朝亨利走了一步，想过去搂着他，"这事儿真是难以收拾。"

她将一只手放在他肩上，在他身边跪下来。她以为亨利会推开她，会挣扎，可是他没有。他把脸埋在艾玛胸前，抽泣着。这真让人受不了。突然，她感到亨利的身子绷紧了，他抬起头来，看着她身后的什么东西。艾玛也转头看去：是那个苹果馅饼。

　　"这是从哪里来的？"他问。

　　"瑞金娜给我的。"艾玛说，"那又怎么了？"

　　他在空气中嗅嗅。"是苹果的吗？"

　　"那又怎么样？"

　　他走到厨房吧台，把馅饼推开。"你不能吃。"他说，"有毒。"

　　"什么？"

　　"你还不明白吗？"亨利说，"协议？根本就是个诡计。让你吃这个，彻底除掉你。她就是这样除掉白雪公主的，只不过这回，你没有一个白马王子来唤醒你。"

　　听着他又一次把话扯到这里，真有点吓人。阿奇是对的——他已经深陷其中，不能自拔了。她在这里确实是伤害了他。"我已经告诉她，我要走了，她为什么还要这么做呢？"艾玛问。

　　"因为，只要你还活着，不管你在哪儿，都是一个威胁。"

　　"你一定不能再这么想了。"

　　"可这是真的！！！"他大声喊叫着。她还从来没有听过他用这么大的嗓门说话。

　　艾玛伸手过去拿馅饼。"好吧，"她说，"我来证实给你看。"可是，知道她要做什么之后，亨利赶在她前面，一手把馅饼抢过去，放在自己嘴巴前面。

　　好像在威胁她。

　　"你要干什么？"艾玛说。

　　"事情到了这一步，我很抱歉。你也许不相信魔咒，或者不相信我。"亨利说，"但是，我相信你。"

说着，他啃了一大口馅饼。

反正都一样，艾玛想。

不管是我吃，还是他吃，他都肯定会明白的。

她等待着。

亨利咀嚼着，咽了下去。

艾玛觉得已经过了足够长的时间了，便说："你看，没事儿吧？吃这点心要配上冰激凌，要不我们回——"

她还没说完，只见亨利倒在了地上。

她跑过去，揪住他小小的肩膀，摇晃着他。"亨利？亨利？"

她摸摸亨利的脉搏，顿时惊慌失措。他这不是闹着玩儿，几乎没有心跳了。

"亨利？"她声音颤抖着，又喊了一声。

艾玛脑子里不断转着一个念头：这不是真的。

"亨利！"艾玛哭喊着，"亨利！"

Chapter 17

没有魔法的国度

医院，尖叫声，乱成一片的喊声。惠尔医生烦人的问题。

越来越多的医生，正在设法让亨利的体征稳定下来。

眼泪。

他们把她的儿子放在轮床上，推进急诊室，艾玛泪水盈盈，在轮床边上跟着跑。她无法思考任何问题，几乎无法回答他们的问题。她试图把苹果馅饼的事儿告诉惠尔医生，告诉他亨利中毒了，但是这都不符合常理，听起来都不对劲儿。她听起来就像个胡言乱语的疯子，而惠尔医生坚持说，亨利没有中毒。他找不到中毒的迹象。

"有什么跟往常不一样的吗？"惠尔说，"你要好好想想，艾玛。在刚刚过去的几小时里，发生了什么？"

艾玛心烦意乱，从轮床上一把拽过亨利的背包，打开来，开始翻里面的东西，看能不能有所启发。然而，背包很快就掉在地上，亨利的东西撒得到处都是。艾玛含着眼泪，四处看着。"我不知道，"她说，"我不知道。"

惠尔也没办法，又回到亨利身边。

就在这时，艾玛看见亨利的书了。

魔法，她想。不是毒药，是魔法。

她想起亨利第一天跟她说的话："这本书里所有故事都真实发生过。"

她摸一摸书，就在手碰到书的时候，她想起……想起了更多。

她想起来了。

母亲，把她交给父亲。

父亲抱着她，跟王后的人打斗。

衣柜，她被轻轻地放进去。

树林子，醒过来……和奥古斯特在一起。

艾玛眨眨眼，各种影像在眼前闪过。

艾玛这一辈子都是怀疑论者。她一直是在其他人的逻辑里发现漏洞的人，她能看穿迷惑所有人的假象。她在工作上的成功，依靠的正是这种本领，而在生活上，这种本领既让她遇到种种麻烦，也帮助她摆脱困境。可这次却不同了。这次，是她生活在梦幻世界。现实主义者艾玛完全错了。

是真的，全部都是真的。

全部。

轮床和一组医生来到一道门前，就在他们推着亨利进去的时候，大家听到一声刺耳的尖叫从走廊那边传来。所有人都停下来，抬头看去，只见瑞金娜惊慌失措地朝亨利跑过来，大声喊着："我的儿子！"

艾玛眯起了眼睛。如果这一切是真的，那么幕后操纵的就是瑞金娜。如果幕后是瑞金娜，现在就该把她杀了。

"这是你干的，"艾玛说着揪住了瑞金娜的领子，把她推向一道门。门敞开了，两个人纠缠着进了一个壁橱，瑞金娜还不知道是怎么回事。

"你这是在搞什么鬼——"

艾玛伸出拳头猛击瑞金娜。一拳打过去，几个星期积聚起来的怒火，从她的肩膀和拳头爆发出来。瑞金娜的头撞在一个架子上，她想朝艾玛反击，可是动作不够快。艾玛揪住她的胳膊，又把她推到架子那边。

"住手，"瑞金娜结结巴巴地说，"我儿子——"

"你儿子病了，都是因为你。"艾玛啐道，"你给我那个苹果馅饼？让亨利给吃了。"

瑞金娜眼中的恐惧是艾玛从来没见过的。说真的，她从来没见过如此恐惧的眼神。

"你说什么？"瑞金娜问，艾玛眼看着她蔫儿了。

艾玛瞪着瑞金娜，明白了情况有多严重。

"那是……那是为你……准备的。"瑞金娜勉强把话说出来。艾玛一直揪着她，她猜想，如果放开手的话，瑞金娜很可能会跌在地上。

"是真的，是吗？"

"你在说什么呢？"

艾玛再一次使劲把瑞金娜往架子上摔。

"这都是真的，是吗？"

现在瑞金娜明白了。

"是的，"她说，"是真的。"

"你为什么要这样做？"艾玛喊道，"我已经要离开镇子了。你为什么就不能撒手呢？本来会没事儿的！"

瑞金娜摇摇头。"因为，只要你还活着，亨利永远不会是我的。"她说。

"如果你不把这事儿解决了，他就不会是任何人的了。"艾玛说，"唤醒他，终止魔法。"

"我做不到。"瑞金娜摇摇头说。

"为什么做不到？"

"那是这个世界里最后的魔法。"瑞金娜说，"本来是用来让你沉睡的。沉睡不醒。"

"那么现在亨利会怎么样？"艾玛问。

"我也不知道。"瑞金娜说，"魔法在这里是不可预测的。"

艾玛瞪大了眼睛，"就是说，他可能会死。"

"是的，"瑞金娜说，"是的。"

"那我们怎么办啊，瑞金娜？"

瑞金娜站直身子，点着头，琢磨着。"我们需要帮助，"她说，"这个镇子上还有另外一个人知道这些事儿，懂得魔法。"

艾玛知道她在说谁，只有一种可能。

"戈登先生。"她说。

瑞金娜点点头。

"实际上，"她说，"他通常是叫侏儒怪。"

★ ★ ★

"能聊聊吗？"

玛丽·玛格丽特抬起头，顺着声音看过去。看见走过来的是大卫，她手里拿着的那杯刚冲好的咖啡差点洒出来。大卫满脸歉疚，但这不能说明什么。有这么一个老是要认错的男人，她已经厌倦了。没完没了的。

"我觉得我们已经没什么可说的了。"她说着，朝自己的车走去。

"我错了。"

玛丽·玛格丽特停下来，回头看看他，叹了口气。她离不开他，无论怎么努力都做不到。

"关于你，"他说，"关于我，关于所有事情。"

"我听着呢。"她说。

"我没有相信你。"大卫说，"我希望有充足的理由这么做——可是——不过，好像我不断作出错误的决定，我也不明白怎么会老是这样。"他摇摇头，十分沮丧。她没开口，可她也能明白他

Chapter 17 / 没有魔法的国度

的感受。"从昏迷中醒过来之后……我的生活就失去了意义，除了你。我一直在感受到的——是爱情，玛丽·玛格丽特。爱情不断把我拉回你身边。"

玛丽·玛格丽特试着换个角度看大卫，一个几个月来都在被爱情驱使着的人，被爱情驱使着作出每个决定，跌跌撞撞。虽说这样看不容易，她觉得还是可以理解的，在某种程度上吧。

"也许是这样吧。"她说，"但是我要告诉你，自从你进入我的生活之后，我的感受是什么。痛苦。"

"我知道，"他说，"对不起。"

"你来这儿干吗，大卫？"

"凯瑟琳交了首付款，在波士顿买了个公寓。"他说，"她不准备去住了，但是我要去。"他伤感地看着她，"除非你能给我一个理由留在这里。"

她看着大卫，过了很久才开口："我不能，对不起。"

玛丽·玛格丽特走到自己车旁，上了车，她不想让大卫看见她的脸。这样的事情发生过多少次了？太多了。

这天早上她的手机已经响过好几次了，这会儿手机又响了。她一直没有去看手机，可是这次，她看了看，主要是为了让自己分分心。八个未接电话，全是艾玛打来的。她打开语音信箱，把手机放到耳边。

"玛丽·玛格丽特，"耳边传来艾玛疯了似的声音，"是亨利，是亨利。我不——出事儿了！出事儿了！"

★ ★ ★

确实，艾玛原来并不知道，一旦决定离开童话镇，会发生什么事情。然而，即便在最疯狂的想象中，她也没有想到这一幕：与瑞

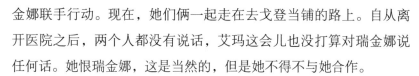

金娜联手行动。现在，她们俩一起走在去戈登当铺的路上。自从离开医院之后，两个人都没有说话，艾玛这会儿也没打算对瑞金娜说任何话。她恨瑞金娜，这是当然的，但是她不得不与她合作。

"是我的眼睛欺骗了我吗？"她们一来到戈登的柜台，他就说，"还是，你这表情说明你相信了？"显然，他能看出来，艾玛身上发生了一些变化。

"我们需要你的帮助。"艾玛说。

"你们确实需要。"他马上说，"我们的年轻朋友似乎得了不幸的疾病。"他指着瑞金娜，"我告诉过你，魔法是有代价的。历来如此。"

"这个代价不应该由亨利来承担。"瑞金娜说。

"没错，应该是你。"戈登说，"而且，你会付出代价的，毫无疑问。哎呀，可是现在，事情已经这样了。"他礼貌地笑笑，叠起双手。

"你能帮我们吗？"艾玛说。

"我当然能。"他说，"真正的爱情，我亲爱的。只有爱情的魔法才能高明到超越魔界，破解所有魔咒。你很幸运，我正好用瓶子装了一点儿。"

艾玛看到，瑞金娜露出难以置信的神情。"真的？"她对戈登说。显然这不是在开玩笑，戈登在某处有一瓶"爱情"。

这个新奇的世界，艾玛想，还真不容易适应呢。

"真的。"戈登说，他看着艾玛，"用她父母的几缕头发，我制作了所有魔界中最强大的魔水。这魔水是如此强大，在炮制黑魔咒的时候，我在羊皮纸上留下了一滴。算是小小的安全阀吧。"

实际上，艾玛觉得这很合理。她对魔法知之甚少，可是留后路的做法，她是知道的。"这就是为什么我是拯救者。"她说，她几乎松了一口气，原来这跟宗教、预言都没关系，只关系到一个孤独的老人是如何炮制魔法的，"这就是为什么我也能破解魔咒。"

　　"现在她开始明白了。"戈登说。

　　"我不在乎什么破解魔咒，"艾玛说，"我只是想救亨利。"

　　"所以啊，这是你幸运的日子。"戈登说，"我没有把魔水都用完，我留下了一点，未雨绸缪。"

　　"还未雨绸缪呢，现在已经是暴雨倾盆了。魔水在哪儿？"

　　"在哪儿不是问题，"戈登说，"如何取出来是你要操心的。可是不容易啊。"

　　"别打哑谜了，朗普斯金，"瑞金娜说，听见她用"真名"称呼戈登，艾玛吓得一愣，"我们该做什么吧？"

　　"你什么都不用做，"戈登说，"必须是斯旺女士去做。"

　　"他是我儿子，应该是我。"瑞金娜坚持道。

　　"恕我直言，这是她的儿子，必须是她去。"戈登说，"她是魔法的产物，找回魔法的必须是她。"

　　"我做得到。"艾玛说。她知道这是真的，只要事关挽救亨利，她就能做得到。过去所发生的一切，都是为了这一天。

　　"别信他，艾玛。"瑞金娜转过身对艾玛说，她将一只手放在艾玛手臂上。听着自己的名字从瑞金娜嘴里说出来，也是一件让人不知所措的事，艾玛觉得放在自己手臂上的那只手——尽管是富有同情的短暂接触——离奇得好像梦一样。

　　艾玛挪开自己的手臂。"我们能有什么选择？"她问。

　　"你保存了一小块儿魔界中最强大的魔符，而这也正好是这个地方剩下的唯一魔法，你准备就这么送给我们，去救亨利？你以为我会相信吗？"瑞金娜摇摇头。"不会的。他另有企图。"

　　"也许我就是喜欢这孩子呢。"戈登说。

"你为什么会喜欢他？"

"为什么？为什么？你不是到我这儿来找为什么的，瑞金娜。你来找我，想知道怎么办。刚才说的就是我给你的办法了。现在，如果你能发发慈悲，不要浪费你的孩子所剩无几的时间，咱们也许能做成点什么事儿。"

艾玛知道他是对的。"好吧。"她说，"瓶子在哪儿？"

"在一位老相识那里。"戈登看着瑞金娜说，"一个十分可恶的家伙。"

瑞金娜和艾玛都在等着他说个明白。他却跪在地上，从脚下拿出一个长长的木盒子。他举起盒子，放在两个女人面前的柜台上。

"告诉我，瑞金娜，"戈登说，"你的老朋友是不是还在地下室？"

"不在。"瑞金娜说，"你这个变态的小妖怪。你把东西藏在她那儿了？"

艾玛在两人之间来回看着，根本听不明白。

"不是在她那儿，"戈登说，"在她里面。我知道你一定忍不住，会把她带过来的。完美的藏宝之地！"他咯咯笑了。

"她是谁？"艾玛问。

"你要有所防备的人。"戈登说着，打开了盒子，艾玛低头看去，只见里面是一把光彩夺目的金色长剑，"在你要去的地方，你将会用得着这个。"

"这是什么？"她看着金光闪闪的武器问道。

"你父亲的剑。"

★ ★ ★

艾玛最后还要跟两个人谈谈：一个是她儿子，现在他不能开口回应她；另一个是木头做的男人。

亨利情况稳定下来了，医生允许她到他的床边。各种设备在他周围滴滴响，检测着他身体的重要器官。艾玛握住他的手。

"你是对的，亨利。"在他身边坐了一会儿，艾玛说道，"关于魔咒，关于镇子，所有一切。我应该相信你的。对不起。"

她盯着亨利，他闭着眼睛。她听着机器设备嗡嗡的响声。

艾玛膝上放着亨利的书，她拿起来，放在床边的小桌上。

"醒来的时候看吧。"她轻声说。

艾玛朝镇子中心的老奶奶家庭旅馆走去的时候，童话镇沉浸在黑暗中，一片静谧。她来到奥古斯特门前，敲了半天门，心里纳闷他是不是已经跑掉了，接着她听到里面传来微弱的呻吟声。听到这声音，艾玛马上用自己的身体撞门，一下，两下，第三次用肩膀猛撞过去的时候，门发出碎裂声，锁被撞开了。她进了房间。

奥古斯特躺在床上，现在她能看见了：他正在变成木头。他的双臂已经是带着木纹的深棕色，木头像疾病一样往他的脖子蔓延。他看上去惊恐万状，只能转动双眼。

"不，"艾玛一边走过去一边说，"不、不、不不不。"

"你这是怎么了？"她轻抚着他的头发，难过地问。

"你现在能看见了，"奥古斯特说，"你相信了。"

艾玛点点头。"是的，"她说，"我信。可是，怎么……我怎么才能停止这一切呢？"

他盯着她的眼睛，冷静而缓慢地说："破—解—魔—咒。"

"我会去试的，"艾玛说，"我向你保证。但是我首先要救亨利。我需要你的帮助。"

"不，你不需要。"奥古斯特说，"你不需要我的帮助，你不需要魔法。你不需要任何人的帮助。"

"我要的。"她说，"这任务太重了。我——我刚刚跟巫后和侏儒怪谈过，要去寻找魔法，我有一把金色宝剑，我要——要去——我也不知道了。该死的，谁知道呢？我做不了，奥古斯特。没有常人能做到的。"

"你不是寻常人，"他笑着说，"你是非同寻常的。你只要相信就行了。"

"可是，我已经告诉你了，我真的相信。"艾玛说。

"不是相信有魔咒，"他说，"而是相信你自己，艾玛。"

她瞪着奥古斯特。现在，木头已经来到他的嘴唇，她捧着他的头，希望这变化不会让他感到疼痛。他又说了一遍："相信你自己，这才是真正的魔法。"

说完，奥古斯特就不能动弹了。

★ ★ ★

艾玛手持宝剑走向钟楼。瑞金娜在加锁的门前等着她。艾玛二话不说，大步走到锁头跟前，用剑柄砸下去，锁头应声而破，当啷一声落在地上。

艾玛做了个手势："带路。"

她们进了一个石墙的小图书馆。艾玛的眼睛被一样东西吸引了：一面巨大的镜子。瑞金娜径直走过去，手往玻璃上一摸，镜子旋即向一边挪开，露出一条通道。

然后是更多的动静，地下机器设备嗡嗡响着，启动了。从下面升起一股火焰，盘旋在空中。艾玛意识到，这根本不是什么通道，

Chapter 17 / 没有魔法的国度

而是井。

"好了，"瑞金娜说，"进去吧。"

"你先进去。"艾玛说。

"这是两人配合干的活儿。"瑞金娜摇摇头说，"我必须在这里操作升降机，好把你放下去。再说了，"她补充道，"持宝剑的人是你。"

"你让我相信，你不会把我放下去送死吗？"艾玛说。

"我觉得你没有多少选择，斯旺女士。"

艾玛想到亨利，他正躺在医院病床上。瑞金娜说的没错。

"下面是什么，瑞金娜？"

"一个宿敌，"瑞金娜说，"对她的惩罚是与众不同的。她在下面待了二十八年，样子跟以前完全不同。她可不想听到我的消息。"

艾玛想着她说的话，不相信这就是全部真相。"好吧，"她终于说道，"我会下去，但有一件事我们要搞清楚，'王后陛下'。我现在知道你是谁，知道你都干了什么，伤害了什么人，杀了什么人。可是，在我们把这件事做下去之前，有一件事你必须知道。"她狠狠地盯着瑞金娜，"你现在还没有死的唯一原因，是因为我要救亨利，需要你的帮助。如果他死了的话，那你也死定了。"

瑞金娜干脆地点点头。"动手吧。"

艾玛踏进升降机，瑞金娜慢慢地将她放下去。

下降花了两分钟，越往下，里面越黑。升降机终于落地了，艾玛几乎什么都看不见。仰起头看，她出发的地方是一个发出微弱光亮的方块。她在地下深处。

她踏出升降机，来到一个烟雾缭绕的洞穴。里面还很热——这是她没有料到的。她的手电筒照到一样东西，闪烁了一下。她踏着铺满岩石的地面走过去，在那东西跟前跪下来——一件大大的，好

像玻璃一样的东西。她琢磨了好一会儿，才明白过来。这是一个棺材。她下意识地想，这跟白雪公主的故事对得上号。是什么来着？白雪公主不是在一个玻璃棺材里面吗？

她站起来，深吸一口气，四处看看。

这时，她看见了。

开始，她以为是另外一个光源，另一个人在用手电筒朝她照过来，但不是。

是一只眼睛。

一只黄色的眼睛。

然而，一点动静都没有。艾玛试探着向前迈一步，朝眼睛旁边黑暗之处伸出手。她的手触到了什么东西，不是石头。

这到底是什么鬼东西？她想。

有鳞，温暖。她用手在上面摩挲着。

接着，周围的墙开始震动，她听见呼噜声，然后是一声咆哮。她跟跄着倒退几步，睁大了眼睛，知道这是什么了：一条龙。

龙嘶声尖叫，带着一团火，苏醒过来。

★ ★ ★

玛丽·玛格丽特在亨利的病房找到那本书，但是却不见艾玛的踪影。不管出了什么事儿，艾玛在外头照看着。这就是她为什么那么喜欢她这个朋友。艾玛知道如何反击。在她自己的生活里，这种精神已经久违了。她佩服这种精神。

惠尔医生已经介绍过情况，玛丽·玛格丽特确定，她现在能做的，是跟亨利在一起，陪伴他经历这一切。她可以给他讲个故事。

玛丽·玛格丽特给他讲了白雪公主如何牺牲自己，结束了与王后的冲突，如何在吃了苹果之后中了魔，长眠不醒。与此同时，白马王子逃出王后的地牢，在侏儒怪的帮助下，最终找到了自己的真爱。他找到白雪的时候，她很不好，一点都不好。

"白马王子见到亲爱的白雪公主的时候，"她念着，"她躺在玻璃棺材里。他知道除了与她道别，他什么也做不了。他一定要给她最后一吻。结果，真爱之吻的力量比任何魔咒都要强大，就在他们嘴唇相碰之际，纯洁爱情的活力震颤着，覆盖了整个大地。白雪公主睁开眼睛，大家都知道，无论如何，他们会永远幸福地……"

玛丽·玛格丽特停下来，吸口气。她哭了，不知不觉……就哭了。

她继续念道："……幸福地……生活在一起。"

她合上书，然后闭上眼睛。这都是幻想。现实生活不是这样的，不是吗？

"对不起，亨利，"她说着拉起他的手，"我把这本书给你，因为我知道……我知道生活并不会总是有圆满的结局。可是，我觉得……我觉得这样并不公平。"

她捏紧亨利的手，想起大卫——当时的无名氏——如何在听了一个爱情故事之后苏醒过来。有那么一瞬间，她相信这样的事又在发生——听到一个机器发出蜂鸣，她充满希望地看着亨利。然而，蜂鸣声变得急促起来，更像是警报。护士开始冲进病房。

"怎么了？"她问。

惠尔医生闯进来。"他病情恶化。"他说，"你必须走开。"

玛丽·玛格丽特缓过神来，发现自己在大厅里，手掩着嘴，心急速跳动着。医生护士在亨利身边挤作一团，她什么也看不见，但是她可以看见医生眼中担忧的神色，也能听到他们的声音。

亨利要死了。

　　★ ★ ★

　　龙腾空而起，让艾玛看到了它完整的身影，恐怖的身影。龙双翅展开，朝站在脚下的艾玛尖叫。这家伙太大、太惊人，艾玛的大脑几乎无法承认这是真的。不过，这也没多大关系，至少是在第一关：艾玛的身体靠自卫的本能行事。她一边跑，一边改变方向，龙向她猛扑下来的时候，她扑倒在一旁，身后落下一串串火苗。艾玛爬起来的时候想，这狗婆娘真生气了。

　　头顶上，龙在盘旋，艾玛跑到洞穴的另一边，那边嶙峋的岩石拔地而起，她刚来得及一头转进岩石堆里，脸颊上的皮肤便被炽热的火炙着。这回，龙没有朝她扑过来。

　　龙落地了。

　　艾玛睁大眼睛，转过身，看着张牙舞爪的怪物就在面前，离她不到十英尺。她无力地举起宝剑，可是剑既沉重，又不顺手。她可以感觉到，龙也觉得好笑。

　　"去他的。"她说。

　　她扔下剑，掏出手枪，开始射击。

　　朝这东西的心脏开枪之后，没任何迹象表明子弹有任何作用，连挠痒的效果都没有。龙朝她扑来，她又跑到洞穴另一头，龙的大嘴巴猛地一咬，就在她脑袋后面擦过。她靠着离龙比较远的墙站稳。

　　她变换目标，朝龙头上贴近鼻子的地方密集发射子弹。每颗子弹击中目标的时候，都能看见一小股鲜血喷将出来，可是，龙还是好像无所谓。

　　"真的吗？"艾玛说出了声。

　　话音刚落，她看见龙的胸口似乎闪出橙色的光。她猜想，她必须要从那里将魔水挖出来。

剑在洞穴的另一头，她刚才扔在地上了。她把枪丢在一旁，心里想象着怎样行动才能把剑拿到手，这时，龙转过身面对着她。她朝龙笑了一下，然后朝着它猛冲过去。

龙似乎让艾玛的冲击给蒙住了，迟了一会儿才朝她喷出一缕长长的火苗，这一瞬间的迟疑让艾玛有机会冲了过去，跑到巨兽的双腿中间。她飞身向宝剑扑过去，手摸到了剑。龙给弄糊涂了，慢慢地转过身，备受挫折地尖声嘶叫着。

然后，龙腾起身子，准备让艾玛葬身火海。

艾玛待而不发，等着最佳时机。

时机一到，她把剑扔出去。

剑刃击中龙胸口闪光的部位，龙尖声惨叫，痛苦地扇动着翅膀。然而，惨叫声没有持续多久。突然间，这巨大无比的家伙炸开了，变成一团烈焰和灰烬。

艾玛扑倒在地，等热风从她身上吹过。四周恢复平静之后，她走过去看看龙的尸体——剩下的其实只是一堆黑色的脏东西。她细细查看了一会儿那堆东西，不过魔水并不难找：一颗白色的卵形珠宝，爱之魔水最完美的包装。艾玛将珠宝捡起来，找到宝剑，朝着升降机井往回走。

艾玛气喘吁吁的，心里还很难承认自己刚刚跟龙干了一仗。她拽拽升降机的绳子，抬头朝机井上面大声喊叫："瑞金娜，把我拉上去！"过了一会儿，升降机摇晃着开动了。

她一边在升降机里摇摇晃晃地升上去，一边尽量仔细打量珠宝。她的手电筒丢在下面了，不过上面透下来的光亮能让她看见珠宝盒上的搭扣。她打开搭扣，看到里面的小瓶子，闪着奇异的紫光。原来爱情是这个样子的，她想。

离机井顶部还有大约十英尺，升降机停住了。艾玛朝上面看去：“瑞金娜？”

机井边上探出一个人头。

不是瑞金娜。

“戈登吗？”艾玛说，“你在这儿干吗？瑞金娜在哪儿？”

“她让我接替她。”他说，“我知道，你拿到那个蛋了！”

艾玛善于判断别人是不是在撒谎，可是，看到戈登迫切地朝她探过头，等着回答的样子，即便是最不会判断的人，都会对他产生怀疑。

“是啊，拿到了。”她说，“继续把我拉上去啊。”

“不行啊，”他说，“升降机卡住了。剩下的距离，你只能自己爬上来了。”

艾玛低头看看自己的衣裤口袋，设法找到一个安全的地方，好在往上爬的时候把珠宝蛋放好。

“那玩意儿太容易碎了，你不能带着它。”他说，“扔上来给我，然后再爬上来。”

“想都别想，戈登。”她说，“你就耐心等着吧。”

“亨利可没有时间了，斯旺女士。”

艾玛抬头看看，叹了口气。她只得相信他了。她不想这样，但是没有办法。

她把蛋扔上去了。

戈登一把接住，看了一会儿，朝她点点头，消失了。

“戈登？”艾玛喊道，“戈登？”

没有回应。

他走了。

★ ★ ★

　　她花了十分钟爬上来，又用了五分钟赶到医院。她根本没有想过去追戈登。她直接往亨利身边赶。从机井里往上爬的整个过程里，她脑子里盘旋着奥古斯特说过的话——你不需要魔法。是的，也许这一切都是真的；是的，也许这魔咒里面有什么疯狂的逻辑，但是她知道一件事：她爱这个孩子。她爱他胜过爱自己。她能够给他爱，而爱就是她用以挽救他的方法。她以前从来不在乎自己，不知道自己有给他人以爱的能力，可是现在她知道了。所以她朝亨利赶去。找亨利，找家人。

　　艾玛进急诊室的时候，那儿的气氛非常沉重，看到玛丽·玛格丽特的脸，艾玛的心颤抖了。玛丽·玛格丽特右边，是瑞金娜（艾玛这会儿知道为什么她会离开图书馆，把自己留在机井下面。她是来看护儿子的）。她们身后是惠尔医生和护士。所有人都带着忧郁而悲伤的表情，玛丽·玛格丽特在哭。当艾玛意识到瑞金娜眼中含着泪水的时候，她知道最坏的事情真的发生了。

　　"怎么样？"艾玛好不容易才说出话来，她和瑞金娜不断地盯着对方的眼睛。艾玛知道，此刻她看着瑞金娜的眼睛，就像照镜子一样。她们俩争斗了那么长时间，可是现在……她们不过是两位母亲。

　　"我们尽力了。"惠尔说。

　　"对不起，"护士长说，她就站在惠尔身边，"你来晚了。"

　　震惊。百分之百的震惊。艾玛目光呆滞，经过他们身边，走进亨利的病房。瑞金娜在一遍又一遍地说："不、不、不。"可是艾玛几乎听不见。她脑子里嗡嗡响着，眼中只有他，他漂亮的小脸，他紧闭的双眼。

　　"亨利，"她喃喃地说着，在病床前跪下，将一只手放在亨利

胸口上，"亨利，"她轻声说道，她不管他是死了还是活着，"我爱你。"

她闭上眼睛，依偎过去，吻吻亨利的额头。

她立刻感觉到了：一股能量在她体内搏动着，冲击而出，传给了亨利，这股来自她胸部深处的核心能量越来越大，能量的冲击让她双目圆睁——她感到疼痛，但这是爱的疼痛，是她过去二十多年的渴望的疼痛，所有的爱与渴望聚集在他身上。接着，又一股浪潮从她身上翻滚过去，将她仰面掀倒，她躺在了地上。其他人——所有人——都往后倒去，就像飓风吹进了病房。

过了一会儿，风才平静下来，艾玛从地上站起来。她难以置信地瞪着亨利。

他的眼睛睁开了。

他在看着她。

"我也爱你。"说完，他笑了。

★ ★ ★

玛丽·玛格丽特离开医院，漫无目的地走到童话镇中心，心里别的都没想，偏偏想着自己的名字。

玛丽。

玛丽·玛格丽特。

这两个名字单独听起来都觉得怪怪的，放在一块儿，就更奇怪了。她在小餐馆前面的人行道上停住脚步，眯着眼睛，高度集中精神。一连串非常久远、埋藏得很深的感情在内心一一展示。

她以前曾经用过这个名字，一定有什么来历。她想起白雪皑皑的景色，然后看见被鲜血染红的雪。很多尸体。一头狼。然后——然后是她的朋友。她的朋友小红帽。

她猛然抬起头，看着街的另一头，看见他朝她走来，脸上带着微笑。他伸出双臂。

　　"我的王子。"看见是大卫——不，是白马王子——朝她走来，她轻声说道，"我的王子！"

　　他开始跑了，她也朝他跑去。他们在大街中间相遇，白雪被他牢牢地抱住，她的记忆全部回来了，过去的一切。桥，父亲，瑞金娜，小红帽，攻打城堡，仙女们，小矮人们。

　　魔咒。

　　"我知道会找到你的。"王子说着，把她从地上举起来。

　　"我也知道我会找到你的。"她回应道。他大笑起来，他们相拥而吻。终于，一切都按照预想的发生了。

★ ★ ★

　　医生护士们四处奔走。有的人一开始张口结舌地看着艾玛，纳闷她是怎么让奇迹产生的，可是，很快他们开始恢复记忆了，然后他们就意识到，自己中了魔咒，脑子被罩在一片雾里，过了二十八年。于是，人们四处散开，疯了似的在镇子上寻找亲人朋友。而艾玛就待在她应该在的地方。

　　瑞金娜出乎意料地也消失了。

　　亨利看上去挺好，虽然有点虚弱。艾玛把那条龙的事儿告诉亨利，说了自己做了些什么，拿到了爱情魔水。她还告诉他，戈登带着她找回来的东西跑了。"奥古斯特告诉我，我不需要这些。"她说，"所以，我知道。我知道到你身边来是对的。可是，你说戈登在搞什么鬼呢？"

　　亨利耸耸肩，用吸管吸着他那一小杯橙汁。

　　"不管是什么吧，"艾玛说，"可能对镇子上其他人都不是好事。"

短暂的报复，然后呢？

"那是什么？"亨利指着窗外说。

艾玛也看见了：紫色的烟雾像水一样顺着街道飘流下来。她站起来，走到窗前。

"我不知道，"艾玛说，"但是我觉得这不是什么好事。"

她看看亨利，他的眼睛睁得大大的。这回他脸上没有了笑容，可是，儿子眼睛里的惊讶，让她想起来好几个月之前，他们来到童话镇的那一刻。那是着迷的眼神。

"魔法，"亨利说，"魔法来到了。"

她转身看着烟雾在镇上蔓延，感觉到儿子是对的。她知道这意味着什么，事情还没有结束。

其实，这才刚刚开始。

眼睛还看着烟雾，艾玛回到亨利床边，把手搭在他肩上。他们一起静静地看着。这里安全吗？绝对不。她还能回到曾经可能拥有的生活吗？或者过上她本来应该为亨利创造的生活吗？不能。她不能收回任何做过的事情，也不能改变过去。生活不是这样的。在这个世界不是，在别的任何世界里也不会是。她能做到的就是在眼下作出正确的选择，此时此地。

她再也不会离开儿子，她会永远和他在一起，保护他。永远。她捏紧他的肩膀。

亨利仿佛听见了艾玛心中回响着的誓言，他抬起手，拉着母亲的手。

"谢谢。"他说。

"谢我什么呢？"艾玛低头笑着问。

他抬起头。

"谢谢你回来了。"

Chapter 17 / 没有魔法的国度

剧透小贴士

1 艾玛，Emma，该词意为"普通的""全能的"。故事中暗指艾玛为"拯救者"。

2 朗普斯金，Rumplestiltskin，该词意为侏儒怪。

3 瑞金娜，Regina，该词意为女王。故事中暗指巫后。

4 布兰切特，Blanche，法语中有"白色"之意。故事中暗指白雪公主。

5 玛琳菲森，Maleficent，该词意为"有害的""邪恶的"。书中指的是《睡美人》故事中向公主施咒语的邪恶女王。

6 惠尔，Whale，暗指James Whale，电影《科学怪人》的导演。

7 诺兰，Nolan，该词意为"高贵"。故事中暗指白马王子。

8 露比，Ruby，该词意为红宝石。故事中暗指童话人物小红帽。

9 阿什莉，Ashley，引申为"灰烬"。故事中暗指灰姑娘。

10 阿比盖尔，Abigail，《旧约》中大卫妻子的名字。故事中暗指身处童话镇中的大卫·诺兰的妻子。

11 格拉斯，Glass，该词有"玻璃"的含义。故事中暗指该人物在童话世界里曾被困于镜子中。

12 贝拉，Belle，暗指《美女与野兽》故事中的漂亮姑娘，以自己的善良拯救了野兽。

13 杰弗逊，Jefferson，故事中暗指《爱丽丝漫游奇境记》中的疯帽子。